Als sich die Brautmodenverkäuferin Mila und der Scheidungsanwalt Robin das erste Mal begegnen, kommt es gleich zu einem handfesten Streit. Denn als Robin seine Weimaraner-Hündin Alice in die Hundetagesstätte *Zum Pfotentreff* bringt, fährt er Mila fast über den Haufen. Sie hat dasselbe Ziel und ihren Labrador Balou an der Leine. Die Hunde verstehen sich sofort ganz ausgezeichnet, doch Frauchen und Herrchen können sich nicht ausstehen. Außerdem hat Mila nach ihrer letzten Beziehung Angst vor der Liebe und Robin ein Date nach dem anderen, um bloß kein Single mehr zu sein. Ein gemeinsam besuchter Trainingskurs mit den Hunden sorgt dafür, dass die beiden sich näherkommen. Doch sie stehen sich immer wieder selbst im Weg. Ist die Lage wirklich aussichtslos? Oder können die Hunde ihren Besitzern den nötigen Stups geben?

Auf den Hund gekommen und die Liebe gefunden:
Die Hundeglück-Reihe.

Band 1: Sitz, Platz, Kuss
Band 2: Sitz, Platz, Liebe

Isabell Sommer ist das Pseudonym der österreichischen Autorin Isabell Leitner. Sie studierte Germanistik und Bibliothekswesen, angetrieben von ihrer Liebe zu Büchern. Seit 2014 widmet sie sich ganz ihrer Leidenschaft: dem Schreiben. Mit ihrem Partner und ihrer Collie-Hündin Skadi lebt sie in Nordrhein-Westfalen, in einem Dorf nahe der holländischen Grenze. Ihre süße Fellnase spielt eine Hauptrolle in ihrem Herzen und war der Antrieb für die neue Reihe.

Weitere Informationen finden Sie auf www.fischerverlage.de

Isabell Sommer

SITZ, PLATZ, KUSS

Hundeglück-Roman

FISCHER Taschenbuch

Aus Verantwortung für die Umwelt hat sich der S. Fischer Verlag zu einer nachhaltigen Buchproduktion verpflichtet. Der bewusste Umgang mit unseren Ressourcen, der Schutz unseres Klimas und der Natur gehören zu unseren obersten Unternehmenszielen.

Gemeinsam mit unseren Partnern und Lieferanten setzen wir uns für eine klimaneutrale Buchproduktion ein, die den Erwerb von Klimazertifikaten zur Kompensation des CO_2-Ausstoßes einschließt.

Weitere Informationen finden Sie unter: www.klimaneutralerverlag.de

MIX
Papier | Fördert gute Waldnutzung
FSC® C083411

Originalausgabe
Erschienen bei FISCHER Taschenbuch
Frankfurt am Main, Juni 2023

Dieses Werk wurde vermittelt durch die
Langenbuch & Weiß Literaturagentur.

Redaktion: Silke Reutler

Ziertrenner unter Verwendung
eines Motivs von Ihor/Adobe Stock
Satz: Pinkuin Satz und Datentechnik, Berlin
Druck und Bindung: CPI books GmbH, Leck
Printed in Germany
ISBN 978-3-596-70807-9

Kapitel 1

Mila

Dass das große Kaufhaus im Zentrum nicht der optimale Ort zum Verstecken ist, hätte man sich vielleicht vorher denken können. Allerdings war das so nicht, wirklich überhaupt nicht, geplant. Darum muss ich jetzt blitzschnell improvisieren.

Ich war schon als Kind gut darin, mich zu verstecken. Wenn es Blumenkohl zum Abendessen gab, konnte ich mucksmäuschenstill in meinem Baumhaus ausharren, während meine Mutter schimpfend nach mir suchte. Als mein Vater unseren Benny zum Züchter zurückbringen wollte, weil er als Welpe sämtliche Schuhe im Haushalt angeknabbert hatte, hielt ich mich so lange mit dem kleinen Terrier versteckt, bis er aufgab. Und bei Oma Fritzis Beerdigung saß ich stundenlang lautlos heulend versteckt zwischen Blumenkränzen und Gestecken, um nicht nach vorne zum Sarg gehen zu müssen.

Und was bringt mir diese ganze Erfahrung im Verstecken jetzt? Rein gar nichts. Ausgerechnet jetzt lässt sie mich im Stich, und es klappt überhaupt nicht.

Man sieht sich immer zweimal im Leben, sagen die Leute. Aus meiner Sicht ist das eine schamlose Untertreibung. Das ist etwas, was Leute sagen, die sich noch nie von jemandem getrennt haben, ohne danach fluchtartig die Stadt zu verlassen. Meinen Ex habe ich seit unserer Trennung nicht zwei-, sondern zweiundzwanzigmal gesehen. Er mich einundzwanzigmal. Und ich habe nicht vor, ihn gleichziehen zu lassen.

Ich gehe hinter einer Kleiderstange in Deckung, an der die neue Frühjahrskollektion baumelt: luftig-leichte Teilchen, viel Transparenz, ein bisschen Lochspitze. Blusen und Hosen in Pastelltönen und Marineblau, zwischen denen ich hindurchspähe.

So verfolge ich jede Bewegung des Menschen, dem ich am zweitwenigsten begegnen will: Tom. Der legt gerade die Hand auf den Po des Menschen, dem ich am allerwenigsten begegnen will: seiner neuen Freundin Natascha.

Gutgelaunt und völlig entspannt schlendert Tom durch den Laden und begutachtet Shirts und Polohemden. Ich wünschte, er besäße den Anstand, zumindest ein bisschen elend auszusehen. Ich wünschte, er würde den Eindruck machen, mich zu vermissen. Ich wünschte, er wäre wenigstens alleine unterwegs. Aber er und Natascha wirken so glücklich, dass ich heulen könnte.

Mit aller Macht bemühe ich mich, mit meiner Umgebung zu verschmelzen. Noch nie habe ich mir so sehr gewünscht, ein Chamäleon zu sein und so pastellig zu werden wie die Klamotten.

Balou an meiner Seite hechelt freudig. Er zeigt überhaupt keine Ambition, mit irgendetwas optisch zu verschmelzen. Sein Interesse ist ganz anderer Natur: Er hat es darauf abgesehen, seine goldblonden Labradorhaare auf den Klamotten zu verteilen und an den Beinen vorbeigehender Leute zu schnuppern.

»Luft anhalten, Balou«, wispere ich. »Wir müssen ganz leise sein.«

Misstrauische Blicke treffen mich. Ich werde argwöhnisch beäugt. Ein kleines Mädchen deutet auf mich: »Mama, was macht die Frau da? Spielt die Verstecken?« Der Securitymann hat mich längst im Blick und zieht eine Augenbraue hoch. Gleich wird er zu mir kommen und mich fragen, was zur Hölle ich da mache. Dann ist alles aus. Dann wird Tom mich sehen. Und dann? Dann werde ich dem Mann gegenüberstehen, dem ich gerade am zweitwenigsten begegnen will.

Ich wische mir Schweißtropfen von der Stirn, lächele dem Securitymann zu und ziehe bedeutungsvoll beide Augenbrauen hoch, um ihm verständlich zu machen, dass ich absolut harmlos bin.

Es hätte klappen können. Ich hätte aus der ganzen Sache ohne peinliche Begegnung rauskommen können – hätte ich mich nur etwas weniger auf Tom und seine Neue konzentriert und etwas mehr auf den Hund.

Das Beste an einem Labrador Retriever ist sein freundliches Naturell.

Und in solch einer Situation das Schlechteste.

Balou entdeckt sein Exherrchen. Und ganz gleich, wie furchtbar die Sache zwischen Tom und mir in die Brüche gegangen ist – seine Liebe ist ungebrochen.

Die Leine wird mir aus den Fingern gerissen.

»Nein! Aus!«, stoße ich unterdrückt hervor. Aber nichts und niemand stoppt einen Labrador, der losrennt, weil er einen Menschen entdeckt, den er in sein großes Herz geschlossen hat. Mit enthusiastischem Schwanzwedeln räumt

Balou die säuberlich drapierten Seidentücher von einem Tisch und steuert wie ein Bulldozer quer durch den Laden auf sein Exherrchen zu.

»Mieser Verräter!«, zische ich ihm hinterher, bevor ich mich aufrichte, hinter dem Kleiderständer hervortrete und dabei versuche, wenigstens ein kleines bisschen Würde zu bewahren.

Natascha ist hinreißend.

Kombucha-Natascha, so hat Leo sie getauft. Meine beste Freundin wollte mich aufmuntern, nachdem wir erfahren haben, dass sich Tom nur kurz nach unserer Trennung Hals über Kopf in die nächste Beziehung gestürzt hat. Als könnte ein bisschen Exfreund-Bashing mein gebrochenes Herz wie ein übergroßes Pflaster kitten.

Bisher hatte ich das Glück, Tom immer nur ohne seine Neue über den Weg zu laufen. Aber als ich ihr jetzt gegenüberstehe, weiß ich, wie Leo auf diesen Spitznamen kommt. Natascha hat dieses gesunde, innere Leuchten, das Menschen haben, die gut auf sich achten und einen scheußlich vernünftigen Lebensstil pflegen. Ihre sanfte Bräune hat nichts von Solarium, sondern von Spaziergängen an der frischen Luft. Sanft wellen sich ihre haselnussbraunen Haare bis zum Kinn. Jede ihrer Bewegungen ist anmutig. Und ja, Leo hat recht. Natascha sieht aus, als würde sie jeden Morgen nach dem Yoga ein Glas Kombucha trinken.

Das nehme ich mit einem einzigen Blick wahr, während Tom sich zu Balou runterbeugt und ihm wild durchs Fell wuschelt. »Da ist ja mein großer Junge! Was machst du denn hier?«

Als er sich aufrichtet, zieht sich mein Magen zusammen. Da sind sie, die sanften, braunen Augen, die mich immer ein bisschen an einen Teddybären erinnert haben. Das liebe Lächeln. Die braunen Locken, die ich so gerne mit den Fingern zerzaust habe. Aber er ist nicht mehr mein Freund, nicht mehr mein Tom. Und jetzt mit meinen Fingerspitzen in seinen Haaren zu wühlen, wäre wohl nicht die beste Idee.

»Mila, hi«, sagt er nur und wirkt jetzt zumindest etwas peinlich berührt.

Das ist also aus »Ich liebe dich« und »Du bist meine Traumfrau« geworden – ein schlichtes »Mila, hi«.

Und aus mir sprudeln die Worte nur so heraus. »Oh, hi, was für eine Überraschung! Schön, dich mal wieder zu sehen. Mein Gott, das ist jetzt wie lange her?«

Eine Woche und vier Tage. So lange ist es her, dass wir uns das letzte Mal über den Weg gelaufen sind. Am Rheinufer zwischen Ausflugsboot-Anlegestelle und der besten Frittenbude der Stadt. Ist nicht so, als würde ich absichtlich Buch über unsere Zufallsbegegnungen führen, mein Gehirn erledigt das von ganz allein. »Und du bist Natascha, nicht wahr? Echt schön, dich auch mal kennenzulernen. Ehrlich. Ich habe schon viel von dir gehört. Na ja, bleibt nicht aus, gemeinsame Freunde und Bekannte und so.« Ich greife nach ihrer Hand, schüttle sie heftig und strahle übers ganze Gesicht.

Während ich wie aufgezogen plappere, starren mich ihre olivgrünen Augen erschrocken an. Kacke, ich fühle mich unendlich plump neben ihr. Alles an ihr ist filigran. Sie hat zarte Handgelenke und elegant hohe Wangenknochen, auf die ihre langen Wimpern dunkle Schatten werfen.

Tom hat den Schock, mich wiederzusehen, schnell überwunden und schaltet sich ein, um seine Freundin vor mir zu retten. »Natascha, das ist Mila, meine ... Exfreundin. Mila, Natascha.«

Ein bisschen tut er mir leid, so unbehaglich, wie er sich offensichtlich fühlt. Er legt den Arm um Nataschas Schultern, nimmt ihn jedoch gleich wieder runter, zupft sich am Kinnbart. Er mochte es immer schon harmonisch. Kein Streit, keine Konflikte. Und Begegnungen zwischen der Ex und der Neuen liegen ganz sicher außerhalb seiner Komfortzone, und ich bin die Letzte, die ihn dafür verurteilen könnte.

Balou schiebt seinen breiten Kopf an Tom vorbei und schaut Natascha freundlich an. In dem Moment hat er auch schon beschlossen, mit ihr Freundschaft zu schließen. Untreue Seele! Er wedelt freudig mit dem Schwanz, presst sich an ihr Bein und hinterlässt dabei feuchte Nasenabdrücke auf dem glatten Stoff ihrer Hose. Natascha erstarrt. Mit verkrampftem Lächeln tätschelt sie Balous Kopf und zuckt zurück, als er über ihre Finger leckt.

Ha! Ein Makel an der perfekten Kombucha-Natascha. Wie kann Tom, der Hundefreund Tom, mit einer Frau glücklich sein, die sich vor Hunden fürchtet? Die Sache ist doch von vornherein zum Scheitern verurteilt. Da hilft es auch nicht, dass er sofort herbeistürzt, um seine holde Maid vor dem bollerköpfigen Ungetüm zu retten. Er krault Balou hinter den Ohren und zieht dessen Aufmerksamkeit auf sich, so dass Natascha gefahrlos den Rücken des Hundes – meines Hundes! – streicheln kann, was sie unbeholfen tut. Toms Teddyblick gilt ihr, nicht mehr mir.

Ich habe mir die Leine geschnappt und bin drauf und dran, dem Ganzen ein Ende zu setzen und mein Monster zu mir zu ziehen. Beinahe tut mir Natascha leid, die vom völlig distanzlosen Balou belästigt wird und noch nicht ahnt, dass ihre Beziehung mit Tom dazu verurteilt ist, in die Brüche zu gehen. Nicht nur, weil sie kein Hundetyp ist, was für Leute wie mich und auch wie Tom ja eigentlich schon ein klares Ausschlusskriterium ist, sondern auch, weil Tom einfach kein Beziehungstyp ist. Er ist ein Freigeist, wie er mir immer wieder gesagt hat, auch wenn ich ihm nicht glauben wollte, und noch lange nicht bereit, sich fest zu binden. Harmloser Teddyblick hin oder her – auf Tom kann man nicht bauen. Arme Natascha!

Aber dann bleibt mein Blick an einem dicken, fetten Klunker hängen. Ich starre auf einen Ring an Nataschas Finger, der nur eins bedeuten kann.

»Oh«, mache ich.

»Oh«, haucht Natascha, als ihr Blick meinem folgt.

Tom räuspert sich. »Ja, wir sind verlobt«, gesteht er.

Ein Rauschen in meinen Ohren, das immer lauter wird. Ich habe mich verhört, bestimmt.

»Verlobt«, krächze ich wie ein heiserer Papagei.

Aber doch nicht mit Tom! Dem kuscheligen, harmlosen Tom, der wirkt wie der perfekte Schwiegersohn und dem man kein Wort glaubt, wenn er von seinem Freiheitsdrang schwadroniert. Dem Tom mit den freundlichen, braunen Augen, den karierten Holzfällerhemden, den breiten Händen, der mich erst vor ein paar Monaten verlassen hat, weil ihm das alles viel zu schnell viel zu eng wurde.

Verlegen streicht sich Natascha das weiche Haar hinters Ohr. »Ich weiß, das geht ziemlich schnell. Aber jetzt, wo wir das Haus gekauft haben, denken wir, es ergibt Sinn, Nägel mit Köpfen zu machen.«

Wie oft hat Tom mir gegenüber behauptet, er wäre nicht der Typ fürs Heiraten, für Familiengründung und Eigenheim? Alles nur leere Worte! Da muss nur eine Natascha um die Ecke biegen, und plötzlich ist er der Typ für all das Spießige, das ich wollte, er aber nicht.

Balou drückt sich tröstend an mich. Vermutlich findet er es nur gerade angenehm, sich an mich zu lehnen, aber ich möchte das gerne als Trösten interpretieren. Meine Finger wühlen sich in sein weizengelbes Fell.

»Mila ...«, beginnt Tom. Ahnt er, was ich gerade denke? Weiß er, dass mir das einen ordentlichen Stich versetzt? Dazu muss er wirklich kein Hellseher sein. Aber ich will mir jetzt keine Blöße geben, das kommt überhaupt nicht in die Tüte.

Und wieder einmal bin ich zu viel. Zu viele Worte, zu viel Mimik, zu viele Gesten. Ein viel zu breites Lächeln, das sich gewaltsam auf mein Gesicht drängt.

»Wie schön, das ist ja toll für euch«, sprudle ich los. »Mein Gott, so schnell, da hat die Liebe ja wie der Blitz eingeschlagen. Das freut mich für euch. Ehrlich! Total! Absolut! Du und eine Hochzeit, Tom, wer hätte das gedacht? Also ich nicht! Freut mich ... sehr. Natascha, weißt du was? Komm doch zu mir in den Laden. Vielleicht hat Tom dir ja davon erzählt. Na ja, vielleicht auch nicht. Ich verkaufe Brautkleider. Will ja nicht angeben, aber es sind die schönsten, die es in der ganzen Stadt gibt. Wirklich, es würde mich freuen, wenn du bei mir dein Traumkleid findest.«

Ungefähr sieben Sätze früher hätte ich mir besser die Zunge abbeißen sollen. Zu spät, jetzt sind die Worte raus. Und wieder mal war meine Zunge schneller als mein Verstand. Ich stehe den beiden gegenüber und grinse übertrieben freudig. Neben mir hechelt Balou. Seine Freude ist absolut echt.

Ich weiche Toms Blick aus.

Natascha wirkt für einen Moment fassungslos, als hätte sie eine Lawine überrollt. Dann erwidert sie mein Lächeln. »Das ist ja ein liebes Angebot, vielen Dank. Oh ja, ich komme bestimmt darauf zurück.«

Kapitel 2

Mila

»Du blöder Mistkerl«, gurre ich liebevoll und hebe Balou aus dem Kofferraum. »Garstiger, schiacher Depp.«

Diese zauberhaften Ausdrücke habe ich von Leo. Meine beste Freundin stammt aus Österreich und hat ihren Dialekt größtenteils verloren, streut aber immer wieder diese hübschen Wörter ein, die ich aufsauge wie ein Schwamm.

Es ist nicht so, als könnte er nicht selbst rausspringen. Wenn eine interessante Hündin vorbeistolziert, schafft er das ja auch. Ich schätze, er ist einfach ein fauler Kerl und genießt es, wenn ich ächzend seine dreiunddreißig Kilo hochwuchte. Das bringt mich jedes Mal an meine körperlichen Grenzen. Jedes Mal nehme ich mir vor, eine dieser praktischen Rampen zu kaufen, über die der Hund ganz bequem in den Kofferraum hinein und auch wieder raus klettern kann. Und jedes Mal stelle ich dann doch unter Rückenschmerzen fest, dass ich das immer noch nicht gemacht habe und meinen faulen Moppel stemmen muss.

Und es ist auch nicht so, als wäre ich nicht sauer auf ihn. Untreue Tomate, die mich meinem Ex und seiner Neuen zum Fraß vorgeworfen hat. Aber es ist so unendlich schwer, richtig böse auf jemanden zu sein, der einen aus so treuherzigen Augen anschaut. Ohne diesen Schokoschmelzblick hätte Balou ein kurzes Leben.

Ich habe vorne an der Straße geparkt und laufe das restliche Stück zu Fuß, weil der Weg ab hier so schlammig ist, dass ich mit meinem Fiat Panda vermutlich einfach stecken bleiben würde. Balou macht das nichts aus, als waschechter Labrador Retriever kann ihm der Untergrund gar nicht schmutzig genug sein. Zielstrebig läuft er voraus und nimmt sich ausnahmsweise kaum Zeit, um an Bäumen und Gräsern zu schnuppern, denn er weiß genau, wohin es geht, und freut sich schon. Mich stört der Schlamm auch nicht, ich habe meine Autofahrschuhe an, meine Doc Martens, die einen derben Kontrast zu meinem Arbeitsrock aus rosa Tüll bilden.

Es ist ein wunderbarer Tag – eigentlich. Tau glitzert an den hohen Grashalmen. Die Luft hat noch diese frostige Frische, die dem frühen Morgen zu eigen ist, die aber jetzt schon erahnen lässt, dass es ein heißer Tag werden wird. Mild fällt die Sonne zwischen den Lindenzweigen hindurch und malt goldene Tupfen auf die Erde. Kronwicken und Steinklee blühen zu beiden Seiten des Weges, Bienen und sogar Schmetterlinge tummeln sich zwischen den Blüten. Es ist ruhig hier, so ruhig, dass man vergessen könnte, wie nah die Stadt ist. Die Hundetagesstätte, in die ich Balou regelmäßig bringe, liegt am Stadtrand, kaum eine Viertelstunde mit dem Auto von meiner Wohnung entfernt, aber dennoch ist es hier wie in einer anderen Welt.

Und trotzdem steht meine Stimmung in einem ebenso brutalen Kontrast zum hübschen Tag, wie meine Doc Martens zu meinem Tüllröckchen. Innerlich koche ich vor Wut.

»Komm doch zu mir in den Laden« – zur Hölle! Was hat

mich geritten, als ich das gestern im Kaufhaus gesagt habe? Die allerletzte Person, der ich ein Brautkleid verkaufen will, ist die Verlobte meines Exfreundes. Desselben Exfreundes wohlgemerkt, der kategorisch ausgeschlossen hat, in den nächsten zehn bis zwanzig Jahren zu heiraten, und der Schnappatmung bekommen hat, wenn ich mal meine Zahnbürste bei ihm in der Wohnung vergessen habe.

Meine Wangen glühen. Aufgebracht stapfe ich durch den Matsch, der bei jedem meiner Schritte schmatzende Geräusche von sich gibt. Meine Arme schwingen energisch. Ich schaue weder nach links noch nach rechts, starre nur geradeaus den Pfad entlang und auf Balou schaukelndes Hinterteil.

»Bleib bloß weg«, knurre ich dem zwitschernden Vogel zu, der dicht an mir vorbeiflattert und denke dabei an Natascha, die bloß keinen Fuß in meinen geliebten Laden setzen soll.

Ich bin so sauer auf Tom! Dass er sich so schnell neu orientiert hat, wie man so schön sagt, und mit seiner neuen Partnerin plötzlich zu all den Dingen bereit ist, die ich mir mit ihm vergeblich gewünscht habe. Sauer auf diese Natascha, mit ihrem Yoga-Glow und Kombucha-Teint.

Aber vor allem bin ich so unglaublich sauer auf mich selbst. Warum konnte ich meinen dummen Mund nicht halten?

»Komm zu mir in den Laden, das wird supi! Wir schlürfen Sekt und plaudern über meinen Ex, deinen Verlobten, wie die allerbesten Freundinnen«, flöte ich mit verstellter Stimme in die klare Morgenluft und schnaube dann übellaunig.

Die ganze Nacht habe ich mich schlaflos hin und her geworfen und bin die Begegnung im Kaufhaus im Kopf tausendmal durchgegangen. Heute fühle ich mich kein bisschen ruhiger, die Nacht hat nicht gerade zu meiner Entspannung beigetragen.

Das Aufheulen eines Motors zerreißt die idyllische Stille. Der Wagen kommt so schnell hinter mir um die Kurve geschossen, dass ich gar nicht dazu komme, aufzuschreien. Instinktiv reiße ich die Hände schützend vor mein Gesicht. Durch meine gespreizten Finger nehme ich deutlich das Gesicht des Fahrers wahr, er ist genauso schockiert wie ich, hat den Mund und die Augen in Panik aufgerissen.

Der Wagen schlingert und schießt haarscharf an mir vorbei.

»Balou«, brülle ich aus Leibeskräften.

Mit großen Sätzen kommt mein Hund auf mich zugesprungen, schwanzwedelnd und außer sich vor Begeisterung über die Aufregung. Erleichtert atme ich auf und schreie dem Autofahrer hinterher: »Betrunken, oder was? Passen Sie doch auf, verdammt!«

»Können Sie nicht auf der Seite laufen, wie jeder normale Mensch?«, schallt es durch das offene Seitenfenster zurück. Ein paar Meter entfernt ist das Auto zum Stillstand gekommen, es steht quer auf dem Weg.

»Wäre nicht nötig, wenn Sie hier nicht herumrasen würden wie ein verdammter Rennfahrer«, tobe ich. Der ganze Frust, den die Begegnung mit meinem Ex und seiner Neuen ausgelöst hat, bricht aus mir heraus. Fehlt nicht viel, und ich würde aufstampfen wie das Rumpelstilzchen.

Der Mann streckt den Kopf aus dem Seitenfenster seines

Wagens, verrenkt sich, um zu mir zu schauen. Ich sehe dunkle Haare, helle Augen, grün oder blau. Checkt er ab, ob ich mich verletzt habe, oder erfreut er sich einfach nur am Anblick meines schlammbespritzten Rocks? Ich funkle ihn wütend an.

»Und wenn Sie nicht ganz so verträumt durch die Weltgeschichte laufen würden, würde das Ihre Lebenserwartung erhöhen«, kontert er. »Mal ehrlich, um mein Auto nicht zu hören, muss man den Kopf so was von in den Wolken haben. Oder extrem gute Ohrstöpsel.«

Punkt für ihn. Die pechschwarze Angeberkarre ist schwerlich als dezent zu bezeichnen. Der Motor röhrt wie ein wildes Tier und jault auf, als er wieder aufs Gas tritt und einfach weiterfährt.

»Idiot«, brülle ich ihm hinterher.

Balou schnauft neben mir, sein hechelndes Gesicht sieht aus, als würde er lächeln. Ich seufze tief, hocke mich dann neben ihn, vergrabe die Finger in seinem dicken Fell und atme einen Moment lang durch. Mein Herz rast immer noch. Balou hat keine Ahnung, was da gerade passiert ist und dass er beinahe überfahren worden wäre, aber ich möchte wetten, mein treuherziger Depp würde diesen Schnösel auch noch sympathisch finden. Spontan fällt mir kein Mensch ein, den Balou nicht gut leiden kann.

Ich bin da anders. Pöbelnde Kerle in dicken Protzautos, die mich und meinen Hund fast überfahren, wandern ganz flott auf die Kann-ich-nicht-leiden-Liste.

»O Gott«, stöhne ich.

Während ich murmelnd und Selbstgespräche führend die letzten Meter durch den Matsch zurückgelegt habe, ist mir bewusst geworden, dass der Weg zur Hundetagesstätte eine Sackgasse ist. Unmöglich, dass der Typ da nur durchfahren wollte. Wenn er sich nicht verfahren hat und mir nicht gleich wieder entgegenkommt, haben wir dasselbe Ziel.

Und tatsächlich parkt die Protzkarre vor dem Tor der HuTa, direkt unter dem Schild, auf dem *Zum Pfotentreff* steht. Der Lack des Batmobils ist über und über mit Schlamm bespritzt, stelle ich schadenfroh fest. Wäre Bruce Wayne aus dem Auto gestiegen, hätte ich den Anschlag auf mein Leben vielleicht sogar verzeihen können. Aber so nicht. Denn bedauerlicherweise steht mir kein sexy Superheld gegenüber, sondern der Inbegriff eines Spießers. Und bedauerlicherweise ist der Businessanzug im Gegensatz zum Wagen makellos sauber. Schade. Ich hätte es dem Kerl gegönnt, wenn er sich den feinglänzenden Twill versaut hätte.

Er beugt sich ins Auto, klappt die Rückenlehne nach vorne, um – wie ich vermute – einen Hund abzuschnallen, der auf der zweifellos viel zu schmalen Rückbank sitzt. Was für ein unpraktisches Auto, um einen Vierbeiner zu transportieren! Aber ich mit meinem kleinen Panda sollte diesbezüglich lieber mal still sein – der ist zugegebenermaßen auch nicht die optimale Hundetransportmaschine, hat aber zumindest so etwas wie einen Kofferraum.

Mit einem geschmeidigen Satz springt ein wahres Reh von einem Hund heraus, grazil und langbeinig, mit silberglänzendem Fell und hellen Augen, die mich an die des Besitzers erinnern. Beinahe hätte ich leise geschnaubt – ein Weimaraner. Das passt wie die Faust aufs Auge. Für jemanden, der so ein Auto fährt, geht es wohl auch an der Leine nicht ohne schickes Statussymbol. Ein toller Hund, aber an so einen feinen Pinkel, der höchstens mal zum Angeben eine Runde durch den Park flaniert, einfach verschwendet.

Eilig nehme ich Balou an die Leine, er tut das gleiche mit seiner Hündin. Ich beschleunige meine Schritte. Er beschleunigt auch und zieht beinahe an mir vorbei. Mit gerümpfter Nase werfe ich ihm einen Seitenblick zu. Ist das jetzt ein albernes Wettrennen? Wenn das so ist, bin ich fest entschlossen, es nicht zu verlieren. Balou will neugierig an der Hündin schnuppern, doch ich halte ihn zurück. Grimmig stapfen wir zu viert Seite an Seite auf das Tor der HuTa zu, aber es ist die Hand des Anzugträgers, die sich die Kordel der Glocke schnappt und daran zieht.

»Giiisela«, tönt ein langgezogener Ruf über die Wiese.

Was da auf uns zugaloppiert kommt und kein bisschen auf seinen Namen hört, ist nicht etwa ein Rehpinscher oder Pudel.

Meine Mundwinkel zucken hoch, als dem Anzugträger ein entgeistertes »Himmel« entfährt und er einen Schritt zurücktritt, obwohl sich ein Zaun zwischen uns und Gisela befindet. Sieht so aus, als wäre er zum ersten Mal hier, sonst wäre er mit der Fellnase der HuTa-Inhaberin vertraut. Sieht man Gisela zum ersten Mal, können einem tatsächlich die Gesichtszüge entgleisen.

Sie hat Flecken wie eine Kuh, Beine wie ein Fohlen und Lefzen wie ein Wolf. Und ein Gemüt wie ein Lamm, aber das ist auf den ersten Blick nicht zu erkennen. Clara scherzt manchmal, sie hätte mit Gisela einen ganzen Stall voller Tiere in Gestalt eines einzigen Hundes. Selbst für eine Deutsche Dogge ist Gisela besonders riesig. Ihr faltiges Gesicht schwabbelt vor Freude, als sie mich erkennt.

»Kommt rein, kommt rein«, ruft Clara, stiefelt uns entgegen und winkt einladend. Der Wind zerzaust ihre graue, unbezähmbare Lockenmähne. Ihre wachen blauen Augen funkeln uns entgegen. Sie trägt ihre Uniform: Gummistiefel und eine Allwetterjacke. »Klingt wie eine Plattitüde, ist aber wahr, die Maus tut nix.«

Ich öffne das Tor und kraule Giselas runzelige Stirn, was diese mit einem zufriedenen Grunzen quittiert. Der Anzugtyp zögert kurz, bevor er mir mit seinem Hund folgt.

Clara begrüßt erst die Hunde, tätschelt Balou an der Seite, so wie er es mag, und lässt die Weimaraner-Hündin an ihrer Hand schnuppern. Dann erst sind wir Menschen dran. Kräftig schüttelt sie die Hand des Schnösels.

»Robin Jansen«, stellt er sich vor. »Hier, das sind die ausgefüllten Anmeldepapiere, die Sie mir gemailt hatten. Und da der Nachweis über die Haftpflichtversicherung.«

»Hi, Robin«, duzt sie ihn sofort und stopft die Papiere achtlos in ihre große Umhängetasche, an der Balou immer sehr interessiert ist, weil sie darin Leckerlis, Kaustangen und Zerrspielzeuge transportiert. »Hübsch ist sie, die Alice. Ihr könnt die beiden ruhig ableinen, die verstehen sich.«

Ihr hat ein Blick genügt, um das festzustellen, dabei stehen Balou und Alice fast zwei Meter voneinander entfernt und hatten bisher nicht einmal die Gelegenheit, einander zu beschnuppern. Aber was Hunde angeht, kann man

Clara blind vertrauen, das habe ich längst begriffen. Die Inhaberin der Hundetagesstätte hat einen untrüglichen Blick für die Charaktere und Stimmungen ihrer Pfleglinge und erkennt auf Anhieb, wo es harmonisch läuft und wo es knallen könnte. Entsprechend teilt sie die Gruppen ein.

Trotzdem nehme ich Balou nur widerstrebend von der Leine.

Mit dem Hund des Feindes wird nicht kooperiert, versuche ich ihm telepathisch ins Hirn zu pflanzen und starre eindringlich in seine freundlichen, dunklen Augen. Er leckt mir über die Hand, dann zählt für ihn nur noch die hübsche Weimaranerin. Etwas säuerlich sehen ich und Schnösel-Robin dabei zu, wie die Hunde einander freundlich beschnuppern und dann sofort miteinander zu spielen beginnen, als würden sie sich schon ewig kennen. Wir Menschen sind für sie jetzt absolut uninteressant. Etwas verloren stehen wir mit Clara am Rand der Wiese, während Balou und Alice mit großen Sätzen über die Wiese jagen.

»Also dann.« Unschlüssig schaut Robin zwischen Alice und seinem Auto hin und her, das aufgeblasene Ego scheint für einen Moment die Luft verloren zu haben. »Wenn irgendwas ist, meine Nummer haben Sie … hast du ja. Du kannst mich jederzeit erreichen, wenn etwas mit Alice ist. Ach, und wegen der Leckerchen …«

Meine Mundwinkel zucken kurz hoch. Mister Aufgeblasen hat offenbar eine softe Seite. Er klingt aufrichtig besorgt um das Wohlergehen seiner Hündin, und der Abschied fällt ihm sichtlich schwer.

Clara bemerkt das auch und grinst. »Ich weiß, Getreideallergie. Willst du dich noch mal kurz umschauen? Noch mal einen kleinen Rundgang übers Gelände machen? Schauen, wie sie sich in der Gruppe macht?«, bietet die HuTa-Chefin an, damit er sich vergewissern kann, dass es seiner Alice hier auch wirklich gut geht.

Ich selbst habe diesen Rundgang gemacht und sehr genau auf jedes Detail geachtet, als ich Balou damals das erste Mal hier abgegeben habe.

Bedauernd schüttelt er den Kopf. »Würde ich wirklich gerne, aber ich muss dringend los. Wichtiger Termin.«

Natürlich, Mister Aufgeblasen. Ich kann nicht behaupten, überrascht zu sein. Einer wie der sprintet sicher den ganzen Tag von einem hochwichtigen Meeting zum nächsten und fühlt sich dabei unverzichtbar.

»Überfahren Sie unterwegs niemanden«, kann ich mir nicht verkneifen zu sagen.

Er funkelt mich an. Hellgrün, stelle ich fest. Seine Augen leuchten in einem intensiven Farbton, der vermutlich attraktiv wäre, wenn das Gesicht drum herum nicht so eingebildet aussehen würde. Die Lippen kräuseln sich jetzt unwillig, als könnte er nur mühsam eine schneidende Antwort unterdrücken. Die dunklen Haare liegen perfekt. Der Anzug ist mit Sicherheit maßgeschneidert, und zwar von jemandem, der sein Handwerk versteht.

»Ich versuche es zu vermeiden«, entgegnet er knapp und stapft über die feuchte Wiese zurück zu seinem Auto. – In dieser Umgebung ist er mit seinem feinen Twill und seinen Glattlederschuhen ein wandelnder Fremdkörper. Am Tor dreht er sich um, nickt Clara zum Abschied noch einmal zu, würdigt mich hingegen aber keines weiteren Blickes. Das Aufheulen des Motors hallt über die Wiese und lässt sogar die beiden spielenden Hunde kurz innehalten. Dann verliert sich das dumpfe Röhren zwischen den Linden.

»Tee?«, fragt Clara schlicht.

Ich nicke. Tatsächlich habe ich auch nicht viel Zeit und muss zur Arbeit, nicht umsonst bringe ich Balou fast jeden Tag morgens hierher. Im Gegensatz zu Mister Aufgeblasen geht die Welt bei mir aber nicht unter, wenn ich nicht auf die Minute pünktlich in irgendein Meeting hetze. Für ein Tässchen Tee habe ich immer Zeit.

Linden und Birken umranden die weitläufige Wiese, die Clara durch Zäune gegliedert hat, um die Hunde in Gruppen aufteilen zu können, in die der Rabauken und in die der Zarten, die der Zwerge und die der Riesen, Youngster und Senioren – ganz nach Bedarf. All die Hunde berufstätiger Menschen, die jemanden brauchen, der sich während der Arbeit um ihre geliebten Vierbeiner kümmert. So wie ich.

Es gibt Überdachungen und Schutzhütten, außerdem einen großen, beheizbaren Raum mit gemütlichen Liegeplätzen. In bunten Planschbeckenmuscheln können sich die Hunde an heißen Tagen abkühlen. Balou liebt es, darin zu spielen oder sie als überdimensionale Trinknäpfe zu nutzen. Auf einem Teil der eingezäunten Wiese flattern bunte Fähnchen und Wimpel im frischen Morgenwind, aus Hürden und Tunneln ist hier ein Parcours für die Agility-Kurse aufgebaut, die Clara anbietet.

Den ganzen Tag verbringt Clara hier draußen, spaziert zwischen den Gruppen in den Ausläufen hin und her und sieht überall nach dem Rechten. Sie beschäftigt sich mit den Hunden, knuddelt die Sensibelchen und sorgt dafür, dass niemand im Spiel überrannt wird oder sich danebenbenimmt. Hier sind zwar nur verträgliche, gut sozialisierte Hunde willkommen, trotzdem ist es immer gut, alles im Blick zu behalten, um notfalls regulierend eingreifen zu können.

Hinter den Ausläufen schmiegt sich ein kleines Haus an den Waldrand. Es macht einen wunderbar einladenden, gemütlichen Eindruck. Claras Zuhause könnte einem Märchen entsprungen sein; mit den hölzernen Fensterläden und der Veranda, der blaugestrichenen Tür und all den üppig bepflanzten Blumenkästen wirkt es auf zauberhafte Weise wie aus der Zeit gefallen. Jedes Mal, wenn ich hierherkomme, habe ich das Gefühl, ein paar Schritte aus der Realität hinaus und in eine andere Welt zu treten. Eine, in der die Uhren anders ticken. Vielleicht habe ich deswegen ein so gutes Gefühl dabei, meinen Balou hier zu lassen.

Und inmitten dieser Wiesen stehen wir jetzt unter einem Zelt neben dem Lagerschuppen, das an heißen Tagen vor Sonnenschein und an schlechten Tagen vor Nieselregen schützt, und wo Clara immer eine Thermoskanne mit Tee und ein paar Becher bereithält.

»So ein Idiot«, fauche ich. Meine Finger, die sich um den heißen Becher schließen, zittern leicht.

Clara lacht leise. Um ihre freundlichen, blauen Augen bildet sich ein Netz aus feinen Fältchen. »Was ist dir denn für eine Laus über die Leber gelaufen? So wütend kenne ich dich ja gar nicht.«

»Das kann ich dir sagen – ein Sportwagen ist mir fast

über die Leber gefahren. Und über den Rest meines Körpers. Und über Balou noch dazu.« Ich nehme einen so großen Schluck, dass ich mir den Mund verbrenne. »Herr Superwichtig ist den Weg entlanggerast wie eine gesengte Wildsau. Und was war das bitteschön für ein spießiger Anzug? Der ist bestimmt ein ganz hohes Tier in irgendeiner Firma und bildet sich wer weiß was drauf ein.«

Claras Mitarbeiter Kilian schiebt eine Schubkarre vorbei, auf der sich Hundefuttersäcke stapeln. Sein olivgrünes Shirt mit dem HuTa-Logo spannt über dem breiten Rücken, die kurzen Ärmel betonen seinen muskulösen Bizeps. Er ist bestimmt Mitte sechzig, aber besser in Form, als ich es jemals sein werde.

Er nickt uns zu und unterbricht damit meinen Redefluss. Claras Augen leuchten förmlich auf. »Kilian, hallo! Die Lieferung ist schon da? Sehr gut. Lass uns nachher mal kurz das neue Kursprogramm besprechen. Es gab einen Haufen Anmeldungen, und ein paar Leute haben angefragt, ob es nicht doch noch freie Plätze in den Workshops und im Welpenkurs gibt.«

»Können wir nachher gerne machen«, erwidert Kilian, was für ihn schon sehr gesprächig ist.

Clara lächelt ihm hinterher, dann erst wendet sie sich wieder mir zu. »Ich hatte bisher eigentlich den Eindruck, dass er ein ganz netter Kerl ist, der Robin.« Was bedeutet, dass ihr vor allem sein Hund sympathisch ist. Clara wird nämlich nicht müde zu betonen, dass ihr mehr am vierbeinigen Ende der Leine gelegen ist, als am zweibeinigen.

»Nett«, brause ich auf. »Er hätte uns beide fast überfahren und hat sich nicht einmal entschuldigt.«

Der Blick ihrer blauen Augen ruht auf mir, und wie so oft habe ich den Eindruck, dass sie mehr sieht, als ich preisgeben will. Clara hat nicht nur ein Gespür für Hunde, sondern auch für Menschen.

»Aber darum geht es gar nicht, stimmt's?«

Nein, darum geht es nicht. Nicht nur. Klar regt es mich auf, dass der Kerl so unvorsichtig gefahren ist, aber dass ich so wütend bin, hat nicht nur damit zu tun. Ich bin so wahnsinnig aufgebracht, weil meine Nerven seit der Begegnung mit Tom und Natascha blank liegen. Unter der Oberfläche haben meine Gefühle die ganze Zeit gebrodelt und sind dann durch den Schreck mit einem Mal rausgeplatzt.

Jetzt, wo die Wut allmählich verpufft, fühle ich mich seltsam leer. Die kühle Morgenluft hat den Tee in meiner Tasse rasch abgekühlt, mit kleinen Schlucken leere ich den lauwarmen Rest. Balou spielt am anderen Ende der Wiese weiterhin mit seiner neuen Angebeteten Alice. Manchmal fehlt es ihm einfach etwas an Sensibilität oder an der Fähigkeit, die Gedanken und Gefühle seines Frauchens zu lesen. Denn sonst würde er jetzt eilfertig herbeistürzen, um mich zu trösten. Ich seufze tief.

Gisela hingegen sitzt neben uns und drückt ihren riesigen Kopf gegen meinen Oberschenkel. Die Sabberspuren, die sie auf meinem Tüllrock hinterlässt, sind mir jetzt auch schon egal. Gedankenverloren kraule ich sie zwischen den Ohren und lasse meinen Blick über die Baumreihe schweifen, die das Morgenlicht in einen goldenen Schein taucht. Allmählich muss ich mich wirklich auf den Weg zum Laden machen, wenn ich vor meinem ersten Beratungstermin noch ein paar Dinge erledigen will, aber meine Motivation ist irgendwo im Gedankenstrudel zwischen Beinahe-Unfall und Exfreund-Treffen verpufft.

Mitfühlend versetzt Clara mir einen Knuff gegen die Schulter. »Der Tag wird kommen, an dem du feststellst, dass dir das gar nichts mehr anhaben kann«, sagt sie und meint die Trennung von Tom, von der ich ihr gleich unter Tränen erzählt hatte.

Sie hat recht, ich weiß es. Tom war nicht die Liebe meines Lebens, für die ich ihn naiverweise gehalten hatte. Und trotzdem kann ich mir gerade nicht vorstellen, dass es einen Tag geben wird, an dem der Gedanke an ihn und den Verrat unseres Glücks mir keinen Stich mehr versetzen wird.

Kapitel 3

Robin

Wie ein rosa Wölkchen ist sie den Schlammweg entlanggelaufen und ihm dann direkt vors Auto gestolpert. Ein übellauniges Wölkchen, das ihn zornig angefunkelt hat, als wollte es ihm am liebsten den Hals umdrehen.

Er schnaubt und dreht das Radio lauter. Nachdem Alice nicht mehr bei ihm im Auto ist, beschädigt er damit höchstens seine eigenen Trommelfelle, also dürfen die Misfits in voller Lautstärke durch den Wagen dröhnen.

Wie alt ist sie – elf? Fünf? Dieser ausladende Rock in Zuckerwatterosa, die Haare in genau demselben Farbton gefärbt und dazu die matschbespritzten Kampfstiefel: Sie war gekleidet wie ein kleines Mädchen, das den Eltern die Erlaubnis abgerungen hat, Prinzessin spielen und den Tag in Verkleidung verbringen zu dürfen, unter der Voraussetzung, dass es zumindest praktisches Schuhwerk trägt. Albern! Er verdreht die Augen, während er sich in den Stadtverkehr einfädelt.

Aber in erster Linie geht es gar nicht um sie. Es geht um ihn und um all das, was an ihm zerrt, um jagende Gedanken, die ihn dazu getrieben haben, stärker aufs Gas zu treten, als auf diesem schmalen Weg vernünftig gewesen wäre.

Es geht um seine Hände, die nervös über das Lenkrad getrommelt haben, und den Schock, als plötzlich ein Mensch vor ihm aufgetaucht ist und er für einen schrecklichen Moment gedacht hat, jemand würde durch seine Unaufmerksamkeit verletzt werden.

Und dann erst geht es um sie, um diese Frau im Prinzessinnenrock und den derben Schuhen, die wie aus dem Nichts aufgetaucht ist, so abrupt, dass sein Herz ein paar Schläge ausgesetzt hat. Seine schlechte Laune hat eigentlich überhaupt nichts mit ihr zu tun.

Er schlängelt sich durch die Straßen, gemeinsam mit all den anderen Menschen, die in ihren Autos auch gerade unterwegs zur Arbeit sind. Als er beschleunigt, um es noch bei Grün über eine Ampel zu schaffen, rutscht die Karte heraus, die er unter die Sonnenblende geklemmt hat, und fällt auf den Beifahrersitz. Sie lässt seine Stimmung sofort noch tiefer sinken. Alles an ihr regt ihn auf: das geschmackvolle cremefarbene Papier, der Prägedruck, der Text. Es ist eine förmliche, schriftliche Einladung, die ebenso gut an entfernte Bekannte oder Geschäftspartner hätte gehen können. Als wären sie Fremde und nicht allerengste Familie.

Diese Karte ist der wahre Grund, warum er heute schon angespannt in den Tag gestartet ist. Und warum er beinahe eine Frau samt Hund überfahren hätte und sie dann auch noch angepampt hat, als sie zu Recht sauer auf ihn gewesen ist.

Vielleicht sollte er sich bei ihr entschuldigen, wenn er sie wiedersieht, denkt er und unterdrückt ein Seufzen. Ja, vermutlich sollte er das.

Aber jetzt hat er keine Zeit, sich den Kopf über rosa

Frauen oder cremefarbene Einladungskarten zu zerbrechen.

Der Parkplatz vor der Kanzlei ist ein wahrer Segen. Ohne den wäre er eine jener armen Seelen, die auf der Suche nach einer Lücke tagtäglich eine gefühlte Ewigkeit durch die Straßen kurven. Die Parkplatzsituation hier in der Innenstadt und so nah am Rhein ist eine Katastrophe.

Mit großen Schritten eilt er die Treppe hinauf, anstatt den Aufzug zu nehmen. Der Fitnesstracker an seinem Handgelenk vibriert sachte und beglückwünscht ihn zu den bewältigten Schritten, den aktiv verbrachten Minuten oder schlicht und einfach dafür, dass er am Leben ist. Neulich hat ihn das Gerät doch tatsächlich daran erinnert, er möge nicht zu atmen vergessen.

Auf ihn wartet ein Tag voller Aufgaben und Termine. Termine, in denen er Menschen dabei unter die Arme greifen wird, das wegzuwerfen, was sie sich über Jahre liebevoll aufgebaut haben.

Kapitel 4

Mila

Die Inuit hätten vierzig Wörter für Schnee, habe ich einmal auf einer Unnütze-Fakten-Seite im Internet gelesen.

Ob das stimmt, weiß ich nicht, aber ich kann es mir gut vorstellen. Denn auch ich kenne eine Menge Wörter für all die Nuancen von Weiß, die mich umgeben: Schneeweiß, Elfenbein, Cremeweiß, Eierschale, Perlweiß und Champagner. Kommt man hier herein, könnte man beinahe schneeblind werden.

Der einzige Farbklecks – neben den verschnörkelten goldenen Spiegeln – bin ich selbst. Wenn die Gummistiefel, in denen Clara ihr Leben verbringt, ihre Uniform sind, dann besteht meine aus Tüllröcken in zartem Rosa. Um meine Haare im selben Pastellton hinzubekommen, musste ich ihnen mehrere brutale Blondierungsdurchgänge antun, wobei ich schon befürchtet hatte, sie würden mir einfach ausfallen und mich mit einer Glatze zurücklassen, aber wie durch ein Wunder haben sie es überlebt und schimmern hellrosa.

Hier in meinem Laden verkaufe ich Träume. Die Sehnsüchte der Bräute sichern meinen Lebensunterhalt und sorgen für schwarze Zahlen. Fast jede Frau, die hier reinkommt, hat ganz bestimmte Vorstellungen von ihrem eigenen, ganz persönlichen Traumkleid; viele träumen sogar schon seit der Kindheit von jenem Tag, der der schönste des Lebens sein soll, und malen ihn sich bis ins kleinste Detail aus.

Unnötiger Kitsch. Aber ich bin die Letzte, die sich über die übertriebene Relevanz beschweren würde, die meine Kundinnen der Hochzeit und dem dazugehörigen Brautkleid zuschreiben. Von irgendwas muss der Mensch ja leben.

»Wie wunderbar, herzlichen Glückwunsch«, trällere ich, als meine heutige Vormittagsbraut mit freudenglänzenden Augen vom Heiratsantrag erzählt, den ihr Herzallerliebster ihr am Strand gemacht hat, und verkneife mir »Mein Beileid« zu sagen, was mir auf der Zunge liegt.

Das Kleid, das ich zielsicher für sie von der Kleiderstange gepflückt habe, steht ihr tatsächlich ausgezeichnet.

»O mein Gott«, haucht sie ergriffen, und ihre Augen füllen sich mit Tränen.

Routiniert reiche ich ihr ein Taschentuch.

Sie ist eine von jenen, die hereinkommen und steif und fest behaupten, sie wüssten schon genau, wie ihr perfektes Kleid aussehen soll. In dem Fall war das: schlicht, schnörkellos, bloß kein Glitzer. Aber im Laufe der Jahre habe ich meinen Blick geschärft und erkenne gleich, wonach meine Bräute sich insgeheim sehnen, wenn sie außer Acht lassen, was ihre Freundinnen oder Mütter oder Schwiegermütter für passend erachten. Und darum bin ich auch so gut in meinem Job.

»Tun Sie mir den Gefallen, probieren Sie dieses hier trotzdem an, einfach nur um den Vergleich zu haben. Für mich«, habe ich gesagt und mit großer Geste den funkelnden Prinzessinnentraum mit der Strasskorsage und dem ausladenden Tüllrock präsentiert, so dass sich die ellenlange Schleppe dramatisch über den Boden ausgebreitet hat.

Und jetzt steht sie in genau diesem Kleid vor dem Spiegel, dreht sich hin und her und kann sich an ihrem eigenen Anblick gar nicht sattsehen. Zufrieden nicke ich. Die Art und Weise, wie sie von ihrem Verlobten, der Location – einem Schloss – und der mehrstöckigen Hochzeitstorte gesprochen hat, hat mich davon überzeugt, dass sie in Wirklichkeit eine opulente Robe möchte und braucht.

Es ist nicht so, als wären meine Kundinnen in irgendeiner Form doof oder wüssten generell nicht, was sie im Leben wollen. Aber beim Thema Brautkleid gelten nun mal andere Regeln. Das trägt man nur einmal im Leben, behaupten naivere Personen. Zwei- bis dreimal, sagt meine Erfahrung, wenn man der Typ ist, der auf den ganzen Hochzeitszinnober steht. Aber da kann man jedenfalls auf keinen großen eigenen Erfahrungsschatz zurückgreifen, auf keine Gewohnheiten, und die tollen Fotos in Hochzeitsmagazinen und auf Pinterest helfen oft nur bedingt weiter. Man muss sich einfach selbst in verschiedenen Kleidern sehen und spüren, um zu erkennen, was das Richtige für einen ist. Und wenn man das Richtige dann anhat, spürt man das sofort.

Das bestätigen mir zumindest meine Kundinnen. Auch wenn es letztendlich ja doch nur ein hübsch verarbeitetes Stück weißer Stoff ist, das für eine Menge Geld über die Verkaufstheke wandert.

»Und – ist das Ihr Kleid?«, stelle ich die alles entscheidende Frage.

»Ja, ja, das ist es«, schluchzt die junge Braut und fällt ihren Begleiterinnen der Reihe nach um den Hals, ihrer Mutter, ihrer Oma und ihrer Schwester. Ohne mit der Wimper zu zucken, bezahlt die Mutter den vierstelligen Betrag.

Nach diesem erfolgreichen Vormittagstermin habe ich etwas Zeit, um mich längst überfälligem Papierkram zu widmen und an meinen Entwürfen zu arbeiten. Warm fällt das Sonnenlicht auf meinen Arbeitstisch und taucht meine Skizzen in einen goldenen Glanz. Sorgfältig führe ich den Bleistift über das Papier, skizziere Silhouetten und Schleppen, deute Spitzenbesatz, Stickereien, Strass- und Perlenverzierungen an. Der Entwurf, an dem ich gerade arbeite, ist schmal geschnitten und wird durch hochwertige Wildseide atemberaubend fallen. Ein hoher Schlitz wird der Braut, die sich für dieses Kleid entscheidet, einen großen Auftritt verschaffen. Das Dekolleté entwerfe ich hochgeschlossen, doch der Rückenausschnitt hat es in sich.

Klassische Musik umgibt mich, verbindet sich mit zartem Tüll und Taft, mit Seide und Satin, Chiffon und Batist. An langen Stangen hängen all die Designerroben, die ich sorgfältig ausgewählt und in mein Sortiment aufgenommen habe. Besonders am Herzen liegen mir aber die Kleider, die ich selbst entwerfe und in stunden-, tage-, nein, wochenlanger Arbeit nähe und zur Vollendung bringe.

Ich versinke ganz in meiner Tätigkeit und vergesse für den Moment alles, was mich belastet. Ich mag Brautkleider – völlig ungeachtet dessen, dass ich selbst nicht den leisesten Wunsch hege, mich nach alldem jemals noch auf eine Ehe einzulassen. Ein solches Kleid zu kreieren, ist hohe Kunst.

Aber ich und Romantik? Die Vorstellung, in so einem Kleid selbst einmal einem Mann das Jawort zu geben? Fehlanzeige.

Diesen Wunsch hat Tom mir ausgetrieben. Ich bin nicht mehr so naiv, daran zu glauben, dass Liebe für immer hält. Wozu viel Kohle und Planungsarbeit in einen einzigen Tag investieren, der ein paar Jahre später, wenn es an die Scheidung geht, nur noch eine traurige Erinnerung ist? Romantik ist für mich ein Geschäft, nichts weiter.

Vielleicht sollte ich Tom sogar dankbar sein, dass er mich auf den Boden der Tatsachen geholt hat, statt verblendet diesen Weg mit mir zu gehen. Und vielleicht sollte ich Natascha bemitleiden, die dazu verurteilt ist, mit dem Mann auf die Nase zu fallen, der mir bereits das Herz gebrochen hat. Ja, sicher sollte ich sie bemitleiden. Das dumme Stück meines Gehirns, das sie trotzdem beneidet, würde ich mir am liebsten rausreißen.

Verdammt. So viel dazu, dass mich das Zeichnen von meinen Grübeleien ablenkt.

Als ich mich selbständig gemacht habe, dachte ich, die Arbeit würde sich perfekt mit einem Hund vereinbaren lassen und ich könnte Balou einfach mitnehmen, als mein eigener Chef wäre das ja gar kein Problem. Aber es hat sich schnell gezeigt, dass das nicht die beste aller Ideen war. Obwohl Balou kein schwarzer Labrador ist, sondern weizenblond, waren seine vielen Haare an den kostbaren Kleidern eine Katastrophe. Und einige Kundinnen hatten trotz seiner gemütlichen Ausstrahlung Angst vor ihm. Die HuTa ist unsere Rettung. Aber heute hätte ich ihn gerne bei mir und würde meine Finger unsagbar gerne in seinem dichten Nackenfell vergraben.

Die Tür wird aufgerissen, Leo stürmt herein. »Sorry«, keucht sie, »das hat alles viel, viel länger gedauert als gehofft. Mimi hat den Arzt gebissen, als er ihr die Spritze geben wollte. Das war ein Riesendrama.«

»Kein Ding. Hat Balou auch mal fast gebracht, als er zum Röntgen musste.« Lässig winke ich ab. »Der arme Kerl war ganz außer sich und wusste sich nicht anders zu helfen.«

Mimi ist kein Hund, sondern Leos zweijährige Tochter und einer der beiden Gründe, warum ich den Vormittagsberatungstermin übernommen habe, für den sie eigentlich eingetragen war. Der andere Grund heißt Ava und ist neulich vier Jahre alt geworden. Leos Alltag ist randvoll gefüllt mit Kinderarzt und KiTa-Eingewöhnung, Kindergeburtstagsorganisation und Anfängerschwimmkurs, Bastelstunde und Nebenjob. Nebenjob, das ist ihre Anstellung hier bei mir im Laden. Als Mimi ein Jahr alt war, ist Leo wieder in Teilzeit eingestiegen.

»Sonst verliere ich den Verstand«, hatte sie mir gestanden.

Ich pflücke die glitzernde Haarspange aus ihren dunklen Locken. Ihre beiden Mädchen dekorieren bevorzugt Svens Haare, aber wenn ihr Papa keine Zeit hat, darf Mamas Frisur dran glauben.

»Komm erst mal runter, zieh dich um.« Unwillkürlich wechsle ich in den Tonfall, mit dem ich Balou immer beruhige, wenn er aufgeregt ist, und bleibe mit dem Blick am dicken Haferbreiklecks, der auf Leos Bluse prangt, hängen. »Und dann besprechen wir alles wegen der Beratungen heute Nachmittag und der Hochzeitsmesse.«

»Neue Klamotten helfen da nur noch bedingt, ich bräuchte eine Dusche«, stöhnt sie. »Oder ein Vollbad. Oder ein Wellnesswochenende.« Während sie in den Nebenraum geht, in dem wir für solche Haferbreinotfälle immer saubere Klamotten haben, ruft sie mir zu: »Und, wie war der Termin vorhin?«

»Fünf Jahre. Ich gebe ihnen fünf Jahre.«

Sie lacht. »Du bist grässlich. Ich erhöhe auf sechzig. Bis dass der Tod sie scheidet.«

»Statistisch betrachtet unwahrscheinlich«, murmle ich und wünsche ihr insgeheim, dass sie und Sven zu den Glücklichen zählen, die dieses Bis-dass-der-Tod-sie-scheidet doch irgendwie hinbekommen.

»Keine Sorge. Nie im Leben kommt Kombucha-Natascha ausgerechnet hierher, um ihr Brautkleid zu kaufen«, versucht mich Leo zu beruhigen, als ich ihr von meinem gestrigen Erlebnis im Kaufhaus erzähle. »Mal ehrlich, welche Frau würde freiwillig im Laden der Ex ihres Verlobten nach ihrem Brautkleid suchen? Die wird sich schön von hier fernhalten, wenn sie nicht ganz deppert ist.«

»Das will ich ihr auch geraten haben«, grummele ich. »Schlimm genug, dass ich sie und den elenden Lügner ständig in der Stadt treffe. Oh, ich könnte mich ohrfeigen!

Immer wenn es drauf ankommt, kann ich meinen Mund nicht halten.«

Wir haben die Beratungstermine hinter uns gebracht, im Laden wieder für Ordnung gesorgt und unseren Auftritt auf der Hochzeitsmesse geplant. Jetzt hocken wir zusammen und verbringen die letzte halbe Stunde bis zum Ladenschluss quatschend und mit Wassereis.

»Mila ...« Der gedehnte Tonfall verrät schon, dass sie mir etwas sagen will, das mir nicht unbedingt gefallen wird. »Dass Tom dir immer gesagt hat, er wäre nicht der Typ für was Festes, und dass er diese Natascha jetzt trotzdem heiraten will ... Das muss nicht unbedingt heißen, dass er gelogen hat.«

Ich sacke in mich zusammen. »Ich weiß, ich weiß. Es ist nur ... der Gedanke, dass sie ihm offenbar etwas geben kann, was ich ihm nicht geben konnte, macht es echt nicht besser. Das tut ganz schön weh.«

»Es muss aber auch nicht heißen, dass er nicht gelogen hat, der Mistkerl«, poltert Leo jetzt los. »Was ist das denn für eine Art, dir vorzuheulen, er könnte zu viel Nähe und Verbindlichkeit nicht ertragen, und bei nächster Gelegenheit einer dahergelaufenen Yogatante einen Ring an den Finger zu stecken?«

Wir kennen einander seit der Grundschule, und ebenso lange halten wir schon bedingungslos zusammen. Unzählige Male haben wir den Kopf für einander hingehalten. Wenn eine von uns Mist gebaut hat, hat die andere sie gedeckt, und wenn eine traurig war, hat die andere alles getan, um sie zu trösten. Leo hat mich sogar verteidigt und versucht, die Schuld auf sich zu nehmen, als ich mal Oma

Fritzis Badewasser mit einem Spaßpulver in grünen Glibber verwandelt habe – aussichtslos, denn Oma Fritzis Scharfsinn war unübertrefflich. Wenn es mir also damit besser geht, dass Tom der Böse ist, dann ist er für Leo ab sofort der fieseste Oberschurke, seit Jim Starlin für Marvel Thanos erfunden hat.

Kurz lehnen wir unsere Köpfe aneinander. Leo benutzt immer noch das Pfirsichshampoo aus ihrer Kindheit, ich noch immer den Erdbeerconditioner. Manche Dinge ändern sich nie. Gemeinsam duften unsere Haare nach Obstsalat.

»Es war einfach ein doofer Nachmittag gestern. Und heute ein doofer Morgen. Nachdem dieser Kerl Balou und mich beinahe plattgefahren hat, hab ich mich von dem Schreck immer noch nicht richtig erholt.«

»Welcher Kerl?« Ruckartig hebt Leo den Kopf, ihre dunklen Augen glitzern neugierig.

Ich verdrehe die Augen. »Nichts Interessantes. Ein Neuer in der HuTa. Irgend so ein Anzugfuzzi mit dicker Karre, der den Matschweg so schnell entlanggerast ist, als müsste er einen Rekord brechen. So ein arroganter Angeber, der mit seinem teuren Anzug und seinem Megaschlitten über seine Unzulänglichkeiten hinwegtäuschen will. Ich wette, der gibt mehr für den Friseur aus, als ich an Miete für meine Wohnung zahle. Mit seinem hübschen Gesicht und den grünen Augen kriegt er bestimmt viele Frauen rum, aber ich wette, die meisten von denen bereuen es gleich am nächsten Morgen.«

Ein träges Grinsen breitet sich auf Leos Gesicht aus. »Grüne Augen. Dafür, dass du ihn nicht leiden kannst, hast du aber ganz schön viel über ihn zu sagen.«

Verdammt. Schon wieder zu viel geredet. Wann werde ich endlich lernen, meinen Mund zu halten?

»Der interessiert mich nicht die Bohne.«

»›Der interessiert mich nicht die Bohne‹, polterte sie vollmundig und stemmte entschieden die Hände in die Hüften. Doch wie sah es in ihrem Herzen aus?«, fabuliert Leo und untermalt ihre Worte gestenreich.

Ich verfluche den Tag, an dem sie – gleichermaßen erschöpft und gelangweilt in den ersten Monaten ihrer Elternzeit mit Ava – begonnen hat, Kitschromane zu schreiben. Was als harmloses Hobby angefangen hat, ist jetzt eine Leidenschaft, die ihr Umfeld manchmal in den Wahnsinn treibt. Nicht zuletzt mich.

»In meinem Herzen herrscht Gleichgültigkeit. Und du nervst«, weise ich sie zurecht.

Ihr Lächeln reicht von einem Ohr zum anderen. Ihr tiefroter Tüllrock schwingt um ihre Beine und die schwarzen Locken tanzen, als sie sich um die eigene Achse dreht. »Die Heldin gab sich widerborstig. ›Du nervst‹, grollte sie grimmig und zog die dichten Augenbrauen zusammen. Doch wenn sie an die grünen, von langen Wimpern umkränzten Augen des Mannes dachte, breitete sich ein Kribbeln in ihrem Bauch aus.«

Ich streiche mit der Hand über meine Augenbrauen, die wirklich nicht übermäßig dicht sind. »Träum weiter. Ich bin nicht der Typ für eine Romanze. Und wenn ich es wäre, dann nicht mit so einem schleimigen Angeber, sondern einem guten Kerl.«

Versöhnlich stupst Leo mich in die Seite. »Doch, du bist der Typ für die Liebe«, sagte sie im Brustton der Überzeugung. »Du kennst doch die Bräute, die hier reinkommen und glauben, sie wüssten, welches Kleid sie wollen – und wenn man sie einmal anguckt, weiß man schon, dass sie mit einem ganz anderen aus dem Laden rausgehen werden. Genauso ist es mit dir. Ich gucke dich an und weiß jetzt schon, dass du dich wieder verlieben wirst, wenn die Zeit dafür reif ist. Wirst schon sehen.«

»Das weißt du, weil du ein Profi auf dem Gebiet bist?«

Eifrig nickt sie. »Oh ja. Ich betreibe diesen Liebeskram professionell. Ich bin Profi in Liebesdingen«, sagt sie und meint die Kitschromane, die sie mittlerweile bei einem Verlag veröffentlicht. Ich spare mir, sie auf die Doppeldeutigkeit ihrer Worte hinzuweisen, ihr vergnügtes Grinsen verrät, dass ihr die durchaus bewusst ist.

Also beschränke ich mich darauf, energisch den Kopf zu schütteln. »Nope, da muss ich dich enttäuschen. Ob du es glaubst oder nicht, mit der Liebe habe ich abgeschlossen.«

Sie lacht nur. »Das sagst du jetzt. Bis der Richtige vorbeikommt, der dich vom Hocker haut. Und ich glaube, insgeheim wünschst du dir sehr wohl irgendwann wieder eine Beziehung. Du hast nur jetzt gerade die Schnauze voll – verständlicherweise.«

»Der Richtige.« Ich verdrehe die Augen. »Sind wir in einem Disneyfilm?«

»Übrigens habe ich neulich auf dem Spielplatz einen sehr feschen, netten Single-Papa kennengelernt«, flötet sie und weicht gekonnt dem Brautschuh aus, den ich nach ihr werfe.

»So nett wie der Esoterikfuzzi, mit dem du mich neulich verkuppeln wolltest? Leo! Am Ende habe ich ihm so einen

Geburts-was-auch-immer-Stein abgekauft, einfach nur, damit er aufhört, Absurditäten aus meiner Hand zu lesen.«

Kummervoll seufzt sie. »Und ich hatte so ein gutes Gefühl bei euch beiden. Aber glaub mir, Mila, der Richtige wird kommen, und irgendwann wirst du so eins tragen.« Sie deutet hinter sich auf die Kleiderstange mit den Brautkleidern.

»Klingt wie eine Drohung«, murmle ich.

Kapitel 5

Mila

Den Laden abschließen.

Balou abholen.

Zuhause sofort den Tüllrock gegen Sportleggings, ein Top und eine leichte Funktionsjacke tauschen und losjoggen.

Musik dröhnt in meinen Ohren, ich wähle schnelle Rhythmen und aufputschende Melodien, die zum Takt meiner Schritte passen. Am späten Nachmittag hat es wieder zu regnen begonnen, meine Nikes klatschen über nassen Asphalt und durch Pfützen, aber das stört mich nicht – ich jogge bei jedem Wetter. Bloß nicht zu Hause ankommen, entspannen und auf dem Sofa versacken, sondern direkt durchstarten, dann fällt es mir leichter, mich aufzuraffen. Widerspenstig trottet Balou hinter mir her, der Faulpelz würde jetzt viel lieber in seinem bequemen Hundebett neben der Couch liegen. Aber ich komme noch nicht zur Ruhe, muss mich beschäftigt halten. Und das auch, als wir wieder zu Hause sind.

Unter der Dusche singe ich laut und übertöne damit sogar den True-Crime-Podcast, der auf voller Lautstärke läuft.

Ich schiebe eine Tiefkühllasagne in den Ofen, telefoniere mit Leo und übe gleichzeitig die Salsaschritte aus der Schnupperstunde neulich.

Aber abends wird es still. Und mit der Stille kommen die Gedanken. Und mit den Gedanken kommt die Einsamkeit.

Ich scrolle durch Instagram und fühle mich angesichts der vielen Gesichter, die mir von Fotos entgegen lächeln, noch einsamer. Und da sehe ich es, da sehe ich Toms neuestes Foto, und mein Herz zieht sich ganz fest zusammen.

Ich habe mich mit ihm so sicher gefühlt. Vielleicht ist es das, was mir am meisten zusetzt. Dass ich so fest daran geglaubt habe, das mit uns würde halten, obwohl Tom von Anfang an beteuert hat, dass es ein Ende haben wird, irgendwann, irgendwie, eher früher als später. Dass ich mich sicher gefühlt habe, obwohl er gesagt hat, er könnte mir keine Sicherheit geben.

Ich will das nicht. Ich brauche das nicht. Ich will keinen Freund, keinen Mann an meiner Seite, schon gar nicht Tom.

Warum fühlt es sich dann trotzdem so an, als würde mir etwas fehlen? Unzufrieden scrolle ich durch mein Handy, installiere Tinder – wieder mal, denn die App habe ich schon mehrmals installiert und dann wieder entnervt gelöscht. Wische durch ein paar Profile und habe schon keine Lust mehr darauf. Wozu auch? Warum sollte ich mich überhaupt auf ein Date einlassen? Auf alles, was darüber hinausgeht, würde ich mich ohnehin nicht einlassen.

Könnte Leo mich in dem Moment sehen, würde sie sicher triumphieren und sich in ihrer Meinung bestätigt sehen, dass ich mir insgeheim doch einen Partner wünsche. Aber was einfach nicht stimmt – egal, wie oft sie es sagt. Und egal, wie oft ich Tinder installiere, irgendwelchen uninteressanten Männern schreibe oder mich sogar auf Dates einlasse, die von vornherein zum Scheitern verurteilt sind. Ich habe nicht den Wunsch nach einem Kerl an meiner Seite, sondern Langeweile und eine Einsamkeit, die ich mir selbst nur ungern eingestehe.

Ein tiefes Seufzen kommt über meine Lippen, als ich das Handy achtlos beiseite werfe. Es landet auf einem Sofakissen, rutscht von der Couch und reißt Balou aus seinem Schlaf. Er hebt den Kopf und guckt verdattert.

»Sorry, meine Lieblingsblondine«, murmle ich.

Und diesmal reagiert mein Hund auf irgendetwas in meinem Tonfall, kommt zu mir und quetscht sich zu mir auf die Couch. Die Falten auf seiner Stirn werden noch tiefer, als er mich aus seinen seelenvollen Augen anschaut und mir zuhört. Und ich erzähle. Ich erzähle ihm vom Kneipenabend, an dem ein Lockenkopf in Holzfällerhemd und mit herzlichem Lächeln mich in die Kunst des Darts eingeführt, sich als Tom vorgestellt und mir seine Handynummer auf einen Bierdeckel gekritzelt hat. Von Pärchenabenden mit Bananenbier und 90er-Jahre-Sitcoms auf der Couch und vom warmen Gefühl, das Tom in meinen Bauch gezaubert hat. Davon, wie Tom mich immer mit beiden Armen umschlungen hat, so dass ich ganz in seiner Umarmung versunken bin, und wie er mich an unserer Lieblingsbude mit Fritten gefüttert hat. Von Toms tiefem Lachen, wenn ich mich am Kuchenbacken versucht habe und die Küche im Chaos untergegangen ist.

Ich erzähle sogar von den ersten vorsichtigen Gedanken an eine gemeinsame Zukunft, die ich zugelassen habe, weil ich im siebten Himmel war und die Realität nicht sehen wollte. Dann, als ich mich selbst nicht mehr über meinen

Ex jammern hören kann, ziehe ich über Schnösel-Robin und die fiesen Typen auf Tinder her.

Aufmerksam hört Balou sich das alles an. An strategisch sinnvollen Stellen seufzt er tief, und ich glaube sogar, Empörung in seinem Blick zu lesen. Offen gestanden ist er einer der angenehmsten Gesprächspartner, die ich je hatte: immer geduldig, immer verständnisvoll, ohne Widerworte. Und schon fühle ich mich nicht mehr allein. Gemeinsam schauen wir Trash-TV, ich in meiner rosa Einhorn-Pyjamahose, er mit einem Kauknochen im Maul, und die Welt ist auf einmal wieder ziemlich in Ordnung.

Kapitel 6

Clara

Es ist einer der schlechteren Tage. Das ist Clara bewusst, noch bevor sie die Augen aufschlägt.

Sie werden seltener, kommen kaum mehr vor, weil Clara voll Energie und Tatendrang dagegen vorgeht. Immer schon war sie eine Verfechterin der Theorie, man könne und müsse sich aus den meisten Tiefs selbst herausziehen, wenn man weiterleben will. Also ist es das, was sie tut. Sie bemüht sich, ihren Tagen Sinn zu geben.

Und meistens funktioniert das auch. Aber heute hat die Vergangenheit sie in ihren Träumen eingeholt, und so bleibt sie noch eine Weile im Bett liegen, schiebt einen Unterarm über ihre Augen und horcht dem Echo ihres Traums nach.

Aber der Tag wartet; die Hunde, die hier übernachtet haben, brauchen Futter und Auslauf, Neuankömmlinge müssen von ihren Herrchen und Frauchen entgegengenommen werden, es gibt eine Menge zu tun.

»Schon gut, Andi, ich weiß, was du sagen würdest. Ich soll den Tag nicht verschlafen«, schnauft sie, schwingt die Beine aus dem Bett und tritt dabei fast auf Gisela, die sich wie üblich auf dem Teppich davor breitgemacht hat.

Sie schenkt dem Foto auf dem Nachttisch ein trauriges Lächeln. Andi lächelt vom Foto zurück, warmherzig und mit diesem Glanz in den Augen, so wie er es auch in ihrem Traum getan hat. Die Sehnsucht schlägt so heftig zu, dass sie den Atem anhalten, die Augen ganz fest zukneifen und warten muss, bis der Schmerz in ihrer Brust abebbt.

Einen Moment gesteht sie sich zu. Einen Moment, der Andi und ihr gehört. Jetzt greift sie nach dem Bild, presst die Stirn gegen das kühle Glas des Bilderrahmens und denkt an ihren Mann. Sammelt sich, rafft sich auf, wischt energisch den Fettfleck vom Glas, den ihre Stirn hinterlassen hat.

»Keine Müdigkeit vorschützen«, brummt sie leise. Die Selbstgespräche sind eine kleine Marotte geworden, seit Andi nicht mehr da ist. Mit irgendjemandem muss sie ja schließlich reden.

Eisige Morgenluft strömt zum Fenster herein, als sie die hölzernen Läden schwungvoll öffnet. Feiner Nebel kriecht vom Waldrand her über die Wiese und legt einen Weichzeichner über das HuTa-Gelände. Die Sonne ist noch nicht ganz aufgegangen, sie schickt schwache Strahlen über die Baumwipfel und fällt auf Claras Gesicht. Ganz tief und genussvoll atmet sie jetzt durch.

Das Hundegebell der Übernachtungsgäste schwillt an, als sie merken, dass sich jemand nähert. Das bringt nun auch Gisela in Schwung, die herzhaft gähnt, sich streckt und zu Clara kommt, um ihr die feuchte Hundenase gegen das Bein zu drücken. Ihr Blick spricht Bände; es ist Zeit für den riesigen Futterberg, den die Dogge täglich zum Frühstück verschlingt.

Clara muss grinsen. Die Tagesstätte zu eröffnen und sich damit einen Traum zu erfüllen, war die beste Idee, die sie nach Andis Tod haben konnte. Ohne diese Aufgabe wäre sie wahrscheinlich untergegangen.

Mit großen Schritten stiefelt Kilian unten über die Wiese, er wirft im Morgenlicht einen langen Schatten voraus. Auch ohne sein Gesicht zu sehen, würde Clara ihren Mitarbeiter jederzeit an seiner Statur und seinem Gang erkennen, an seinen gelassenen Bewegungen, die vermuten lassen, dass er in sich ruht. Er lässt die Hunde in den Auslauf, und an den Fensterrahmen gelehnt, schaut Clara ihm dabei zu.

Er redet nie viel, nicht einmal mit ihr, aber als er sich jetzt zu den Hunden kniet, über ihr Fell streichelt und zulässt, dass sie über seine Hände lecken oder freudig an ihm hochspringen, hat sie den Eindruck, dass ein stilles Einvernehmen zwischen ihnen herrscht. Schwanzwedelnd wuseln die Vierbeiner um ihn herum über die Wiese, freuen sich auf das Frühstück aus Trocken- und Dosenfutter und schauen einem Schwarm vorbeifliegender Wildgänse hinterher.

Das ist das Leben, das Clara nach Andis Tod für sich gewählt hat. Das ist ihr Grund, jeden Morgen aufzustehen – denn wer soll sich um die Hunde kümmern, wenn sie und Kilian es nicht tun?

Lachend ruft Clara Kilians Namen und winkt aus dem Fenster. Er winkt zurück.

Sie schlüpft in praktische Jeans, in ein Sweatshirt mit dem Logo der Tagesstätte, ihre Gummistiefel und eine leichte Jacke, die sie sich später am Tag, wenn die Sonne hoch am Himmel steht, um die Hüften schlingen wird. Ein letzter Blick gilt dem Foto auf dem Nachttisch, dann startet sie energiegeladen in den Tag, gefolgt von Gisela, die sich pflichtbewusst an ihre Fersen heftet.

Die Schatten haben sich zurückgezogen, haben sich in eine Ecke ihres Unterbewusstseins verkrochen. Doch was bleibt, ist ein leiser Hauch von Traurigkeit, der sie nie ganz verlässt. Und was ebenfalls bleibt, sind die Erinnerungen an den Traum, in dem Andi gelebt und sie sich mit ihm lebendig gefühlt hat.

Morgens geht es zu wie in einem Taubenschlag. Dass Clara und Kilian vor Sonnenaufgang aufstehen und die Übernachtungshunde versorgen, bevor die Tagesgäste gebracht werden, ist absolut notwendig. Nur so können sie vermeiden, dass hier alles im Chaos versinkt.

»Also Herr Schmidt, jetzt reiß dich doch mal zusammen. Habe ich je versucht, dich zu vergiften?« Clara schimpft leise vor sich hin, während sie sich abmüht, dem lockenköpfigen Lagotto Romagnolo seine allmorgendliche Tablette ins Maul zu stopfen. Der mittelgroße Hund beweist eine erstaunliche Zungenakrobatik, indem er die ungeliebte Tablette immer genau in dem Moment aus seinem Maul schiebt, wenn Clara schon triumphieren will. »Ist das zu glauben? Jedes Mal ist das so ein Theater mit dem sturen Kerl.«

Wortlos hält Kilian das Lockentier fest, das sich unter seinem behutsamen Griff sofort beruhigt. Schon ist die Tablette im Maul und runtergeschluckt. Und auch Clara beruhigt sich. Sie kennt das doch und weiß, dass bei Herrn

Schmidt die üblichen Tricks – die Tablette in Leberwurst zu verstecken, in eine Wurstscheibe zu wickeln, sie zu zerkleinern und über das Futter zu streuen – nicht fruchten. Nur mit Geduld kommt man bei ihm weiter. Und eigentlich besitzt sie diese Geduld, doch heute hängt ihr der Traum der vergangenen Nacht noch nach und lässt sich trotz aller Ablenkung nicht ganz abschütteln. Sie schaut auf Kilians Hände, die auf dem weichen Hundefell ruhen, auf seine kräftigen Finger und die Haut, deren Bräune und Pigmentflecken verraten, wie viel Zeit er draußen an der Sonne verbringt.

»Alles in Ordnung?«

Erst, als er sie anspricht, begreift sie, dass er sie ansieht. Wie lange hat sie vor sich hingestarrt? Noch immer hält er den Lagotto behutsam fest; Herr Schmidt scheint die Berührung zu genießen und schaut schläfrig drein.

Sie räuspert sich, um den Kloß in ihrem Hals loszuwerden. »Ja. Klar. Alles bestens.«

Kilian durchschaut sie in der Sekunde, in der ihr die Worte über die Lippen kommen. Clara merkt es an der Art, wie seine gewittergrauen Augen sie anschauen. Forschend und eindringlich.

Er weiß von ihrer Vergangenheit und sie von seiner. Sie reden selten darüber, was ihnen beiden passiert ist. Fast nie. Aber sie weiß, dass er ihre dunklen Momente versteht, und das hilft ihr mehr als alle tröstenden Worte.

Schließlich nickt er, als hätte sie die Prüfung bestanden, der er sie gerade unterzogen hat. »Nachher einen Tee?« Tee ist das Allheilmittel, das auch gegen Herzschmerz hilft.

Jetzt ist sie es, die nur nickt, und in stillem Einvernehmen setzen sie beide ihre Arbeit fort und kümmern sich um ihre Schützlinge.

Sorgfältig befestigt sie einen Zettel am Eingangstor, so dass jeder Kunde, der seine Fellnase vorbeibringt, ihn auf Anhieb sehen muss.

»Mantrailing?«, fragt Mila hinter ihr neugierig. Neuerdings bringt sie Balou etwas später in die HuTa, vielleicht haben sich ihre Arbeitszeiten geändert.

Clara muss schmunzeln, als sie sich umdreht und Mila in ihrem üblichen Aufzug sieht. Zum Tüllrock hat sie diesmal ein Bandshirt, eine Jeansjacke und weiße Converse-Sneakers kombiniert. Balou wedelt bei Claras Anblick so heftig mit der Rute, dass sein ganzer Körper mitwackelt und beruhigt sich erst, als sie ihn hinter den Ohren krault.

»Personensuche mit Hund«, erklärt sie Mila. »Kilian wird den Kurs leiten. Interesse? Ist eine echt schöne Sache. Den Hunden macht es riesigen Spaß, ihre Nasen mal so richtig zu fordern.«

Mila tippt sich ans Kinn, während sie den Zettel studiert. »Könnte was für uns sein«, meint sie leise, und Clara kann gar nicht umhin, zu bemerken, wie blass die junge Frau heute ist.

Kapitel 7

Mila

Und da bin ich. Habe den rosa Rock gegen praktische Jeans getauscht und die rosa Haare zusammengebunden, damit sie mich nicht nerven. Stehe mit meinen knöchelhohen Outdoorschuhen im beinahe knöcheltiefen Matsch auf der Wiese hinter dem HuTa-Gelände.

Was an sich gar nicht so übel wäre, wenn *er* nicht ebenfalls da wäre.

Da habe ich mir extra seinetwegen angewöhnt, Balou ganze zwanzig Minuten später zur HuTa zu bringen, auch wenn das bedeutet, dass ich mich dann ziemlich beeilen muss, um den Laden rechtzeitig zu öffnen. Alles, nur damit ich dem Schnösel nicht wieder begegnen und mich über ihn ärgern muss. Doch da steht er jetzt, schnöselig wie eh und je.

Zumindest trägt er zum Mantrailing keinen Anzug. Gewundert hätte es mich ja nicht. Auf den ersten Blick hätte ich ihn kaum erkannt, in den Jeans und der Lederjacke hätte er beinahe sexy aussehen können, wären da nicht seine arrogante Miene und meine Erinnerung daran, dass er mich und Balou um ein Haar mit seiner übermotorisierten Karre überfahren hätte.

Kilian steht in Arbeitshosen und dem olivgrünen HuTa-Shirt vor uns. Er räuspert sich mehrmals, bevor er mit seiner tiefen, sonoren Stimme anfängt zu sprechen. Ohne sich mit Floskeln oder auch nur einer Begrüßung aufzuhalten, steigt er direkt ins Thema ein. »Wir beginnen hier im Grünen. Später, wenn die Grundlagen sitzen, gehen wir mit den Hunden in die Stadt. Das wird kniffliger, weil es dort so viel Trubel und an jeder Ecke Ablenkung gibt.«

Abgelenkt bin ich allerdings auch hier ein wenig. Aus den Augenwinkeln schiele ich zu Robin hinüber, der an einen Baum lehnt und mit einer Frau redet, einem zierlichen, blonden Lockenkopf. Alices Leine baumelt locker in seiner Hand. Die Weimaranerhündin würdigt den Cockerspaniel der Blondine keines Blickes, Robin hingegen schenkt der Blondine sogar jede Menge Aufmerksamkeit. Ich stehe zu weit entfernt, um zu verstehen, was sie sagen, aber um zu kapieren, dass sie miteinander flirten, muss ich keinen Zentimeter näher ran. Ich kneife die Augen zu Schlitzen zusammen. Wenn die wüsste, was das für einer ist, würde sie ihn nicht so unverhohlen anschmachten.

Womit sie übrigens nicht die einzige ist. Meinen Adleraugen entgeht nicht, dass auch die anderen Frauen aus dem Kurs immer wieder zu ihm rüberschauen. Sogar Ute, die ohne Übertreibung seine Mutter sein könnte, hat ganz offensichtlich Interesse. Und ihm scheint die Aufmerksamkeit zu gefallen, er schäkert mal mit der einen, mal mit der anderen, während Kilian weiterspricht.

Das passt exakt in das Bild, das ich mir von ihm gemacht habe. Mister Superwichtig braucht, um sein Ego zu pimpen, nicht nur eine dicke Karre und eine tolle Karriere, sondern auch reihenweise Frauen, die ihn anhimmeln. Ein Typ, an dem man sich nur die Finger verbrennen kann. Was mir selbstverständlich nicht passiert, denn ich habe meine Lektion gelernt – und zwar gründlich. Danke dafür, Tom.

»Wir versuchen, unseren Hunden jetzt zu vermitteln, was die Aufgabe ist. Der Hund muss verstehen, dass er die Versteckperson aufspüren soll. Dazu tut ihr euch jetzt zu zweit zusammen, um erst mal die Grundlagen zu üben.« Vor einer Gruppe, der er etwas über die Arbeit mit Hunden erzählen kann, blüht Kilian auf. Ein Berg von einem Mann, der sonst so wenige Worte verliert, dessen Augen jetzt aber glänzen, als er uns etwas über das Thema näherbringen darf, für das er brennt.

Zweiergruppen also. Das klingt nach einem Plan. Bereitwillig scanne ich die anderen Kursteilnehmer auf der Suche nach einem potenziellen Übungspartner ab. Balou, der bisher brav neben mir gesessen hat und dem im Sonnenschein ein wenig die Augen zugefallen sind, schaut sich jetzt ebenfalls aufgeregt um, als wüsste er, worum es geht. Die Blondgelockte blinzelt Robin hoffnungsvoll an.

Aber da hat sie ihre Rechnung ohne Kilian gemacht. »Damit das jetzt in keine endlose Diskussion ausartet, teile ich euch jetzt schnell ein.« Pragmatisch wie eh und je. »Nadine und Greta, ihr seid ein Team. Nein, Mareike, besser nicht mit Nathan – dein Bobby guckt so, als wollte er seinen Felix fressen. Du übst mit Henrik, das wirkt viel harmonischer. Mona und Ute.« So geht das weiter, bis nur noch wenige Teilnehmer übrig sind. Die Blondine fügt sich in ihr Schicksal und gesellt sich zu Ute, die in tarnfarbenen Gummistiefeln, einem ebensolchen Anorak und mit einem rotglänzenden Irish Setter an der Leine wie eine richtige Jägerin wirkt.

»Mila, Robin, ihr tut euch zusammen.«

Hell, no. Mit jedem, nur nicht mit dem.

Aber Kilian schaut so freudig drein, so eifrig darauf erpicht, endlich mit den Inhalten loszulegen, dass ich es nicht übers Herz bringe, jetzt eine Szene zu machen.

»Na klar, sehr gern, warum auch nicht?« Ich strahle übers ganze Gesicht wie ein Honigkuchenpferd. »Wir werden das schon wuppen.«

»Wir werden das schon wuppen?« Robin zieht die Augenbrauen hoch.

»Ich bin untröstlich, dass ich dir die Tour mit dem Goldlöckchen vermasselt habe.«

Unbeschwert grinst er mich an. »Ach was, da ist gar nichts vermasselt. Ich habe Monas Nummer. Und nach dem Kurs gehen wir was trinken.«

»Oje. Dann muss ich ihr gleich mein Mitgefühl aussprechen«, rutscht es mir heraus.

Er wird nicht böse, lacht aber leise und wirkt verblüfft.

»So, Leute. Wir sind nicht zum Plaudern hier. Auf geht's.« Kilians Stimme schallt über die Wiese, bevor Robin etwas erwidern kann. »Einer in jedem Team macht die Versteckperson. Hat jeder ein Spielzeug dabei?«, Kilian schaut einmal in die Runde, alle nicken. »Dann aufgepasst. Ihr lenkt die Aufmerksamkeit des Hundes auf euch. Motiviert ihn, hinter euch herzulaufen. Der andere, der Hundeführer, hält seinen Hund erst mal zurück und lässt ihn dann der Versteckperson folgen. Alles klar so weit?«

Ja, alles klar. Schon ist die Wiese übersät von Erwachsenen, die sich alberner benehmen als jedes normale Kleinkind, die wild mit Hundespielzeug herumfuchteln, mit den Händen rudern und Lockrufe in Babysprache von sich geben.

Das zerfledderte Zerrseil, das Robin schwenkt, löst bei Balou wahre Begeisterungsstürme aus. Meine Lieblingsblondine ist kaum zu halten und ganz auf Robin fokussiert.

»Du bist mir noch böse, oder?« Robin spricht das Offensichtliche aus, während wir über die Wiese stapfen.

»Ach, was. Nur, weil du mich beinahe getötet hättest? Wer kann denn wegen einer Lappalie wie einem Mordversuch böse sein?«, knurre ich.

»Was ich dazu noch sagen wollte …«

»Ja?« Ich fahre so abrupt zu ihm herum, dass ich Balou aus Versehen fast am Halsband reiße, verschränke die Arme und starre ihn erbittert an.

Einen Moment lang glaube ich, er will sich entschuldigen. Hat er zerknirscht geklungen, oder habe ich mir das eingebildet? Der Wind weht ihm die dunklen Haare ins Gesicht. In Kombination mit der Lederjacke lässt das den Schnösel beinahe verwegen wirken – eine irritierende optische Täuschung, mehr nicht.

»Also?«, frage ich barsch, auf eine wohlverdiente Entschuldigung wartend.

Und da ändert sich etwas in seinem Blick, unwillig funkeln seine Augen. »Eigentlich nur, dass du dich nicht so anstellen sollst. Komm darüber weg.«

Für eine Hundertstelsekunde bin ich sprachlos.

»Du glaubst wohl, du kannst dir alles erlauben mit

deinen schicken Anzügen und deiner ... deiner Protzkarre, deinem gestriegelten Jagdgebrauchshund und deinem hübschen Gesicht«, bricht es dann aus mir heraus.

Too much, Mila. Mal wieder too much. Ich beiße mir auf die Unterlippe.

»Kein Wort gegen Alice«, knurrt er, als hätte ich sonst überhaupt nichts gesagt, wendet sich ab und ignoriert mich, während er mit Balou weiter übt.

Wir sind ganz sicher so inkompatibel, wie es nur geht, aber zumindest in einem Punkt stimmen wir überein: Wir können uns nicht leiden. Das erspart uns weitere Gespräche. Einvernehmlich schmollend und ohne ein weiteres Wort zu wechseln, stapfen wir durch die feuchte Wiese, befolgen Kilians Anweisungen und versuchen, unsere Hunde für eine Sportart zu begeistern, an der wir beide gerade selbst die Lust verloren haben.

Kapitel 8

Robin

Es war eine romantische Zeremonie am Strand, barfuß im Sand, mit Violinspiel, üppiger Blumendeko und großen, bedeutungsschweren Worten. Das hat Miriam Reuter Robin erzählt.

Große Worte gibt es zwischen Miriam und Tom Reuter heute auch, aber von Romantik kann keine Rede mehr sein. Wie zwei Boxer im Ring – Sportler, keine Hunde – taxieren sie einander. Begleitet werden die beiden allerdings nicht von ihren Trainern, sondern von ihren Anwälten.

»Er hat mein Leben zerstört«, tobt Frau Reuter, »mutwillig und gnadenlos. Hat mir meine Selbstachtung genommen.«

Der Mann, dem sie vor wenigen Jahren am Strand ihre ewige Liebe gelobt hat, schnauft belustigt. »Du bist doch der einzige Mensch, vor dem du Achtung hast.«

Unbeirrt fährt sie fort. »Und jetzt will er mir noch die finanzielle Lebensgrundlage nehmen. Mich zu einem menschenunwürdigen Dasein verdammen. Das lasse ich nicht mit mir machen. Der Vorschlag ist der blanke Hohn.«

Ein bisschen sehr theatralisch, denkt Robin. Aber wer ist er, seine Mandantin zu bewerten? Seine Aufgabe ist eine andere, nämlich das Beste für sie herauszuholen. Und der

Umgang mit Klienten, die ihrem Gegenüber am liebsten an die Gurgel gehen würden, ist nicht ungewohnt für ihn. Mit denen hat er häufiger zu tun als mit jenen, die einvernehmlich, friedlich und ohne Drama ihre Scheidung regeln. Wenn die Liebe umschlägt, werden oft die Zähne und Klauen ausgefahren.

Erbittert diskutiert er mit Tobias Maurer, seinem Kollegen, der Tom Reuter vertritt. Unnachgiebig feilschen sie um jeden Cent für ihren jeweiligen Mandanten. Schließlich sind sie sich einig.

Tobias klopft Robin kumpelhaft auf die Schulter. »Nachher noch ein Bier drüben im Glockenspiel?«

»Leider nicht, ich hab noch ein Date.«

Tobias muss lachen. »Dein Ernst? Mal ehrlich, wenn man Paare wie die Reuters erlebt, vergeht einem das Dating doch.«

Grinsend zieht Robin sein Handy aus der Innentasche seines Business-Sakkos und checkt die Dating-App. »Ach was, nicht entmutigen lassen. Wir sehen tagtäglich, wie man es nicht gut macht. Wir müssen es einfach nur besser machen, das ist alles.«

Anklagend hält Anette die Topfpflanze hoch. »Was habe ich dir schon hundertmal erklärt?«

»Ich weiß, ich weiß.« Robin verdreht die Augen. »Man ist erst bereit für eine Liebesbeziehung, wenn man eine Pflanze am Leben erhalten kann.«

»Und warum hast du dich dann schon wieder mit irgendeiner Frau verabredet?« Entrüstet schüttelt seine Kollegin das vertrocknete Gewächs, von dem ein paar welke Blätter zu Boden fallen. »Die Arme hier sagt einiges über deine Beziehungsqualitäten aus. Weißt du überhaupt, wie sie heißt?«

»Die Frau oder die Pflanze?«

Anette rüttelt ein weiteres Mal demonstrativ am Blumentopf, was einen neuerlichen Blätterregen zur Folge hat.

Robin starrt das Grünzeug an, das seinen Blick vorwurfsvoll zu erwidern scheint, und versucht sein Glück. »Heike?«

Anettes Augen versprühen Blitze. »Heidrun. Die Glücksfeder, die ich dir geschenkt habe, heißt Heidrun. Und das ist eine unverwüstliche Pflanze, die kriegt man eigentlich nicht tot.“

»Ha! Und wenn ich genau das als Herausforderung betrachtet habe?«

»Dafür, dass du Anwalt bist, ist das eine ziemlich lahme Verteidigung.« Mit der Hüfte, die in einem grauen Bleistiftrock steckt, lehnt sie sich an seinen Schreibtisch und stellt Heidrun schwungvoll ab. Verdorrtes Laub landet auf seiner Tastatur.

Seufzend fährt er sich über die Stirn und klappt seinen Laptop zu, woraufhin auch der zweite Monitor, auf dem eine Datingseite zu sehen war, dunkel wird. »Warum habe ich dich noch einmal eingestellt?«

»Weil ich so liebreizend bin.« Das kommt wie aus der Pistole geschossen. Der Blick ihrer hellgrauen Augen wird weich. »Und weil ich ehrlich zu dir bin und du das manchmal brauchst. Robin, im Ernst. Wozu all die Dates, die ja doch nur im Drama enden? Und nur dazu führen, dass ich die ganzen Verflossenen abwimmeln muss.«

Er versteht ihren Punkt und weiß auch, dass ihre Bedenken nichts damit zu tun haben, dass sie vor Jahren, als sie hier in der Kanzlei angefangen hat, eine kurze, heiße Affäre hatten. Zwischen ihnen sind die Fronten geklärt, was man bei vielen anderen Frauen, mit denen er etwas hatte, nicht behaupten kann. Anette meint es gut mit ihm. Sie schaut sein Liebeschaos seit Jahren mit an und meldet als Freundin und Vertraute regelmäßig ihre Bedenken an, die er ebenso regelmäßig ignoriert, was den genervten Blick erklärt, mit dem sie ihn jetzt bedenkt.

»Wie soll ich denn die Richtige kennenlernen, wenn ich gar keine Frauen kennenlerne?« Seine Strategie ist so schlicht wie bestechend. Er greift nach seinem Handy und öffnet demonstrativ Tinder. »Vielleicht verbirgt sie sich ja irgendwo da – hinter einem von diesen tausenden Profilen.«

»Die Richtige«, wiederholt Anette leise, schüttelt den Kopf und stößt sich von seiner Tischkante ab. »Lern du erst mal, eine Pflanze am Leben zu halten.«

»Das eine hat nichts mit dem anderen zu tun«, ruft er ihr hinterher. »Ich habe darüber nachgedacht und möchte berechtigte Zweifel an deiner Theorie anmelden. Die Fähigkeit, regelmäßig Wasser auf Lebewesen zu kippen, sagt überhaupt nichts über die Qualitäten als Partner aus! Hey, hörst du? Gar nichts.«

Ein Schnauben ist die Antwort. Doch bevor Anette die Bürotür endgültig hinter sich schließt, zögert sie und dreht sich nochmal um. »Übrigens. Deine Mutter hat angerufen.

Du mögest dich auf der Familienfeier angemessen kleiden«, imitiert sie den Tonfall seiner Mutter. »Die kostbare Sophia wird da sein.«

Er sollte sich gar nicht ärgern, sich nicht von seiner Familie provozieren lassen, und trotzdem merkt er gleich, wie sein Puls steigt.

»Als müsste meine geschätzte Frau Mutter fürchten, ich würde wie ein Penner aufkreuzen, wenn sie sich nicht kümmert. Und was hat das mit meiner Exfreundin zu tun? Soll ich mich für die etwa herausputzen, weil meine Mutter immer noch darauf hofft, dass es ein Liebescomeback gibt und sie doch noch ihre Schwiegertochter wird?«, murmelt er Heidrun zu, nachdem Anette verschwunden ist, und kippt pflichtbewusst den restlichen Schluck Wasser aus seinem Glas auf die Blumenerde.

Kapitel 9

Mila

»Übrigens habe ich Tom in der Eisdiele getroffen. Er lässt schöne Grüße bestellen.«

Mir bleibt der Bissen vom veganen Nussbraten in der Kehle stecken. »Hm, ja, danke«, würge ich hervor.

Scheinbar arglos plaudert meine Mama weiter, aber ich merke, dass sie meine Reaktion genau beobachtet. »Wusstest du, dass er verlobt ist?«

Ich stopfe mir ein riesiges Kartoffelstück in den Mund, um Zeit zu schinden. »Ja, hat er erzählt. Ich bin ihm und seiner Neuen auch über den Weg gelaufen«, nuschele ich.

»Ach, Kleines.« Das Mitleid in ihrer Stimme sticht wie eine Nadel. »Du wirst auch noch den Richtigen kennenlernen. Und dann bist du diejenige, die so einen Ring am Finger tragen wird.«

Verächtlich schnaube ich. »Als würde ich das wollen. Mama, das ist wirklich das Letzte, wovon ich träume. Weißt du, wie viele Ehen heutzutage geschieden werden?«

Verständnislos schaut sie mich an. »Ja, aber ist das denn ein Grund, es nicht wenigstens zu versuchen? Das ist doch ein ganz normaler Wunsch. Einen Partner zu finden, der einen durchs Leben begleitet.«

»So wie du und Papa?« Ich muss sogar zugeben, dass die

beiden eine schrecklich harmonische Einheit bilden. Und schrecklich langweilig. Sie sind so festgefahren in ihrem Trott, dass man eine Uhr nach ihren Gewohnheiten stellen könnte.

Sie lächelt Papa an, der das gar nicht bemerkt. »Genau, so wie wir. Und so wie es sich jeder wünscht.«

»Ich nicht.« Und wenn mein mangelndes Liebesleben weiterhin unser Standardthema beim Essen ist, habe ich überhaupt keine Lust, nächsten Sonntag wieder vorbeizukommen.

Meine Mutter lächelt noch immer, aber an den Falten zwischen ihren Augenbrauen merke ich, dass sie mich mal wieder störrisch und bockig findet. »Du machst gerade eine schwere Phase durch. Das ist ja verständlich, nachdem das mit Tom ... so geendet ist.« Ihr hat das Beziehungsende einen ebenso schweren Schlag versetzt, wie mir. Sie hatte schon die Hochzeitsglocken läuten hören und ihre Große in weißer Seidenrobe zum Altar schreiten sehen. »Aber wenn du das verdaut hast, wird der Richtige schon kommen. Und dann wirst du dich nicht sträuben. Das ist jetzt ganz natürlich.«

»Der Richtige. Warum sagt das bitte jeder?« Übellaunig stochere ich im Nussbraten herum. »Sogar Leo kommt mit solchen Sprüchen um die Ecke.«

»Weil sie selbst erlebt, dass es so ist«, zwitschert Mama. »Sie ist sehr glücklich mit ihrem Sven und den zwei Engeln, nicht wahr?«

»Kann sein«, murre ich. Die Verräterin hat den Schwur vergessen, den wir als Zwölfjährige im Pferdestall geleistet haben: Uns niemals ernsthaft auf Jungs einzulassen und schon gar nicht zu heiraten, sondern eine WG zu gründen, wenn wir mal erwachsen sind.

»Und deine Schwester hatte ich vorhin am Telefon. Die Flitterwochen sind wunderschön, erzählt sie. Liebe Grüße aus Schweden. Die beiden schweben im siebten Himmel.«

»Vielleicht haben wir ja Glück, und sie schenkt dir bald Enkel. Dann bin ich aus dem Schneider.«

Mama beißt die Zähne zusammen und schüttelt den Kopf. »Ich will doch nur nicht, dass du jetzt die besten Jahre deines Lebens verpasst, weil du dich gegen das Glück sperrst.«

»Das Glück«, wiederhole ich. »Als wäre ein Partner das einzige Glück.«

»Nicht das einzige, aber ... ist es nicht eine deprimierende Vorstellung, allein zu bleiben?«

»Oma Fritzi! Die hatte keinen Mann«, wende ich triumphierend ein. »Nachdem sie Papa in die Welt gesetzt hat, hat sie noch ein paar Jahre mit Opa Heinrich durchgehalten und ihn dann in die Wüste geschickt. Und von da an gab es überhaupt keinen Kerl mehr in ihrem Leben.«

Kummervoll seufzt sie. »Du mit deiner Oma Fritzi. Von allen Menschen auf der Welt musst du dir ausgerechnet sie als Vorbild nehmen.«

Auf Oma Fritzi lasse ich nichts kommen. »Lass doch endlich gut sein, Mama. Das Thema ist für mich erledigt.« Meine energische Handbewegung sieht aus, als wollte ich dem imaginären Mann, den Mama sich für mich wünscht, den Kopf abschneiden. »Schluss, aus, vorbei. So etwas wie mit Tom brauche ich kein weiteres Mal. Soll Natascha doch mit ihm auf die Nase fallen. Und wie wäre es, wenn du akzeptierst, dass eine von deinen Töchtern Besseres zu tun hat, als sich dem nächstbesten Mann an den Hals zu werfen?«

Immer hektischer klappert unser Geschirr. Balou, der auf seiner Decke zwischen Fernseher und Yuccapalme liegt, hebt den Kopf und wedelt mit der Rute, die klopfend auf den Parkettboden schlägt.

»Musst du immer gleich so übertreiben? Meine Güte, Schatz, jetzt schrei doch nicht so. Die Fenster sind gekippt, am Ende hören die Müllers nebenan noch alles mit.«

»Die Müllers, die interessieren mich einen Scheiß«, fauche ich. »Denen gebe ich ohnehin höchstens noch drei Jahre, dann zieht sie zu ihrem Lover und er wandert nach Thailand oder sonst wohin aus. Die sind doch eh nur wegen der Kinder zusammengeblieben. Oder soll ich mir die etwa auch zum Vorbild nehmen?«

Mama springt auf und donnert die Fenster zu. »Herrgott, Kind, dass du immer so aus der Haut fahren musst. Immer bist du so theatralisch. Immer steigerst du dich in alles hinein.«

Autsch. Nicht das erste Mal, dass ich mir das anhören muss. Ich war schon immer das laute Kind, das seine Emotionen nicht unter Kontrolle hat.

Mein Papa hat sich bisher nicht eingemischt, durch die halbtransparenten Spitzengardinen hat er versonnen in den Garten geblickt und sicher darüber sinniert, was für Stauden oder Sträucher er als Nächstes pflanzen könnte. Der Reihenhausgarten ist sein ganzer Stolz. Fast jede freie Minute verbringt er da draußen, hegt und pflegt seine grünen und blühenden Schätze.

Als der Tonfall jetzt schärfer wird, schmunzelt er milde

und macht eine Bewegung mit den Fingerspitzen, als würde er an einem Lautstärkeregler drehen. Als Kind fand ich das lustig, jetzt stöhne ich nur auf.

»Bitte einen Gang zurückschalten«, bittet er freundlich.

Was naturgemäß dazu führt, dass meine Laune erst recht in den Keller sinkt.

Jetzt erst entdecke ich die Zeitung, die an strategischer Stelle aufgeschlagen neben mir liegt und die ich bisher nicht beachtet habe, weil meine ganze Aufmerksamkeit Braten, Kartoffeln, Soße und Gemüse gegolten hat. Meine Augen weiten sich.

»Was zur ... Mama! Dein Ernst? Spinnst du jetzt?« Die Kontaktanzeigen leuchten mir aus der Tageszeitung entgegen. *Leuchten* im wahrsten Sinne des Wortes, weil meine Mutter die ihres Erachtens nach relevanten Anzeigen mit Textmarker eingekreist hat.

»›Jung gebliebener, sportlicher Er sucht liebevolle Sie für Familiengründung‹ – Mama!«

Balou springt auf und legt seinen schweren Kopf auf meinen Oberschenkel, seine übliche Reaktion auf Geschrei.

Ein bisschen peinlich berührt wirkt sie jetzt schon, als sie die sorgfältig blondgesträhnten Haare hinters Ohr schiebt, das muss ich ihr zugutehalten. Während meine Mutter sich noch etwas von der Soße nimmt, schaut sie mich nicht an. »Ihr jungen Leute habt da ja auch andere Möglichkeiten im Internet, da kenne ich mich nicht so aus. Aber der eine, der schreibt explizit, er sei ein Hundefreund.«

»Ich fasse es nicht. Wenn ich einen Kerl suchen würde, könnte ich das schon selbst, herzlichen Dank.« Aufgebracht fuchtle ich mit der Zeitung.

»Ich meine es doch nur gut.« Mama tunkt den Soßenlöffel so schwungvoll zurück in die Schüssel, dass etwas vom braunen Bratensaft auf die cremeweiße Spitzentischdecke spritzt, die seit meiner Kindheit hier liegt. Während sie hektisch mit der Serviette daran herumwischt und es damit nur noch schlimmer macht, tauchen rote Flecken auf ihren Wangen auf. Empört schnauft sie und räumt eilig das Geschirr ab, um die kostbare Tischdecke schnellstmöglich waschen und damit retten zu können. Das Essen ist beendet, ich bin entlassen. Auf dem Weg nach draußen stopfe ich die Zeitung in den Müll.

Das Hochbeet ist Papas neuestes Herzensprojekt, selbstgezimmert und überquellend von gigantischen Pflanzen, dass man sich wie Hans im Reich des Riesen jenseits der Bohnenranke vorkommt. Die riesigen Blätter sind von den Zucchinipflanzen, hat mein Vater mir erklärt.

Mir wird warm ums Herz, als ich sehe, wie konzentriert er vor sich hin werkelt und dabei nicht einmal bemerkt, wie ihm die rahmenlose Brille runter bis zur Nasenspitze rutscht. Dass seine grauen Haare, die an den Schläfen schütter geworden sind, kreuz und quer abstehen, ist ihm egal. Wäre Mama jetzt hier draußen, könnte sie vermutlich schwer dem Drang widerstehen, Ordnung in die wirre Mähne zu bringen, aber mein Papa ist ein Träumer, der immer ganz in seinen Projekten versinkt und dem nichts so egal ist wie sein Erscheinungsbild.

»Hier, Mädchen.« Er reicht mir eine Gartenschere. Ohne

jeglichen Plan schneide ich drauflos. Nur das schmerzliche Zucken um seine Mundwinkel verrät, dass ich dabei mehr Schaden als Nutzen anrichte, ansonsten hat er sich perfekt unter Kontrolle.

»Sie macht mich wahnsinnig«, knurre ich den Zucchinipflanzen zu.

Ein tiefes Seufzen kommt über Papas Lippen. »Sie macht sich nur Sorgen. Du sagst all diese Sachen, als wolltest du für immer alleine bleiben, und dabei verkaufst du doch Brautkleider …«

»Ja, weil es eine Menge Leute gibt, die die Dinger kaufen wollen. Das hat doch nichts mit mir zu tun. Wenn ich Thriller schreiben würde, müsste ich ja auch keine Menschen ermorden, oder?« Ein prächtiges Zucchinipflanzenblatt, das vermutlich nicht abgeschnitten werden sollte, segelt zu Boden.

»Vierunddreißig, Mila, das ist zu jung, um mit der Liebe abzuschließen.«

In dem Punkt ist sich mein Umfeld ausnahmsweise einig. Mama, die mich lieber heute als morgen unter die Haube bringen würde. Papa, der sich nur Harmonie wünscht. Meine kleine Schwester, die laut eigener Aussage erst an der Seite des perfekten Mannes erfahren hat, was wahres Glück ist. Leo, die immer so wild und unabhängig war und dann unerwartet im Familienleben die Erfüllung gefunden hat.

Und mir ist verdammt nochmal klar, dass ich wie ein Klischee auf zwei Beinen klinge, wenn ich darauf beharre, dass sich für mich der Kram mit der Romantik erledigt hat, nur weil ich mit Tom eine Bruchlandung hingelegt habe.

Egal. Was zählt, ist doch, dass ich selbst weiß, wie ernst es mir damit ist. Ich habe dem Liebeskram eine Chance gegeben, und das reicht mir für dieses Leben.

Kapitel 10

Mila

Worte, die von meinen Eltern überhaupt nicht böse gemeint waren. Worte, die ich gerne ganz schnell wieder vergessen hätte, die jetzt aber in mir nachwirken, als ich wieder allein zu Hause bin und die Stille wieder mal so laut wird, dass ich sie weder mit YouTube noch mit Radio übertönen kann.

Ein Problemfall bin ich, ein Sorgenkind, bei dem die Eltern kummervoll darauf warten, dass »diese schwere Phase« endlich endet und das schwarze Schaf zur Vernunft kommt. Es schmerzt, dass ich aus ihrer Sicht eine Enttäuschung bin. Für sie beide. Bei Mama mehr oder weniger offenkundig, bei Papa verdeckt von liebevoller Fürsorge.

Komme ich etwa nicht zurecht? Ich arbeite, führe sogar einen erfolgreichen Laden, wohne allein in einer kleinen Wohnung, die nicht vor Schmutz starrt und koche mir an den meisten Tagen etwas Frisches und halbwegs Gesundes zu Essen, bisher ohne die Küche in Brand gesetzt zu haben. Aber offenbar ist das nichts wert, solange ich dabei keinen Kerl an meiner Seite habe. Und dabei ist es ja nicht einmal so, als könnte man mich bereits als Langzeitsingle bezeichnen. Meine bloße Ankündigung, es werden zu wollen, reicht aus, um meine Eltern in Angst und Schrecken zu versetzen.

Unruhig tigere ich durch die Wohnung. »Ist doch Kacke, Balou. Es hätte so schön sein können mit dir, mir und deinem Expapa. Oder? Es ging uns doch gut. Und dann hat Tom, der Idiot, plötzlich eine Bindungsphobie und alles ist für die Katz. Und was ist jetzt mit seiner Bindungsphobie? Kannst du mir das sagen? Habe ich dir überhaupt schon erzählt, dass ich die beiden neulich noch mal gesehen habe? In meiner Mittagspause, unterwegs zum Café. Da konnte ich in Deckung gehen, gerade noch rechtzeitig. Widerlich verliebt haben sie ausgesehen.«

Mein Geschimpfe hilft mir nicht weiter, aber Balou schaut angemessen verständnisvoll. Die Falten, die sich beim Zuhören zwischen seinen dunklen Augen bilden, verleihen ihm einen nachdenklichen Eindruck.

Auf der Suche nach Aufgaben schaue ich mich um, aber Haushalt und Balous Abendrunde sind erledigt und ich habe absolut nichts mehr zu tun.

Ich greife zum Handy. Nachdem ich das letzte Mal vergeblich geswipt habe, habe ich Tinder gelöscht, aber es ist schnell neu heruntergeladen und mein Account wieder aktiv.

Die Worte meiner Eltern und Freunde wirbeln mir durch den Kopf: »zu jung, um mit der Liebe abzuschließen«, »Der Richtige wird kommen«, »Es ist deprimierend, allein zu sein.«

Und ein bisschen deprimiert bin ich wirklich. Ein kleines bisschen einsam. Manchmal. Gerade einsam genug, um jetzt wieder zu swipen, obwohl ich es doch so langsam besser wissen müsste.

»Sorry, Großer.« Ich tätschle Balou. »Du musst mich

heute Abend noch mal entbehren, ich muss noch mal weg. Warte nicht auf mich.«

Ich wähle ein bonbonrosa Shirt zum zerrissenen Jeansrock und den Doc Martens. Der dunkelrote Lippenstift bildet einen dramatischen Kontrast zu meinen rosa Haaren. Noch etwas Kajal, dann bin ich startklar.

Der Kerl hat ein Foto mit Hund in seinem Profil, aber dass das oft genug nur eine Masche ist, hat mich meine Datingerfahrung schon gelehrt. Keine Fotos von seinem nackten Oberkörper im Gym-Spiegel – immerhin. Der Abend könnte noch ein Erfolg werden.

Der Abend ist eine Katastrophe. Das ist mir schon klar, als ich aus dem Bus steige und *Martin, 33* am vereinbarten Treffpunkt unter der übergroßen Standuhr vor dem Juwelier sehe.

Er ist keiner der Typen, die in ihrem Tinder-Profil zehn Zentimeter Körpergröße dazu- oder zehn Kilo Körpergewicht wegschummeln, und auch keiner, der sich auf seinen Fotos mindestens zehn Jahre jünger gefiltert hat. Nichts dergleichen. Und trotzdem weiß ich sofort, das wird nichts.

»Howdy, Milena. Du bist in echt noch hübscher als auf den Fotos.« Sein Händedruck ist warm und weich, dann hält er mir die tiefrote Rose hin. Als er angedroht hat, mit so einer Rose als Erkennungszeichen auf mich zu warten, habe ich das noch für einen Scherz gehalten. Tatsächlich hat er es ernst gemeint.

Im Kopf gehe ich rasch die spärlichen Infos, die sein Profil hergegeben hat, durch. Viel weiß ich nicht, seine Beschreibung bestand aus einer Reihe von Emojis: einem Weinglas, einem Flugzeug, einer Weltkugel und einem Gesicht mit gespitztem Kussmund und Herzchen. Er geht gerne mal was trinken, steht auf Reisen und sucht irgendetwas zwischen Flirt, One-Night-Stand und Beziehung – wie innovativ! Das Einzige, was er in Textform mitgeteilt hat, ist, dass ihn bitte keine Frau über ein Meter 75 kontaktieren möge – und das mit mehreren Ausrufezeichen. Warum habe ich bei ihm noch mal nach rechts gewischt?

Peinlich berührt drehe ich die Blume hin und her. »Du, äh, auch. Mila. Ich heiße übrigens Mila.« Kann man ja mal durcheinanderbringen, bei der Masse an Paarungswilligen, die sich auf all diesen Dating-Apps tummeln. Für das ›Howdy‹ fällt mir allerdings keine Entschuldigung ein.

Seine Hose ist enger als die Leggings, in denen ich abends gern auf der Couch chille. Darauf kann ich aber kaum achten, weil mich seine Zähne förmlich blenden. Mit denen stimmt doch etwas nicht. Bleaching? Veneers? Eingebaute Scheinwerfer?

Aber vielleicht ist es besser, als allein zu Hause zu hocken und mich zu fragen, ob wirklich etwas mit mir nicht stimmt, oder ob meine Eltern falsch liegen. Also lasse ich mich von Martin in eine Bar führen, die laut ihm der hotteste Shit ist und in der die Musik, die der DJ auflegt, dermaßen laut dröhnt, dass wir uns brüllend verständigen müssen. Goldglänzende Masken hängen überall an den Wänden, spiegeln sich in den Glastischen und scheinen mich mit leeren Blicken zu verfolgen.

»Und, was machst du so?«, schreit er mich an. Das Gel, das er sich in seine blonden Haare geschmiert hat, scheint zu schmelzen und lässt die vorderen Strähnen an seiner Stirn kleben, anstatt sie in einem gekonnten Schwung nach hinten zu halten.

Ich nippe an meinem Cocktail, einer verrückten Kreation aus Tequila, Lavendel und Litschi-Sirup, garniert mit karamellisierten Süßkartoffelscheiben und in etwa so lecker, wie es klingt.

Es gab eine Zeit, da haben mich Dates nervös gemacht, aber diese Zeit liegt mindestens zehn Jahre zurück, eher fünfzehn. Verdammt, fühle ich mich bei diesem Gedanken alt! Jetzt wünsche ich mir fast einen Hauch dieses aufgeregten Kribbelns in die Magengrube, das mich damals so schrecklich nervös gemacht hat und an dessen Stelle mittlerweile Langeweile getreten ist.

»Tatortreinigerin. Ich mache sauber, wenn Leute gewaltsam ums Leben gekommen sind. Unfälle, Suizide ... Gewaltverbrechen.«

»Echt?« Die hellblauen Augen starren mich aus dem rundlichen Gesicht, das so gar nicht zu seinem schlanken Körper passen will, fasziniert an.

Sehr ernst nicke ich. »Muss ja jemand machen. Die Verwesungsrückstände und Körperflüssigkeiten verschwinden ja nicht von selbst.«

»Krass«, haucht er andächtig. »Bin ja froh, dass ich mir die Hände nicht so schmutzig machen muss. Als Senior Manager im Bereich Multikanalvertrieb bleibt mir so etwas erspart. Echt krass.«

Ja, krass bin ich. Krass genervt von Mister Senior Manager Multikanalvertrieb, von dem ich noch immer nicht genau weiß, was er da eigentlich macht, obwohl er in der vergangenen halben Stunde sicher fünfmal mit seiner Position angegeben hat. Und genervt von dieser Bar, die mit der Deko, dem ganzen Gold und Glas nobel wirken will, in Wirklichkeit aber einen verkrampften Angeber-Eindruck macht. Mein Begleiter passt in seinen engen Hosen und dem tiefroten Hemd, dessen obersten Knöpfe offenstehen, hervorragend in dieses Ambiente, was man von mir in meinem zerrissenen Rock nicht behaupten kann.

Ich bestehe darauf, meinen Drink selbst zu zahlen, und ergreife die Flucht. Beim Rausgehen fällt mein Blick auf einen Menschen, der perfekt in diese pseudoschicke Bar passt: Robin. Im schmalgeschnittenen Anzug und im weißen Hemd steht er an der Bar, an seiner Seite eine hübsche Rothaarige. Sie berührt leicht seinen Arm; er beugt sich zu ihr und flüstert ihr etwas ins Ohr. Nein, bei der Lautstärke hier schreit er ihr vermutlich ins Ohr, weil sie ihn sonst selbst aus nächster Nähe kaum verstehen kann. In der Hand hält er etwas, was wie ein Martini aussieht.

Keine Ahnung, warum der Anblick von Mister Schnösel mich noch tiefer runterzieht. Ich runzle nur die Stirn, als sich unsere Blicke begegnen und er die Hand zu einem Gruß hebt. Verfolgt von meinem Date, das noch immer nicht von mir ablassen will, stürze ich aus der Bar ins Freie und atme gierig die kühle Nachtluft ein.

»Hey, wir sehen uns wieder, oder?«, ruft mir *Martin, 33* hinterher – warum auch immer er die griesgrämige Tatortreinigerin überhaupt wiedersehen will.

»Wozu? Aus neun von zehn Onlinedates wird nichts.

Ist also praktisch aussichtslos. Und auf einen One-Night-Stand habe ich keinen Bock«, brülle ich über die Schulter zurück und springe im letzten Moment in den Bus, bevor die Türen sich hinter mir schließen.

Jetzt hilft nur eins: Mandel-Marzipan. Ich hole eine Torte aus dem Tiefkühlfach.

»Drei bis vier Stunden auftauen lassen, what the fuck«, knurre ich. »Welcher Mensch auf der Welt hat denn so viel Zeit?«

Balou, der sein Glück über meine Rückkehr kaum fassen kann, folgt mir auf den Fersen ins Schlafzimmer, wo ich den Rock gegen meine Leggings tauschen will. Als ich auf der Bettkante sitze, verlässt mich plötzlich die Kraft. Mit dem Rock in den Kniekehlen und den Leggings in der Hand, sitze ich da und starre an die Wand, bis ich plötzlich wie von selbst nach dem Handy greife und wieder durch Tinder swipe.

Robin, 37 lächelt mir vom Display entgegen.

Auf keinem seiner Fotos trägt er einen von diesen geschniegelten Anzügen, mit denen er morgens immer in der HuTa auftaucht. Wüsste ich es nicht besser, fände ich ihn auf den Bildern beinahe sympathisch. Auf dem ersten kniet er neben seiner Alice auf dem Waldboden vor Baumstämmen und Felsen, und zumindest weiß ich, dass das obligatorische Hundefoto in seinem Fall kein Fake ist und dass er den Vierbeiner nicht von einem Bekannten geliehen hat, nur um Frauen zu ködern. Weitere Bilder zeigen ihn lachend vor einer Wanderhütte, auf einem Konzert und mit Freunden, auch wenn er das letztere Foto offenbar zugeschnitten hat und man die Leute links und rechts von ihm nicht sehen kann, lediglich die Arme, die auf seinen Schultern liegen. Er sieht glücklich aus, gelöst, gar nicht so verkrampft und eingebildet, wie ich ihn kenne. Also doch alles nur gestellt, um Frauen für sich einzunehmen? Ein klitzekleines bisschen bin ich verwundert, kein Foto von ihm mit nacktem Oberkörper vor seiner Protzkarre zu sehen.

Unwillkürlich muss ich lächeln, als ich seine Beschreibung lese: »Multiple exclamation marks are a sure sign of a diseased mind«, steht da nur. Ein Zitat meines Lieblingsautors Terry Pratchett.

Hell und klar leuchten mir seine Augen vom letzten Foto entgegen, so intensiv, als würde er mir direkt gegenüberstehen. Seine Gesichtszüge liegen im Schatten, es ist kein perfektes Bild, aber sein Blick ist so eindringlich, dass ich mich ihm kaum entziehen kann.

»Ist doch alles Scheiße, Balou«, murmle ich und lösche die App mit wenigen entschiedenen Fingerklicks.

Und wie immer ist er für mich da, legt seinen schweren Kopf auf meinen nackten Oberschenkel, und es ist ganz egal, dass er dabei Sabber auf meiner Haut hinterlässt. Ihn hinter den Ohren zu kraulen, ist die beste Therapie für mich.

Gemeinsam setzen wir uns auf die Couch. Ich esse über ein Viertel der gefrorenen Torte, die nur an den Rändern etwas angetaut ist, und Balou verzehrt genüsslich eine Kaustange. Es ist mitten in der Nacht, im Mund habe ich trotz Torte immer noch den Geschmack von Litschi und karamellisierter Süßkartoffel und muss mir eingestehen, dass das einzige männliche Wesen in meinem Leben, auf das Verlass ist, vier Pfoten und Fell hat.

Kapitel 11

Clara

Ächzend streckt sich Clara nach der Box mit den Naturkausnacks: Pansenstreifen und Ochsenziemer, getrocknete Fische und Sehnenstreifen. Die Hunde haben gefressen, jetzt steht die Schlaf- und Ruhestunde an, bevor es wieder ans freie, in Gruppen unterteilte Spiel geht. Einige der Gasthunde dürfen nach der Mahlzeit noch eine Kleinigkeit zum Kauen bekommen. Früher war das weniger beschwerlich, denkt sie, während sie auf der Klapptrittleiter balanciert und versucht, den schweren Behälter aus dem Regal zu ziehen, den sie dummerweise ganz oben aufbewahrt.

Verrückt, was so ein paar Jahre ausmachen. Es ist gar nicht so lange her, da wäre sie wie ein Steinbock auf dieser Leiter herumgeturnt, aber jetzt spürt sie es im Rücken und in den Beinen. Nur ein bisschen, aber genug, um zu merken, dass sie keine zwanzig mehr ist. Auch keine vierzig.

»Verdammt, nicht mal mehr fünfzig«, knurrt sie, streckt sich noch etwas weiter und zerrt an der Box. Ihre Beine sind heute angeschwollen, ob wegen des warmen Wetters, oder weil sie schon seit früh morgens permanent herumwuselt, und so schneiden die Gummistiefel unbequem in ihre Waden ein.

Noch ein Ruck, dann rutscht ihr die Box entgegen. Mit

einem erschrockenen Keuchen versucht Clara, sie zu packen und dabei ihr Gleichgewicht zu halten. Die Trittleiter schwankt bedrohlich.

Aber Clara fällt nicht. Hände fassen sie fest um die Taille. Als sie den Halt verliert, prallt sie gegen eine breite Brust. Ihr Herz stolpert wie ein rostiges Uhrwerk.

»Kilian.« Der Name kommt ihr nur zittrig über die Lippen. Der Schreck steckt ihr in den Knochen.

»Geht es wieder?« Seine Stimme ist ruhig wie immer. Er hält sie, bis sie wieder auf sicherem Boden steht und sich zu ihm umdreht. Erst dann lässt er die Hände sinken und tritt einen Schritt zurück.

Im schwachen Licht, das durch die Tür in den Lagerschuppen fällt, wirken seine Gesichtszüge noch markanter, treten die Bartstoppel an seinem Kinn noch deutlicher hervor. Er ist nicht der Typ für Parfum, aber er riecht gut, nach Wald, Moos und frischgemähtem Rasen. Und plötzlich schlägt Claras Herz höher.

Sie kann schon wieder lachen, versucht die Beklemmung einfach wegzulachen, die von ihr Besitz ergriffen hat. »Was täte ich nur ohne dich?« Aber als sie merkt, dass er sich die Hände unauffällig an der Arbeitshose abwischt, als wollte er die Berührung abstreifen, verrutscht ihr Lächeln.

»Du würdest immer zurechtkommen – auch ohne mich. Du bist ein richtiges Stehaufmännchen«, sagt er freundlich.

Vielleicht hat er recht, vielleicht würde sie es auch ohne ihn schaffen, aber leicht wäre es nicht. Er ist ihr Anker, mehr noch, als die HuTa es ist.

»Aber wo du schon mal hier bist, kannst du mir auch

gleich beim Schleppen helfen«, kontert sie resolut und drückt ihm die Box in die Arme.

Im Sonnenschein spazieren sie über den Platz, verteilen Kaustangen, kraulen flauschige Ohren und Bäuche. Sie reden nicht viel, und einmal mehr denkt Clara insgeheim, wie wenig sie eigentlich über ihren Mitarbeiter weiß, obwohl sie jeden Tag miteinander verbringen und er auch nur ein paar hundert Meter entfernt ein kleines, im Wald verborgenes Holzhaus bewohnt.

Warum beispielsweise hat Kilian keinen eigenen Hund? Nachdenklich betrachtet sie ihn von der Seite. Hunde sind doch sein Leben, er geht unvergleichlich einfühlsam mit ihnen um, hat einfach einen Draht zu ihnen. Und trotzdem lebt er allein in seinem Häuschen, ohne Familie, ohne *seine* Familie, und ohne häufig von Freunden besucht zu werden, soweit sie das beurteilen kann. All das findet Clara ganz unverständlich.

Sie weiß von Dingen, die in Kilians Vergangenheit vorgefallen sind. Aber sie kennt nur die groben Fakten, nie geht er ins Detail. Manchmal denkt sie, sie kann sich vorstellen, warum er allein geblieben ist, und dann wiederum ist sie sich nicht sicher, ob sie ihn richtig versteht und ob seine Gründe vielleicht ganz andere sind.

»Kilian?«

»Hm?«

Die Frage liegt ihr auf der Zunge, und eigentlich hat Clara wenig Hemmungen, auszusprechen, was sie denkt. Aber diesmal scheut sie davor zurück. Es ist, als gäbe es da eine Mauer, die sie und Kilian daran hindert, einander noch besser kennenzulernen und die nicht zu überwinden ist. Sie wissen viel voneinander, und dann doch wieder die simpelsten Dinge nicht.

»Nicht vergessen, in einer halben Stunde geht der Mantrailing-Kurs los«, ermahnt sie ihn stattdessen. Als wüsste sie nicht, dass er ohnehin daran denkt. In den Jahren, die sie einander kennen, hat Kilian keinen einzigen Termin vergessen und ist nie zu spät gekommen.

Kurz schweigt er und schaut sie forschend an. Bestimmt weiß er, dass sie etwas anderes hat sagen wollen. Doch auch er scheint, die unsichtbare Mauer, die Grenze zwischen ihnen wahrzunehmen und hakt nicht nach. »Ich weiß«, ist alles, was er dazu sagt.

Kilian versammelt seine Gruppe auf der Wiese zu einer letzten Übung, bevor sie in anderes Gefilde wechseln werden, wo mehr Ablenkungen und Herausforderungen auf die Hunde und ihre Halter warten. Clara hat mehr als genug zu tun, doch einen Moment gönnt sie sich, stützt die Unterarme auf den Zaun und sieht zu, wie sich die Teilnehmer mit ihren Hunden versammeln. Die Vierbeiner wissen mittlerweile, worum es geht, und ausnahmslos alle sind Feuer und Flamme für die Nasenarbeit. Aufgeregt bellend und schwanzwedelnd wuseln sie herum und können es kaum erwarten, endlich loszulegen.

Clara wird es warm ums Herz, als sie beobachtet, wie Kilian über die Wiese stapft, Anweisungen gibt, den Hunden gut zuredet und den Haltern geduldig erklärt, was sie noch nicht verstanden haben. Er ist groß, wirkt unglaublich stark, und strahlt doch eine Sanftheit aus, die Clara jeden Tag aufs Neue berührt. Als sie sich dabei ertappt, wie ein junges Mädchen versonnen zu lächeln, ruft sie sich selbst zur Ordnung, runzelt die Stirn, streicht sich resolut die grauen Haare aus dem Gesicht, die der Wind ihr vor die Augen geweht hat, und betrachtet die Kursteilnehmer anstelle von Kilian.

Auch die Hundehalter sind gutgelaunt, was Clara ungemein freut, immerhin machen die angebotenen Kurse neben der Tagesstätte einen Großteil ihres Geschäfts aus. Zufriedene Kunden sind also existenziell wichtig.

Nur Mila macht ein Gesicht wie sieben Tage Regenwetter, stellt Clara fest und kneift die Augen etwas zusammen, um besser sehen zu können. Die junge Frau sieht mit ihrem pastellrosa Rock, den gleichfarbigen Gummistiefeln und den Locken, zu denen sie die rosafarbenen Haare eingedreht hat, aus wie eine luftig-zarte Kirschblüte, schaut jedoch so grimmig drein, dass man fast Angst bekommen könnte. An der Trennung von Tom kann das alleine nicht liegen, auch wenn die sicher mit reinspielt, aber Clara hat Mila eigentlich noch nie so aufgebracht erlebt.

Nachdenklich trommelt Clara mit ihren kurzgeschnittenen Fingernägeln auf den Zaunpfosten aus Holz. Es hängt mit Robin zusammen. Um das zu merken, braucht die HuTa-Leiterin wirklich keine übersinnlichen Fähigkeiten. Eigentlich nicht einmal ihr gutes Gespür für menschliche Gefühlslagen. Es reicht völlig, Augen im Kopf zu haben.

Das geht mich nichts an, sagt Clara sich schulterzuckend. Aber sie schaut doch noch mal hin, macht sich ihre Gedanken, grübelt über die beiden jungen Leute nach und sorgt sich um Mila, die bei aller Widerborstigkeit weitaus verletzlicher ist, als es den Anschein macht.

Kapitel 12

Mila

»Und, wie war's? Konntest du bei ihr landen? Ich meine, bei der hübschen Rothaarigen.« Ganz bestimmt hat er sie abgeschleppt. Und er erfüllt wirklich alle Kriterien für die Schublade, in die ich ihn gedanklich gesteckt habe, auch weil er heute zu Beginn der Mantrailing-Stunde trotzdem mit der blondgelockten Mona geflirtet hat.

Nichts sollte mich weniger interessieren, als Mister Schnösels Liebesleben, aber trotzdem kann ich nicht anders, als zu sticheln. Es kommt einfach aus mir heraus. Wir verbringen beim Mantrailing immerhin wöchentlich eine ganze Stunde miteinander, da können wir uns ja nicht sechzig Minuten lang anschweigen, und etwas Nettes habe ich ihm nun mal nicht zu sagen. Vorletztes Mal habe ich Kilian sogar nach der Stunde abgepasst und gefragt, ob er mich nicht einem anderen Trainingspartner zuteilen könnte, aber er hat mich so verständnislos angeschaut, dass ich mich richtig geschämt habe.

»Die Hunde verstehen sich doch gut und machen Fortschritte«, hat Kilian nur gesagt, als sei damit alles klar und als zählte nichts anderes.

Belustigt grinst Robin mich jetzt an. »Ja, war ganz nett. Warum fragst du? Eifersüchtig?«

Ich gebe einen Laut von mir – halb Schnauben, halb

Husten. »Bis du verrückt? Das ist so ziemlich das Letzte, was mir in den Sinn kommen würde. Übrigens hatte ich selber ein Date.«

»Hab ich gesehen. Sah ... nett aus.«

»Netter als du mit Sicherheit«, gebe ich zurück.

»So, und jetzt üben wir das, was die Hunde in den letzten Stunden gelernt haben«, tönt Kilians Stimme über die Wiese. »Wir arbeiten in den üblichen Teams. Die Versteckperson nimmt Kontakt zum Hund auf und motiviert ihn, ihr zu folgen. Dann führt ihr euren Hund weg, so dass er die jeweilige Versteckperson nicht mehr sieht und der Blickkontakt abreißt. Klar so weit? Die Versteckperson legt dann den Geruchsgegenstand«, demonstrativ wedelt er mit einem Zerrseil, »einfach auf dem Boden ab, und läuft ein Stück in den Wald rein. Versteckt euch gern hinter Bäumen. Der Hund soll euch ja nicht sehen, sondern mit der Nase finden. Klar? Dann los.«

Es klingt kompliziert, ist es aber eigentlich nicht. Die Hunde haben längst verstanden, was sie zu tun haben, und brennen darauf, dieser Aufgabe nachzukommen. Ich hätte nicht erwartet, dass mein gemütlicher Balou so aufdrehen kann. Sein Körper steht unter Spannung, sein Kopf ist aufmerksam gehoben, während die Vorbereitungen beginnen. Mit Abstand stellen wir Hundeführer uns am Waldrand auf, während unsere Teampartner, deren Hunde solange auf dem HuTa-Gelände bleiben, mit den Geruchsgegenständen loslaufen und im Wald verschwinden.

»Riech«, gebe ich Balou das Kommando, nachdem ich ihn zum Knotentau geführt habe, das Robin für ihn auf dem Boden platziert hat, und dann: »Such!«

Balou sucht. Und wie er sucht! Mir rutscht die Leine fast aus den Händen, so enthusiastisch legt sich mein blonder Bär ins Suchgeschirr und zieht nach vorne. Witternd senkt er die Schnauze zu Boden und hebt nur immer mal wieder kurz den Kopf. Es ist mir immer noch ein Rätsel, wie er das macht. Vom unglaublichen Geruchssinn der Hunde in der Theorie zu wissen, ist eine Sache, aber das dann so zu erleben, ist wirklich überwältigend.

»Gefunden.« Lässig lehnt Robin an einem Baum. Das Licht- und Schattenspiel der Sonnenstrahlen, die durch die Baumkronen fallen, zaubern ein Muster auf seine attraktiven Gesichtszüge. Warum muss er auch noch so verdammt gut aussehen? Es wäre so viel einfacher, wenn schmierigen Womanizern ihre Schmierigkeit ins Gesicht geschrieben stünde.

Robin begrüßt und lobt Balou, der außer sich vor Freude an ihm hochspringt und vor Stolz fast platzt. »Guter Junge, brav!«

»Ja, gut, Balou. So, das reicht. Lass uns zurück zum Sammelpunkt gehen. Ich bringe Balou rüber, der hat sich seine Pause redlich verdient, du kannst solange ja Alice holen.« Ruppiger als nötig, ziehe ich Balou zurück. Ein Glück, dass der Junge ein dickes Fell hat und mir das nicht übelnimmt. Trotzdem habe ich ein schlechtes Gewissen. Ich darf meine schlechte Laune nicht an Balou auslassen.

Kopfschüttelnd sieht Robin mich an. »Was hast du eigentlich gegen mich?« Und bevor ich antworten kann, nimmt er mir den Wind aus den Segeln: »Und jetzt fang nicht wieder davon an, dass ich dich fast überfahren hätte.

Es ist nichts passiert, und es war keine Absicht, können wir das nicht einfach mal auf sich beruhen lassen?«

»Was ich gegen dich habe? Kann man jemanden nicht einfach unsympathisch finden, einfach, weil man nichts mit ihm anfangen kann?« Seine offene Frage hat mich überrumpelt, und ich reagiere, indem ich zum Angriff übergehe. Wie ein aufgestachelter Feldhamster, hätte Oma Fritzi gesagt, klein und überraschend zornig. Ich verschränke die Arme vor der Brust.

Robin verdreht die Augen. »Bist du immer so mies drauf? Aber erleuchte mich, Mila. Ich bin neugierig. Wenn ich schon mit so einer Inbrunst verabscheut werde, will ich zumindest wissen, warum.«

Ohne die verschränkten Arme zu lockern, zucke ich mit den Schultern. Dass ich mich plötzlich unbehaglich fühle, könnte eventuell daran liegen, dass mir im hintersten Winkel meines Hirns selbst bewusst ist, dass ich überzogen aggressiv auf ihn reagiere.

»Also erstens bist du ein Weiberheld, und von so jemandem hält man als Frau am besten zehn Meter Abstand. Oder besser noch zehn Kilometer.«

Mit ehrlichem Erstaunen sieht er mich an, »Wie kommst du auf die Idee, dass ich ein Weiberheld bin?«

Da bleibt mir doch glatt die Spucke weg. »Echt jetzt? Du hast jeder Frau hier im Kurs, die auch nur ansatzweise in deinem Alter ist, schöne Augen gemacht. Und die Frau in der Bar? Und … ich kenne so Typen wie dich.«

»Typen wie mich«, wiederholt er.

Ich wedle mit der Hand. »Typen, die sich wichtig vorkommen, wenn sie mit ihren dicken Karren rumrasen, oder die mit ihrem Job als … als Senior Manager im Bereich Multikanalvertrieb angeben.«

»Senior Manager im … was?« Er zieht eine Augenbraue hoch. »Knapp daneben. Ich bin Anwalt für Familienrecht. Spezialisiert auf Scheidungen.«

Das Lachen bricht förmlich aus mir heraus, irritiert schaut Balou mich von schräg unten an und zweifelt wohl am Verstand seines Frauchens. »Ein Scheidungsanwalt. Herrlich. Das passt ja wie die Faust aufs Auge. Du bist wirklich ein wandelndes Klischee.«

Jetzt schnaubt Robin aufgebracht. Auch er verschränkt die Arme, als wollte er meine Haltung spiegeln. So funkeln wir einander an. »Und du? Kinderanimateurin in einem Ferienclub? Werbemodell für Haarfarben? Nein, lass mich noch mal raten … In welchem Beruf«, er zieht das Wort in die Länge, »kommt man mit so einer Haarfarbe durch, ohne als total unreif und unseriös zu gelten?« Er hält kurz inne, »Ich glaube, ich weiß es, Studentin. Du bist Langzeitstudentin.«

Entrüstet stemme ich die Hände in die Hüften. »Überhaupt nicht. Das Studium habe ich erfolgreich hinter mich gebracht, herzlichen Dank. Ich bin Tatortreinigerin.«

Das entlockt ihm nur ein belustigtes Schnaufen. »Klar. Und in echt?«

»Wenn du es genau wissen willst, ich designe und verkaufe Brautkleider.«

Jetzt ist er es, der lacht. Aber er lacht nicht einfach nur verblüfft auf, nein, er lacht mich ganz direkt und unverhohlen aus. »Wie kann jemand bitte beruflich etwas so Schönes und Zartes machen, aber privat so eine Kratzbürste sein?«

»Lieber eine Kratzbürste als ein spießiger Schnösel-Anwalt und Womanizer.«

Obwohl die anderen Kursteilnehmer gar nicht weit weg sein können und doch auch mit ihren Hunden durch den Wald laufen, ist es so still, als wären wir ganz allein hier. Die Bäume scheinen die Geräusche der Außenwelt abzufangen, es ist als gäbe es nur Robin, Balou und mich. Die Luft duftet nach Moos und Tannen. Rauschend fährt der Wind durch die Zweige.

Robins Blick ist schwer zu deuten, als er mich jetzt anstarrt. »Ehrlich, ich weiß nicht, woher du das nimmst.« Er schüttelt den Kopf. »Weißt du, was ich glaube? Da steckt was anderes dahinter.«

Und damit lässt er mich einfach stehen und bahnt sich seinen Weg zurück zur HuTa.

Meine Wangen brennen. Schweigend folge ich ihm durch den Wald und starre finster auf seinen Rücken, als könnte ich ihn mit meinen Blicken durchbohren.

Irgendwie hat er nicht ganz unrecht. Dass ich so garstig zu ihm bin, wie Leo sagen würde, hat weniger mit ihm zu tun als mit mir selbst.

Kapitel 13

Mila

In deinen Armen schwebe ich.
Mit dir für immer.
In deinen Augen die Ewigkeit.

Ich lasse meinen Blick über die Buchtitel wandern. Auf den Covern prangen Liebespaare in leidenschaftlichen Umarmungen. Die Damen schließen genießerisch die Augen und schmiegen sich an muskulöse Kerle mit offenen Hemden, die wiederum die schlanken Hälse oder üppigen Dekolletés der Frauen anglotzen, als wollten sie sie mit Küssen überhäufen – oder im Vampirstil ihre Zähne darin vergraben.

»Das da ist neu, oder?« Mein schwarz lackierter Fingernagel bleibt an *Meisterin der Leidenschaft* hängen. Immerhin kenne ich mich mit den Meisterwerken meiner besten Freundin gut genug aus, um zu bemerken, wenn ein neues dazu gekommen ist.

Sofort springt sie von ihrem Platz am Wohnzimmertisch auf, wo sie gerade mit dem Laptop auf das Ende einer eBay-Auktion gewartet hat, eilt jetzt freudestrahlend auf mich zu und zieht dabei eines der Exemplare aus dem Regal. Von jedem ihrer Kitschromane hat sie ein paar Exemplare hier stehen, die ihr der Verlag zugeschickt hat und mit denen sie Freunde und Familie beglückt.

»Yes, richtig! Meine brandneue Neuerscheinung. Gut, dass du mich erinnerst. Ich hab freilich schon ein Buch für dich signiert.«

Ich kratze mich am Kopf, als ich die Widmung lese: »›Für meine allerliebste Freundin, die mir als Inspiration für die Heldin dieses Romans gedient hat.‹ Bitte sag, dass ich damit nicht gemeint bin. Ich flehe dich an. Meisterin der Leidenschaft?«

Sie nickt so eifrig, dass ihre dunklen Locken wippen, aber ohne mich anzuschauen, denn schon sitzt sie wieder vor ihrem Laptop und schaut konzentriert auf den Bildschirm. »Die Protagonistin hat der Liebe abgeschworen. Standardplot. Aber dann, als sie gerade ins Kloster gehen will, trifft sie den Richtigen. Dann noch etwas Drama, bla bla, düstere Geheimnisse aus der Vergangenheit und ein Reitunfall, bei dem sie das Gedächtnis verliert und sich nicht mehr an ihn erinnern kann. Aber keine Sorge, am Ende wird alles gut.«

»Wieder mal dieser ominöse Richtige.« Ich tue so, als wollte ich mir den Finger in den Hals stecken. »Also Leo, es ist ja nicht so, als würde ich mich nicht geehrt fühlen, wenn du mich als deine Muse siehst. Ehrlich. Aber ich plane weder, ins Kloster zu gehen, noch würde ich mich jemals auf einen Pferderücken wagen. Inwiefern habe ich dich also bitte inspiriert?«

Ganz kurz trifft mich ihr Blick aus den dunklen Augen über den Laptoprand hinweg. Sie schmunzelt. »Trotzig versuchte die Heldin, sich ihrem Schicksal zu verweigern. Doch in den Tiefen ihres Herzens ahnte sie bereits, dass ihre beste Freundin wie immer recht behalten würde – auf welche Weise auch immer.« Dann reißt sie die Augen auf und schreit, bevor ich antworten kann: »Noch sieben … sechs …« Hektisch klickt sie mit der Maus herum, jubelt triumphierend, springt auf und vollführt einen Siegestanz. »Geschafft! Kindersitz fürs Auto, Schneehose und Gummistiefel machen sich auf den Weg zu mir.«

»Ähm, Glückwunsch.«

Sie klappt den Laptop zu. »Sorry, jetzt bin ich wieder ganz bei dir. Du hast ja keine Ahnung, wie teuer der ganze Kram für die Kinder ist, wenn man ihn neu kauft. Das kann sich doch keiner leisten. Und kaum lässt man sie mal für einen Moment aus den Augen, sind sie plötzlich zehn Zentimeter größer, aus all ihren Sachen rausgewachsen, und man muss sie schon wieder komplett neu ausstatten.«

»Kein Ding, ich kenne das noch aus Balous Anfangszeit«, entgegne ich etwas geistesabwesend, während ich immer noch auf das dünne Taschenbuch in meiner Hand starre und mich frage, was zur Hölle ich mit der verbitterten, verunfallten Nonnen-Anwärterin gemein haben soll. »Da war ich auch ständig auf der Suche nach gebrauchten Schnäppchen. Allein die ganzen Leinen, die er als Baby durchgekaut hat …«

Erst als Leo eine Grimasse schneidet, merke ich, was ich gesagt habe, »Ich habe es schon wieder getan, stimmt's?«

Sie grinst. »Jepp, hast du.«

»Sorry. Ich weiß doch, dass ein Hund nicht das Gleiche wie ein Kind ist. Nur …«

»Nur in manchen Punkten eben doch.« Leo lacht. »Schon okay.«

Seit Avas Geburt hat es unzählige Situationen gegeben,

in denen ich Parallelen zwischen diesem kleinen Kind und meinem blonden Bären entdeckt habe und mit diesen fröhlich herausgeplatzt bin, bis mal Leos Schwester bei einem Treffen dabei war und mir säuerlich zu verstehen gegeben hat, dass ihre Nichte nun wirklich kein haariges, vierbeiniges Hundebaby sei. Zum Glück nimmt Leo es mir nicht übel und sieht sogar selbst Parallelen in der Entwicklung ihrer Kleinen und meines Brummers.

»Mamaaa!« Mit dem Ausdruck tiefster Empörung im geröteten Gesicht und der Wucht einer Naturgewalt stürmt Ava ins Wohnzimmer. »Schau, was die schon wieder gemacht hat. Schau, was sie mit Dolly gemacht hat.«

Auf kurzen Wackelbeinen folgt ihr Mimi. Jetzt schon sieht man an ihrem Mund, den schwarzen Locken und den funkelnden Kohlenaugen, dass sie zu einer Zwergkopie von Leo heranwächst. Wenn man sich alte Kinderfotos von Leo anschaut, kann man darauf genau denselben Schalk in ihrem Gesicht erkennen, wie jetzt bei ihrer jüngsten Tochter.

»Mama, schau. Schön, schön, schön!« Freudestrahlend schwenkt Mimi eine Barbiepuppe mit drastischer Kurzhaarfrisur in der einen, eine Bastelschere in der anderen Hand.

Das platinblonde Kunsthaarbüschel, das Ava ihrer Mutter vorwurfsvoll entgegenstreckt, liefert die Erklärung. Mit ihren hellen Haaren und Augen, dem großen Mund und der hochgewachsenen Statur kommt die Vierjährige eher nach ihrem Papa.

»Mimi! Was habe ich dir erklärt? Du sollst die Schere net aus Avas Kastl nehmen.« Leo ist mehr um die Sicherheit ihrer Jüngsten als um die Frisur der Puppe besorgt.

Mimi schiebt die Unterlippe vor, als wollte sie gleich in Tränen ausbrechen, ebenso wie Ava, die um die Haarpracht ihrer Puppe trauert. Doch dann fällt der Blick beider Mädchen auf Balou, der bis dahin entspannt im schmalen Sonnenstreifen unter dem Fenster gedöst hat, und ihre Augen weiten sich.

»Tante Mila«, wendet sich Ava direkt an mich und schenkt mir ihren schönsten Dackelblick. »Dürfen wir Balou die Haare machen?«

Mimi versucht, ohne Puppe und Bastelschere loszulassen, in die Hände zu klatschen, was im Endeffekt so aussieht, dass sie Dolly und die Schere gegeneinander schmettert, »Bitte!«

Hilfesuchend schaue ich zu Leo. Normalerweise kann ich nur schwer nein sagen, wenn die Kleinen mich mit ihren Piepsstimmen um etwas bitten, aber dass sie Balou auf die Nerven gehen und ihn verunstalten, kommt gar nicht in die Tüte. Aber ich habe Glück – in dem Moment kommt Sven nach Hause. Der Streit und sogar Balou sind vergessen, johlend rasen die Mädchen ihrem Papa entgegen und werfen sich ihm in die Arme. Lachend drückt er sie an sich und wirbelt sie herum. Mit beiden Mädchen auf dem Arm geht er zu Leo, gibt ihr einen sanften Kuss, und für einen Moment verbinden die vier sich zu einer Einheit, die der Welt entrückt scheint und sich selbst genügt. So als gäbe es nur sie. Nur diese kleine Familie.

»Hey, Mila«, grüßt Sven mich dann erst. »Na, ihr vier Damen? Was treibt ihr gerade?«

»Du kommst gerade recht. Halt mir dir beiden Wirbelwinde vom Leib.« Leo lacht, die Liebe in ihrem Blick kann man nicht übersehen.

»Papa! Frisur«, jauchzt Mimi, während Sven die beiden Mädchen aus dem Wohnzimmer trägt.

»Todesmutig schnappte sich der wackere Recke die beiden Drachenbabys, wohlwissend, dass sie ihm den Feierabend crashen würden.« Nachdenklich schaut Leo ihnen hinterher. »Vielleicht hätte ich ihn warnen sollen, dass sie die Schere in der Hand hat.«

Leos Wände sind förmlich tapeziert mit Familienfotos: Hochzeitsbilder von ihr und Sven, sie mit Babybauch im wallenden rosa Spitzenkleid, Svens Hände, die ein Herz auf ihrem Bauch formen, die glückliche kleine Familie vor einer Mohnblumenwiese, unzählige Urlaubsbilder. Zahllose Eindrücke einer Familienidylle wie aus dem Bilderbuch, beinahe zu perfekt, um wahr zu sein.

Aber auf ihrem Laptop hat Leo als Hintergrund ein Bild, das sie und mich zeigt. Jede ein Bier in der Hand, tanzen wir übermütig auf einer Studentenparty und schneiden Grimassen in die Kamera. Ich weiß jetzt noch, wie sich dieser Abend angefühlt hat, wie er geschmeckt hat. Wie frei und wild wir gewesen sind und wie hungrig aufs Leben.

Ihr Blick folgt meinem. »Wie ewig das her ist, oder?«, stöhnt sie. »Wie aus einer anderen Zeit. Ich kann gar nicht ausdrücken, wie weit davon ich jetzt entfernt bin.«

Die feierwütige, flirtverrückte Leo, die mich durch meine

Studienzeit und unzählige Partys begleitet hat, gibt es nicht mehr. Genauso wenig das Pferdemädchen Leo aus meiner Kindheit, mit dem ich Streiche ausgeheckt und Kirschkerne weitgespuckt habe, weil wir das in einem Abenteuerbuch so gelesen haben. Unsere Wege sind so lange parallel verlaufen, dass ein Teil von mir wohl insgeheim geglaubt hat, das würde immer so weitergehen, bis wir irgendwann alte, grauhaarige Greisinnen wären. Stattdessen hat es da eine Weggabelung vor ein paar Jahren gegeben, die unsere Lebenswelten weiter voneinander entfernt hat, als ich es je für möglich gehalten hätte.

»Hm, ist bei mir nicht ganz so«, erwidere ich. Für mich liegt das, was in Leos Augen graue Vorzeit ist, gar nicht so lange zurück. Ausgehen, Wochenenden durchmachen, flirten? Das gehört immer noch zu meinem Leben dazu, auch wenn ich mit einem Kater jetzt länger zu kämpfen habe als damals, und auch wenn ich das Studium schon längst gegen eine berufliche Selbständigkeit eingetauscht habe.

Leo und ich lehnen uns auf der Couch zurück und nippen beide am Prosecco, den sie vorhin aufgemacht hat.

»Manchmal würde ich gern die Zeit zurückdrehen, nur für ein paar Stunden«, gesteht sie mir. »Nur kurz Urlaub in der Vergangenheit machen. Damals, als wir bei deiner Oma Fritzi im Garten gespielt haben.«

»Und als wir ihr unbedingt einen Streich spielen wollten und Salz und Zucker vertauscht haben.«

Leo kichert. »Und sie uns wie immer einen Schritt voraus war und mit dem Salz Kuchen für uns gebacken hat. Wir müssen vielleicht dumm dreingeschaut haben, als wir davon probiert haben.«

»Oma Fritzi hat uns reingelegt. Sie war die Beste.«

Aus dem Nebenzimmer hören wir Svens Protest, als die Mädchen genug davon haben, seine Haare zu verunstalten, und ihn stattdessen jetzt lieber mit Make-up verschönern wollen. Grinsend tauschen wir einen Blick aus, aber keine von uns eilt ihm zur Hilfe. Er ist groß, er schafft das schon. Dieser Moment gehört uns. Im Alltag gibt es ohnehin zu wenige dieser Momente.

»Und der Kerl, Mila?«, wechselt Leo so unvermittelt das Thema, dass sie mich damit eiskalt erwischt. »Der aus der HuTa.«

»Was soll mit dem sein?«

»Na, als du letztes Mal von ihm gesprochen oder besser gesagt über ihn abgelästert hast, klangst du durchaus interessiert.«

»Interessiert?« Cool bleiben, Mila. Wenn du zu sehr drauf anspringst, wird sie erst recht argwöhnisch. »Du meinst wohl, desinteressiert. Eher noch abgestoßen. Der Typ ist so was von unangenehm. Ehrlich, du solltest ihn mal sehen. Richtig schlimm.« Mist. Ich versuche zu retten, was zu retten ist, und füge so würdevoll wie möglich hinzu: »Er ist mir total egal.«

Leo seufzt mitleidig und schenkt mir mehr vom Prosecco ein. »Ach, Mila. Du weißt, dass ich gar nicht so auf dem Thema herumreiten würde, wenn ich nicht das Gefühl hätte, dass er dir gefällt. Du machst es dir manchmal selbst so schwer.«

»Ja, er gefällt mir, okay?«, zische ich sie an. »Das ist ja das Problem, er ist nämlich ein Arschloch, und das scheint genau der Typ Mann zu sein, auf den ich anspringe. Ob er nun im harmlosen Lockenkopf-Look daherkommt wie Tom, oder schon auf den ersten Blick gefährlich sexy wirkt wie Robin.«

»›Er ist ein Arschloch‹, donnerte unsere Heldin und zitterte vor Empörung.« Leo wirft sich theatralisch in Pose.

»Ich zittere gar nicht.«

Unbeirrt fährt Leo fort – natürlich, meine Einwände haben sie noch nie interessiert. »Die Vorurteile sprudelten nur so aus ihr heraus, aber in den Tiefen ihres Herzens war ihr freilich bewusst, dass sie gar nicht wusste, ob der fesche Mann mit den unglaublich grünen Augen tatsächlich ein Arschloch war. Sie hatte einfach nur beschlossen, das zu glauben, weil es unkomplizierter war, sich mit Vorurteilen herumzuplagen, als mit feschen Männern mit grünen Augen.«

»Ach, hör doch auf. Warum musstest du noch gleich mit diesen Kitschromanen anfangen?«

»Mila.« Eindringlich schaut sie mich an. »Wenn es dich glücklich macht, bleib für immer Single. Das kannst du wirklich problemlos machen. Aber bitte bleib nicht allein, weil du Angst hast. Ich will nicht, dass du dich später darüber ärgerst, eine Chance verpasst zu haben. Komm schon, wir wissen doch beide, dass du so wütend auf ihn bist, weil du dich zu ihm hingezogen fühlst. Und das ärgert dich, stimmt's?«

»Du klingst wie eine typische Mama.« Und leiser füge ich hinzu: »Danke. Ehrlich. Aber der Kerl bedeutet Ärger, und Ärger kann ich gerade echt nicht gebrauchen. Das mit Tom, das hat verdammt weh getan. Und dabei war der wirklich eine solide, vernünftige Wahl, dachte ich zumindest. Robin hingegen? Der ist ganz bestimmt keine sichere Bank. Wenn ich schon mit Tom so fies auf die Nase gefallen bin, lasse ich mich doch auf keinen Robin ein. Bin ja nicht masochistisch veranlagt. Ich meine, er ist Scheidungsanwalt! Das sagt doch schon alles. Jemand, der sich von früh bis spät mit scheiternden Beziehungen beschäftigt, ist entweder sehr abgebrüht oder verkorkst. Jedenfalls kein Beziehungsmaterial.«

»Aber Techtelmechtelmaterial?« Leo blinzelt unschuldig.

Aber ich schüttle entschlossen den Kopf. »Keine Chance. Ich habe dieses letzte bisschen Selbsterhaltungstrieb, das mir sagt: Der Kerl ist nix.«

Als ich später zur Tür rausgehe, den Kopf voll proseccogetränkter Gedanken, rennt Leo mir hinterher und drückt mir das signierte Exemplar ihres neuesten Kitschmeisterwerks in die Hand, das ich auf ihrem Wohnzimmertisch vergessen habe.

»Du bekommst auch noch dein Happy End«, sagt sie mit einer Entschlossenheit, die keine Widerrede duldet. »So kitschig wie in jedem meiner Romane. Vielleicht sogar noch viel schlimmer. Wirst schon sehen, ich habe da so ein Gefühl.«

Kapitel 14

Mila

Die Innenstadt brummt vor Leben. Der Rhein glitzert im Sonnenlicht und sieht bei diesem herrlichen Wetter überhaupt nicht grau und braun aus, sondern richtig idyllisch. An diesem wunderbaren Sommertag hält es kaum jemand zu Hause aus. Wer kann, lässt sich draußen treiben. Menschen sitzen vor den kleinen Cafés unter Markisen und Sonnenschirmen, bummeln mit einem Eis oder Bubble Tea in der Hand durch die Fußgängerzone, verliebte Paare flanieren händchenhaltend an den Schaufenstern vorbei und haben doch nur Augen füreinander.

Wir haben uns auf dem Platz vor dem alten Rathaus, einem gotischen Gemäuer, versammelt. Aufgeregt schnuppernd versuchen die Hunde alles im Blick zu haben, betrachten schwanzwedelnd die Passanten, starren einer auffliegenden Taube hinterher und zucken dann doch zusammen, als johlende Kinder vorbeirennen.

Manchen der Hunde merkt man an, dass sie es nicht gewohnt sind, in einer so belebten Gegend unterwegs zu sein, sie zappeln nervös herum oder legen die Ohren an. Balou ist wie meistens tiefenentspannt, lässt sich die Sonne auf den Pelz scheinen und versucht sich dann unauffällig, den heruntergefallenen Döner- und Frittenresten neben einer Bank zu nähern.

Doch sobald er das Suchgeschirr in meiner Hand bemerkt, das ich ihm gleich überziehen werde, steht er plötzlich unter Strom. Mein gemütlicher Bär hat seinen Ehrgeiz entdeckt. Seinen Geruchssinn zu benutzen und eine Aufgabe zu haben, ist sein neues Hobby und beflügelt ihn förmlich. Am Mantrailing-Kurs teilzunehmen, ist eigentlich die beste Idee ever gewesen – wenn da nicht Robin wäre. Er ist der einzige Wermutstropfen, nein, eher eine ganze Wermutsflasche.

Aus den Augenwinkeln schaue ich zu ihm. Während wir auf dem Rathausplatz im Schatten eines alten Kastanienbaums auf Kilian warten, ist er natürlich nicht untätig. Nein, er schließt neue Damenbekanntschaften. Mona schaut säuerlich dabei zu, das entgeht mir nicht. Die Arme. Ich wusste ja, dass sie zu bemitleiden sein würde, sobald sie anfängt, sich tatsächlich für Robin zu interessieren.

»Oooh, so ein süßer Hund«, zwitschern zwei vorbeikommende Frauen, himmeln Alice an – die zugegebenermaßen ein traumhaft hübscher Hund ist, mit ihrem silbern glänzenden Fell und den klugen, hellen Augen – und checken dabei Robin ab. »Können wir den streicheln?«

»Klar, Alice liebt das«, behauptet er, obwohl die Hündin sich bestenfalls hoheitsvoll dazu herablässt, die unbeholfenen Streicheleinheiten zu ertragen. Begeisterung sieht anders aus. Die Frauen hingegen wirken sehr begeistert, und das nicht nur von Alice. Als sie Robin in ein Gespräch verwickeln, ihn nach dem Weg und nach Restaurantstipps fragen, wende ich mich genervt ab und betrachte stattdessen die Brautkleider im Schaufenster auf der gegenüberliegenden Seite des Platzes. Gute Kollektion, aber nicht so gut wie meine.

»Alle schon da? Dann kann es ja losgehen.« Kilian trägt hier in der Innenstadt genau das, was er auch auf dem Hundeplatz tragen würde: eine dunkelgraue Arbeitshose, das olivgrüne Logo-Shirt und seine praktischen Schuhe, an denen etwas getrockneter Matsch haftet. Auf dem Kopfsteinpflaster, vor dem Rathaus, den Szenerestaurants und Modeboutiquen wirkt er so deplatziert, wie er sich offensichtlich auch fühlt. »Hier in dem Gewimmel zu arbeiten, ist eine neue Herausforderung für eure Hunde. Hier gibt es viel mehr und ganz andere Ablenkungen. Seid geduldig mit ihnen. Fangt mit kurzen Distanzen an.«

Es geht los. Den Hunden ist der Ablauf mittlerweile vertraut, sie wissen, was von ihnen erwartet wird. Sie dürfen am Geruchsgegenstand schnuppern, müssen dann der Spur der Versteckperson folgen. Ich soll Balou nicht beeinflussen, sondern ihn selbst suchen lassen – ich weiß eh nicht genau, wohin Robin läuft. Eine grobe Ahnung habe ich allerdings schon. Darum runzle ich irritiert die Stirn, als Balou loshetzt, ums Rathaus herum läuft – und dann in eine völlig andere Gasse einbiegt, als ich erwartet hätte.

»Ähm, Balou, ich fürchte, du bist da auf einer ganz falschen Spur«, keuche ich atemlos und lasse mich von ihm durch die Stadt zerren. Aber zu sehr kritisieren will ich ihn auch nicht, denn Kilian hat betont, wie wichtig es ist, die Hunde nicht abzulenken und nicht zu irritieren. Balou hängt sich mit aller Macht ins Geschirr, zieht enthusiastisch und mit aller Kraft. Ich bin kurz davor abzuheben und hinter ihm herzufliegen wie ein Drachen im

Wind. Schnaufend versuche ich, mit ihm Schritt zu halten. Er schnüffelt so intensiv, dass er leise Grunzlaute von sich gibt. Mein Hund ist ganz in seinem Element, nur leider hoffnungslos verirrt, der arme Tropf.

»Hör mal, mein Lieber, ich will dich ja nicht kritisieren, aber ...«

Keine Chance, ich rede gegen eine Wand. Vielmehr gegen ein schaukelndes Hinterteil mit hektisch wedelnder Rute.

Gemeinsam hetzen wir durch schmale Gassen, vorbei an Buchläden und Cafés, die ich nur aus den Augenwinkeln wahrnehme. Meine Schritte hallen übers Kopfsteinpflaster. Wir sind völlig falsch, so weit ist Robin ganz sicher nicht gelaufen und in diese Richtung schon gar nicht. Was auch immer Balou da verfolgt, Robins Fährte ist es mit Sicherheit nicht. Die Eindrücke der Stadt waren doch zu viel für ihn, er ist noch nicht so weit, das alles hat ihn viel zu sehr verwirrt. Vermutlich riecht er Tauben und Burger, unzählige Menschen und Fritten, andere Hunde und die würzigen Gerüche aus der koreanischen Garküche an der Ecke. Immer weiter rennen wir, hetzen durch eine Grünanlage, in der die Blumen so intensiv duften, dass es einem fast schwindelig wird, und die an die Mauern eines alten Klosters grenzt.

Und da sehe ich ihn, gerade in dem Moment, als ich Balou bremsen will: Robin. Er lehnt an der Klostermauer, hält Alice nah bei sich. Überglücklich hüpft Balou auf ihn zu und reißt mich dabei fast von den Beinen.

Aber etwas stimmt nicht. Das merke ich, als ich mich Robin nähere. Er ist so blass, als hätte er einen Geist gesehen. Das Grün seiner Augen scheint dadurch noch intensiver zu leuchten, doch sie sind dunkel umschattet. Schweiß glänzt auf seiner Stirn.

Mein Magen zieht sich zusammen. Ich lasse Balous Leine los und beschleunige meine Schritte, bis ich renne. Atemlos erreiche ich Robin.

»Was ist los?«, keuche ich.

Er atmet schwer. Aus der Nähe sehe ich die rötlichen Flecken, die sich auf seiner Haut gebildet haben, im Gesicht und auf seinen Armen. Unruhig flackert sein Blick. Sein Brustkorb hebt und senkt sich hektisch, als würde er zu wenig Sauerstoff in seine Lunge bekommen und immer verzweifelter versuchen zu atmen.

»Robin!« Hilflos sehe ich mich um, aber da ist niemand in diesem lauschigen Garten. Umgeben von Blütenduft und Vogelgezwitscher sind wir zwar mitten in der Stadt, aber trotzdem ganz allein. Nur die beiden Hunde schauen mit großen Augen an.

Mein Körper handelt wie von selbst. Ich muss irgendetwas tun, ihm irgendwie helfen, aber ich habe keine Ahnung, was und wie. Bevor ich bewusst nachdenken kann, schnappe ich mir seine Hände, die sich eiskalt anfühlen und zittern. Jetzt erst fixiert mich sein unruhiger Blick. Er öffnet den Mund, um etwas zu sagen, schnappt dann aber nur nach Luft. Und ich sehe etwas in seinen Augen, was mir einen Schauer über den Rücken jagt: Angst. Was auch immer los ist, es ist ernst. Seine Pupillen sind geweitet, im klaren Grün der Iris tanzen unruhig silbrige Flecken.

»Du musst mir sagen, was los ist.« Ich halte seine Hände fest, bin nah bei ihm. Was sonst zwischen uns ist, zählt jetzt überhaupt nicht. Jetzt geht es nur darum, ihm zu helfen. »Soll ich einen Krankenwagen rufen? Ich rufe einen Krankenwagen.«

Seine Finger krampfen sich um meine, er schüttelt den Kopf und deutet auf etwas, was ich im ersten Moment nicht zuordnen kann: eine gerötete, geschwollene Stelle an seiner Halsbeuge, genau dort, wo sein Hals in die Schulter übergeht. Das Summen der Bienen gibt mir die Antwort, noch bevor Robins mühsam hervorgebrachte Worte das tun: »Ich bin … allergisch.«

Er windet eine seiner Hände aus meinem Griff, zeigt auf etwas, das ein paar Schritte entfernt auf dem Kies zwischen den Blumenbeeten liegt, eine Art Stoffmappe, in der ein transparentes Röhrchen steckt. Ein Notfallset für Allergiker? Es muss ihm aus der Hand gefallen sein, als er hektisch versucht hat, sich eine Dosis des rettenden Medikaments zu verabreichen.

Ein Adrenalin-Pen. Ich habe so etwas noch nie benutzt, weder bei mir selbst noch bei jemand anderem, aber ich habe das schon in Filmen gesehen – und wie schwer kann das schon sein? Entschlossen ramme ich den Pen gegen Robins Oberschenkel und hoffe inständig, dass die Nadel es durch den festen Stoff seiner Jeans schafft. Das Klicken klingt, als hätte es geklappt. Robin schafft es, trotz seiner zitternden Hände eine Tablette aus dem Set zu pfriemeln und sie sich in den Mund zu schieben.

Nur unser Atmen und das Hecheln der Hunde sind neben dem Vogelgezwitscher zu hören.

»Geht es wieder?« Ich flüstere. Meine Stimme zittert so sehr wie Robins Hände, die ich jetzt wieder halte.

Langsam und tief atmet er jetzt durch, seine Augen sind

fast geschlossen. Er wirkt erschöpft. Seine arrogante Aura ist wie weggeblasen. Mit dem Rücken lässt er sich an der Mauer hinunterrutschen, bis er auf dem Boden sitzt, und ich knie mich vor ihn, lasse ihn nicht aus den Augen. Dass wir einander nicht leiden können, ist jetzt egal, und auch die Kieselsteine, die sich spitz und schmerzhaft in meine Knie bohren, kümmern mich nicht. Es gibt jetzt Wichtigeres.

Ich lasse meine Hand auf seinem Unterarm, bis sich seine Atmung beruhigt hat. Als es wieder geht, schaut er mir in die Augen. »Danke«, sagt er leise, und in dem Moment sehe ich keinen unsympathischen Schnösel, sondern einen Mann, dem ich unerwartet ganz nah gekommen bin und dem ich mich von einem Augenblick auf den anderen verbunden fühle.

Kapitel 15

Clara

Das Röhren des Motors kündigt Robins Ankunft an. Aber diesmal taucht er nicht allein am HuTa-Tor auf, wie Clara überrascht feststellt. Er und Mila kommen gemeinsam herein und unterhalten sich dabei sogar. So viel dazu, dass die beiden einander nicht leiden können. Die gegenseitige Abneigung scheint jedenfalls nicht unüberwindbar. Mit der Hand über ihren Augen schirmt Clara das helle Licht ab und kann so erkennen, dass Mila sogar lächelt, während Robin ihr irgendwas erzählt.

»Ähm, wir haben uns zufällig oben am Parkplatz an der Straße getroffen«, erklärt Mila sofort, als müsste sie sich dafür rechtfertigen, sich überhaupt mit ihm abzugeben.

Sie wendet sich von Robin ab, nimmt Balou von der Leine, lässt ihn auf die HuTa-Wiese laufen und beugt sich dann über Gisela, um sie zu begrüßen. Mila schaut so demonstrativ *nicht* zu Robin, dass es Clara auffällt, und sie sieht auch, wie Milas Blick dann doch verstohlen zu ihm wandert und ein sanftes Lächeln ihre Mundwinkel umspielt. Robin hingegen spielt keine solchen Spielchen und macht keinen Hehl aus seiner Sympathie. Seine Körpersprache, sein Blick, sein Lächeln – das alles macht ihn zu einem offenen Buch, in dem Clara ganz klar lesen kann, dass er Mila gerne mag.

Clara kann sich ein Grinsen nur schwer verkneifen. Obwohl sich Mila und Robin bisher auf dem HuTa-Gelände nur angegiftet haben, hatte sie vom allerersten Moment an den Eindruck, die zwei könnten sich eigentlich ganz gut miteinander verstehen. Und jetzt scheinen die beiden das auch selbst bemerkt zu haben. Was auch immer da passiert ist, etwas zwischen ihnen hat sich verändert.

»So!« Übertrieben enthusiastisch klatscht Mila in die Hände. »Viel Spaß, Balou, sei schön brav. Clara, ich muss auch direkt los, weil ich heute einen besonders frühen Beratungstermin habe und vorher noch den Laden auf Vordermann bringen muss.«

Robin zögert; er hat Clara eigentlich versprochen, ihr ein paar Fragen zur Steuererklärung zu beantworten, denn auch wenn er Anwalt und kein Steuerberater ist, kennt er sich gut aus. Aber als Mila jetzt zaghaft winkt und den Rückweg zum Auto antritt, schenkt er Clara ein entschuldigendes Lächeln.

»Ist es okay, wenn wir nachher darüber reden, wenn ich Alice abhole?«, fragt er zerknirscht.

Jetzt muss Clara lachen. Schon klar, warum Mila ihn auf den ersten Blick in die Angeber-Schublade gesteckt hat, mit seinem dicken Auto und den schicken Anzügen, aber da reicht Claras Ansicht nach definitiv ein kurzer zweiter Blick, um zu erkennen, dass er weder arrogant noch kühl ist. Die HuTa-Leiterin durchschaut ihn mit Leichtigkeit. Auf sie wirkt Robin wie ein großer Junge, der das Leben genießen und eigentlich nur gerngehabt werden will. Eindeutig nicht wie der knallharte Egozentriker, den Mila in ihm vielleicht gesehen hat.

»Klar, kein Ding, die Steuer läuft mir leider Gottes nicht davon«, scheucht sie Robin und raunt ihm dann noch zu: »Beeil dich, sonst holst du sie nicht mehr ein.«

Er schaut verblüfft drein, lacht dann verlegen, streichelt Alice noch einmal sanft über den Kopf und eilt mit großen Schritten los – Mila hinterher. Clara sieht gerade noch, wie er zu ihr aufschließt und etwas sagt, bevor die zwei um die Ecke biegen und hinter Büschen und Bäumen verschwinden.

»Was meinst du?«, fragt sie Gisela, die treuherzig schwanzwedelnd zu ihr hochschaut. Wobei die Dogge dafür den Kopf gar nicht allzu weit heben muss – zu Beginn ist Gisela so schnell in die Höhe geschossen, dass Clara schon befürchtet hatte, der Hund würde gar nicht mehr aufhören zu wachsen und sie irgendwann überragen. »Süß, oder? Die zwei. Andi meinte ja immer, ich hätte so eine gute Menschenkenntnis. Und die sagt jetzt gerade, dass die zwei Zankäpfel bestimmt ein nettes Paar wären.«

Gisela schnauft nachdenklich und scheint wie immer Claras Meinung zu sein.

Die HuTa-Leiterin beugt sich vor und drückt der Dogge einen Kuss auf die gefurchte und gefleckte Stirn, dann will sie sich daran machen, Balou und Alice in den Auslauf zu bringen, wo sie heute zusammen mit einigen anderen Hunden den Tag verbringen werden. Doch bevor sie das tun kann, kommt plötzlich Melanie angelaufen, die neuerdings als Aushilfe in der HuTa arbeitet. Ihre dunklen Haare, die sie heute zu zwei Zöpfen im Schulmädchen-Look geflochten hat, sind zerzaust und Strähnen haben sich daraus gelöst. Ihre dunklen Augen sind vor Schreck geweitet.

»Der Herr … der Herr …«, japst sie und deutet aufgeregt hinter sich.

Clara ist sofort alarmiert. »Was? Welcher Herr? Was ist denn passiert?« Angespannt versucht sie zu erkennen, worauf Melanie zeigt, doch sie kann nichts Außergewöhnliches entdecken, sie sieht nur Wiese, Hunde, Zelt und Schuppen.

»Der Herr Schmidt!«, keucht Melanie. »Er ist mir entwischt. Einfach abgehauen. Ich hatte das Tor nach hinten offen, nur ganz kurz, aber dann war ich für einen Moment abgelenkt, weil mein Handy geklingelt hat, und … schon war er an mir vorbei und hat überhaupt nicht gehört.«

Clara reißt die Augen auf. »O nein. Dieser Kerl schon wieder«, stöhnt sie. »Der raubt mir noch den letzten Nerv.« Bei Gelegenheit wird sie Melanie noch einmal ganz klar machen müssen, dass das Handy tabu ist, wenn sie sich um die Hunde kümmert. Ihre neue Mitarbeiterin wird noch einiges lernen müssen. Aber jetzt ist nicht der passende Moment für eine Standpauke.

Jetzt muss es schnell gehen. Dass ein Hund, noch dazu ein jagdlich ambitionierter wie Herr Schmidt, auf eigene Faust loszieht, geht gar nicht. Die Besitzer haben Clara den Hund anvertraut, sie ist für ihn verantwortlich. Er könnte sich selbst in Gefahr bringen, das Wild in den umliegenden Wäldern aufscheuchen, sogar zur Straße laufen, für Unfälle sorgen, überfahren werden – kurz, da ist viel Potenzial für schlimmste Horrorszenarien. Aber in Panik zu geraten, hilft niemandem. Clara bewahrt die Nerven und handelt überlegt.

Entschlossen stapft sie zum Zelt und schnappt sich eine der Leinen, die dort hängen. »Du bleibst hier und nimmst die Tagesgäste in Empfang, die gleich kommen. Frau Walkes mit Lotti wird jeden Augenblick hier sein, dann hat sich ein Neuer mit einem Greyhound für einen Probetag angekündigt. Den bringst du in den kleinen Einzelauslauf hinten in der Ecke, damit wir uns einen Eindruck verschaffen können, bevor wir ihn zu den anderen lassen. Ich schaue mir den nachher an. Aber zuerst suche ich Herrn Schmidt.«

Kilian schaut von der großen Auslaufwiese herüber und eilt sofort zu Clara, als er ihren Gesichtsausdruck bemerkt. »Was ist passiert?«

»Herr Schmidt ...« Sie verdreht die Augen und berichtet ihm mit wenigen Worten, was passiert ist.

Kilian presst die Lippen zusammen und nickt ernst. Auch ihm ist klar, wie wichtig es ist, dass der Ausbrecher schnellstmöglich gefunden wird. »Ich komme mit.« Sein Tonfall duldet keine Widerrede. Ohnehin ist Clara froh, ihn an ihrer Seite zu wissen – wie immer, wenn es darauf ankommt.

Herr Schmidt hat sich als Ausbrecherkönig bereits einen Namen gemacht, das haben seine Besitzer Clara erzählt und sie vorgewarnt. Er ist einfach zu neugierig und unabhängig, als dass man ihn bedenkenlos aus dem Blick lassen könnte. Wenn er die Gelegenheit wittert, auf eigene Faust losziehen und ein Abenteuer erleben zu können, dann nutzt er sie. Für ihn besteht das Leben aus wunderbaren Verlockungen, tollen Düften und Fährten, aufregenden Erlebnissen, und er ist allzu gern bereit, diesen Versuchungen nachzugeben.

Um den Hals trägt er deswegen einen GPS-Tracker, so dass man ihn über eine Smartphone-App orten kann. Wem mit Vernunft nicht beizukommen ist, für den braucht man moderne Technik, ist Herrchens und Frauchens Devise, und noch nie war Clara so froh über diesen Tracker, den sie anfangs insgeheim als alberne Spielerei abgetan hat.

»Geht es?«, fragt Kilian und biegt einen tiefhängenden Zweig beiseite.

Sie nickt nur und stapft energisch durchs dichte, dornenbewehrte Unterholz. Natürlich ist der Hund nicht auf dem Weg geblieben, sondern läuft fröhlich querfeldein. Aber weder Clara noch Kilian sind zimperlich. Clara mit ihren Gummistiefeln, Kilian mit festen Arbeitsschuhen, beide in robusten Cargohosen – beide sind sie für den Waldmarsch gewappnet.

»Da entlang.« Clara hält das Handy hoch.

Als sie ein Grunzen hört, wird sie blass. Es gibt Wildschweine in der Gegend, und zwar reichlich. Wäre Herr Schmidt so größenwahnsinnig, sich mit einer Rotte Schweine anzulegen? Vor allem, wenn sie Frischlinge haben, können sie richtig gefährlich werden. An Kilians ernstem Blick erkennt sie, dass seine Gedanken in die gleiche Richtung gehen. Wie auf Kommando beschleunigen sie beide ihre Schritte.

Und lachen auch beide erleichtert auf, als sie sich durchs Unterholz gekämpft haben, auf eine Lichtung kommen und ein Lockentier erblicken, das sich genüsslich im Dreck wälzt.

»O Gott. Ich will gar nicht wissen, was er da ekelhaft Stinkendes gefunden hat, um sich damit einzureiben«, lacht Clara. Die Anspannung fällt von ihr ab. »Nachher ist erst mal ein Bad fällig.«

»Er wird begeistert sein. Wenn er nur mal den Zusammenhang zwischen Ausbrechen, In-stinkendem-Zeug-Wälzen und Gebadetwerden kapieren würde.«

Widerstandslos lässt sich der Ausbrecher festnehmen. Auf der Suche nach dem eigensinnigen Lagotto Romagnolo haben sie wenig miteinander geredet, Stress und Sorge haben sie schnell und konzentriert durchs unwegsame Gelände getrieben, aber auf dem Rückweg können sie sich entspannt mehr Zeit lassen.

»Da rüber geht es zum schmalen Pfad«, meint Kilian und deutet in die entsprechende Richtung.

Claras Augen funkeln. »Schon, aber da rüber geht es zu einer Stelle, an der die besten und süßesten Walderdbeeren wachsen.«

»Nach der Aktion haben wir uns die redlich verdient«, findet auch Kilian.

Und schon hocken sie, Herrn Schmidt an der Leine, am Waldrand, pflücken tiefrot-glänzende Beeren und stecken sie sich genussvoll in den Mund. Kilian lächelt, während er eine der zuckersüßen Beeren mit der Zunge am Gaumen zerdrückt. Die Früchte sind unvergleichlich aromatisch.

Clara beobachtet ihn verstohlen. Es bereitet ihr Freude, ihn zur Abwechslung mal so gelöst zu sehen. Sie kennt ihn zwar freundlich und zuvorkommend, aber zugleich ist er immer so verschlossen, als würde er in seinem Kopf immerfort düstere Gedanken und Probleme wälzen.

Plötzlich legt Kilian einen Finger auf seine Lippen. Clara erstarrt in der Bewegung und schaut sich aufmerksam um. Wildschweine? Nein, ein Rehbock taucht leise und anmutig wie ein Geist zwischen den Bäumen auf. Aus seinen dunkelglänzenden Augen mustert er sie ohne Scheu. Clara merkt, dass Herr Schmidt sich neben ihr versteift und das Reh aufgeregt fixiert. Der ganze Hund steht unter Strom, von der witternden Schnauze bis zur zitternden Rutenspitze ist er angespannt. Wäre er jetzt nicht an der Leine, würde er mit Sicherheit lossprinten und das arme Wildtier hetzen. Erwischen würde er den Bock sicher nicht, aber schon genug Schaden anrichten, wenn er das Reh und andere Wildtiere aufschreckt und in Stress versetzt.

Auf seinen schlanken Beinen läuft der Rehbock mühelos durchs dichte Unterholz, zupft an ein paar hellgrünen Blättern und schaut immer wieder zu ihnen herüber. Unwillkürlich hält Clara den Atem an und merkt, dass Kilian neben ihr das Gleiche tut. Erst als Herr Schmidt ein frustriertes Schnaufen ausstößt, verschwindet das Reh ohne jede Hast wieder im Wald und lässt zwei andächtig lächelnde Menschen und einen genervten Hund zurück.

»Ich kann mir nicht mehr vorstellen, mitten in der Stadt zu leben«, sagt Clara inbrünstig. »Stadtnah, gern, irgendwoher müssen die Kunden für die HuTa ja kommen. Aber mitten im Getümmel? Auf keinen Fall. Ich brauche die Natur wie die Luft zum Atmen.«

»Ich kann es mir mittlerweile auch nicht mehr vorstellen.« Er schüttelt den Kopf. »Ich könnte den Stadtlärm nicht mehr ertragen. Mittlerweile stressen mich so viele Menschen auf einem Haufen maßlos.«

Neugierig mustert Clara ihn. Früher hat er ein ganz anderes Leben geführt, das weiß sie. Hat in Wien, Madrid und eine Weile in London gewohnt und war viel auf Reisen. Das scheint so gar nicht zu dem bodenständigen Eigenbrötler zu passen, den sie kennt. Kilian deutet Aspekte aus seiner Vergangenheit nur immer kurz an, doch bevor sie neugierig nachhaken und ihm das ein oder andere Detail aus seinem Leben entlocken kann, blockt er ab, wechselt das Thema oder vergräbt sich wortkarg in seiner Arbeit.

Er pflückt noch eine Erdbeere, steckt sie sich in den Mund und schließt für einen kurzen Moment die Augen. Um sie herum tummeln sich pelzige Hummeln zwischen den Beeren und Blüten. Das Sonnenlicht, das durch die Blätter der Bäume fällt, lässt die vielen Grüntöne des Waldes leuchten. Es duftet nach Moos und Tanne.

»Waldspaziergänge habe ich immer schon geliebt.« Kilians Stimme klingt plötzlich verändert, als er von Erinnerungen überrollt wird. »An den Wochenenden bin ich manchmal mit Marlin rausgefahren, und wir haben Beeren gepflückt. Viel zu selten.«

Marlin. Sein Sohn.

Und obwohl es ein so warmer, schöner Tag ist und die Sonne strahlt, hat Clara das Gefühl zu frieren.

Kapitel 16

Mila

Etwas hat sich verändert.

Etwas zwischen uns ist anders, seitdem ich Robin schwach erlebt habe und er meine Hilfe angenommen hat.

Und darum passiert jetzt das Undenkbare und wir verbringen ganz freiwillig, ohne dass uns jemand mit vorgehaltener Waffe dazu zwingen würde, Zeit miteinander. Verrückt.

Das Erdbeereis in meiner Hand schmilzt, tropft aus der Waffel auf meine Finger. Gedankenverloren lecke ich sie ab und habe den süßen Geschmack auf meiner Zunge. Aus den Augenwinkeln schaue ich zu Robin, der an meiner Seite am Rhein entlangspaziert, in der Hand eine Waffel mit einem Berg aus Schokoladen-, Haselnuss- und Kokoseis, der aus der Waffel zu fallen droht und schneller schmilzt, als man ihn essen kann.

Eine Woche ist seit dem Zwischenfall vergangen, heute haben wir uns wieder mit der Gruppe zum Mantrailing getroffen. Ich habe mich in einer Gasse hinter dem Theater versteckt, während Robin und Alice nach mir gesucht haben. Alice hat es wie üblich großartig gemacht und meine Fährte mit Leichtigkeit verfolgt. Jetzt tänzelt sie neben ihrem Herrchen her und ist sichtlich zufrieden mit sich selbst. Im Gegensatz zu Balou braucht sie eigentlich weder

Lob noch Leckerlis als Bestätigung für gute Leistung, offenbar reicht es ihr zu wissen, dass sie alles richtig gemacht hat. Da ist Balou ganz anders, er hat letzte Woche nicht genug von den Leckerchen bekommen können, mit denen er auch zugegebenermaßen überschüttet wurde, nachdem er Robin gefunden hat, als der in Not war.

»Lust auf ein Eis nach dem Kurs?«, hat Robin mich vorhin ganz unerwartet gefragt. »Ich lade dich ein. Das ist das Mindeste, was ich tun kann, wo du und Balou mir das Leben gerettet habt.« Und so groß können meine Vorbehalte gar nicht sein, dass ich ein gesponsertes Eis ablehnen würde.

Hauptsache, ich vergesse für keine Sekunde, dass ich auf der Hut sein muss. Solange ich daran denke, dass Robin mir gefährlich werden kann, ist alles gut. Solange ich ihn nicht an mich heranlasse, kann er mir nichts anhaben.

»Scheidungsanwalt«, sage ich kopfschüttelnd, als wir auf einer Brücke stehen und über den Rhein blicken. »Wie kommt man denn auf die Idee, so was zu werden? Ist das nicht ein schrecklich deprimierender Beruf?«

Er lacht, schiebt sich dann den Rest der Eiswaffel in den Mund. »Glaubst du, du bist die Erste, die mich das fragt? Ich sag es mal so: Für meine Eltern gab es nur drei Möglichkeiten: Arzt, Anwalt oder Versager. Und weil ich nicht in die Fußstapfen meines Vaters als Mediziner treten wollte und es wirklich nicht mein Traum war, todkranke Menschen aufzuschneiden …«

»Da hast du beschlossen, lieber die Ehen anderer Menschen zu zerstören.«

Er hebt einen Finger. »Einspruch. Das schaffen die schon

ganz allein. Ich helfe nur dabei, die ganze Sache über die Bühne zu bringen.«

»Auch wieder wahr. Keine Ahnung, warum all diese Leute sich überhaupt die Mühe machen, zu heiraten. Die müssen doch von Anfang an wissen, dass der Mist zum Scheitern verurteilt ist, die Statistiken kennt doch mittlerweile jeder. Sind die alle so naiv, zu glauben, dass es ausgerechnet bei ihnen für immer hält und sie die glorreiche Ausnahme sind? Ist es die Hoffnung, finanziell abgesichert zu sein und vom Partner durchgefüttert zu werden? Die vielzitierten steuerlichen Vorteile?«

Robin zuckt mit den Schultern. »Sag du es mir. Du bist der Profi. Zu dir kommen sie vor der Hochzeit, wenn sie hochmotiviert in die Ehe starten. Zu mir erst, wenn alles am Ende ist. Dann haben sie nicht mehr im Kopf, warum sie diese Entscheidung mal getroffen haben, sondern nur noch, wie sie ihre Schäfchen ins Trockene bringen.«

»Die Party«, sinniere ich. »Dieser ultimative Vorwand, um tausende Euro für ein einziges rauschendes Fest zu verpulvern und – im Fall der Braut – ein Monatsgehalt für ein Kleid auszugeben, in dem man umwerfend aussieht und das man für immer im Schrank verschwinden lässt, nachdem man es einen Tag lang getragen hat. Wenn man solche Dinge einfach so tun würde, ohne zu heiraten, würde einen jeder für verrückt halten. Aber beim Heiraten? Völlig legitim. Da kann man jegliche Vernunft vergessen.«

»Was für dich ja sehr vorteilhaft ist.«

»Die Bereitschaft der Brides to be, verrückte Beträge für ihr Traumkleid auszugeben? Klar. Von irgendwas muss man seinen Lebensunterhalt ja bestreiten. Genauso wie du ganz sicher keine so dicke Karre fahren könntest, wenn diese ganzen Ehen nicht in die Brüche gehen würden.«

»Nicht alle. Längst nicht alle Ehen enden vor Gericht.«

Ich schnaube leise. »Aber genug, um die Finger davon zu lassen, sollte man meinen.«

Robin stützt die Arme aufs Brückengeländer, an dem unzählige Schlösser baumeln, in die verliebte Paare ihre Namen haben gravieren lassen. Sein leises Lachen zaubert eine feine Gänsehaut auf meinen Nacken, und sofort wende ich mich ab und starre über den Rhein. Unter uns schiebt sich ein Ausflugsdampfer den Rhein hinauf. Touristen knipsen eifrig nach links und rechts; eine Lautsprecherstimme erklärt die Sehenswürdigkeiten, an denen das Schiff gerade vorbeischippert. Unter anderem die Brücke mit den Liebesschlössern, auf der wir gerade stehen.

Alice sitzt wie eine Porzellanstatue neben uns, seidig schimmernd und schön wie ein Gemälde, den Blick aus ihren hellen Augen in die Ferne gerichtet. Sie ist eine echte Lady, die meistens die Contenance bewahrt, aber als das lärmende Schiff unter uns hindurchfährt, legt sie unwillig die Ohren an. Balou hingegen grunzt hinter uns wie ein Trüffelschwein, als er die Reichweite seiner Leine ausreizt, in der Hoffnung, an ein paar heruntergefallene Fritten auf dem Asphalt zu kommen. Seit ich einen Hund habe, fällt mir erst richtig auf, wie viele Lebensmittelreste überall auf dem Boden herumliegen.

Essen und Kippen. Dinge, um die ich anfangs mit Balou Slalom laufen musste, damit er nicht Staubsauger spielt. Das mit den Kippen hat sich Gott sei Dank erledigt, aber er ist nun einmal ein Staubsauger, geklaute Snacks sind sein

Lebenselixier. Vielleicht liebe ich ihn deswegen so innig, der Vielfraß ist einfach mein Spirit Animal. Nicht umsonst hatte ich als Kind den Spitznamen Raupenbaby, auf den ich stolz war.

»Sich auf etwas nicht einzulassen, nur weil es vielleicht böse enden könnte, ist doch was für Feiglinge.«

Ich stoße Robin von der Seite an, bevor ich darüber nachdenken kann, dass es vernünftiger wäre, jeglichen Körperkontakt zu vermeiden. Erstaunt schaut er mich an. Das Sonnenlicht lässt das Grün seiner Augen schimmern wie geschliffenes Glas.

»Oder für Realisten. Erzähl mir nicht, dass jemand wie du auf der Suche nach der großen Liebe ist. Das würde ich dir nämlich nicht abnehmen. Spar dir die Story lieber für die vielen Frauen, die du anbaggerst. Bei denen könnte die ziehen.«

»Wie kann man nur so unromantisch sein? Glaub, was du willst, aber auf Dauer allein durchs Leben zu gehen, stelle ich mir nicht erstrebenswert vor.« Sein Grinsen lässt offen, ob er es ernst meint, oder ob er mich nur provozieren will. Mister Womanizer muss gerade von Romantik reden.

Kopfschüttelnd schaue ich Robin hinterher, als er wenig später verkündet, seine Schuld wäre beglichen, und mich auf der Brücke stehenlässt. Kann jemand, der als Scheidungsanwalt arbeitet und Tag für Tag mit gescheiterten Ehen zu tun hat, tatsächlich so naiv sein, sich eine Beziehung zu wünschen? Oder ist das ein Scherz – oder eine Masche, sich als Romantiker zu inszenieren, um bei den Frauen besser anzukommen? Ich werde nicht so recht schlau aus ihm.

Muss ich auch gar nicht, rufe ich mir ins Gedächtnis. Alles, was ich muss, ist im Mantrailing-Kurs mit ihm klarzukommen. Darüber hinaus hat mich dieser Kerl nicht zu interessieren.

Kapitel 17

Mila

Wenn Balou mit der Rute wedelt, beginnt die Bewegung ganz vorne bei seiner Schnauze und zieht sich wellenförmig durch seinen ganzen pelzigen Labradorkörper. Der gesamte Hund schwingt förmlich vor Lebensfreude.

So wie jetzt, als wir auf Robin und Alice zugehen. Er kann sein Glück kaum fassen, seine neue Freundin wiederzusehen, die seine Begeisterung nicht so richtig teilt, sich aber auch zu einem Schwanzwedeln herablässt.

Und ich freue mich auch. Mehr, als ich mir selbst eingestehen möchte. Nicht über Alice, auch wenn die ein wirklich süßer Hund ist. Sondern über Robin, der lässig winkt, als ich auf die Mantrailing-Gruppe zugehe. Er kommt wohl von einem beruflichen Termin, denn er trägt einen geschniegelten Anzug und hat die Haare gestylt. Überhaupt ist gerade von dem verletzlichen Mann, den ich kurz hinter der Fassade erblickt habe, nicht viel übrig. Er wirkt trotz seines Charmes unnahbar wie üblich und unerschütterlich selbstbewusst. Aber trotzdem muss ich lächeln, als er mir jetzt zuwinkt.

Wieder sind wir in der Innenstadt unterwegs. Die Hunde können es kaum erwarten, mit der Suche loszulegen. Für jeden einzelnen von ihnen ist das Mantrailing eine geliebte Herausforderung geworden.

Weil Kilian sich einen Hexenschuss zugezogen hat, springt Clara heute für ihn ein, während er in der HuTa zurückgeblieben ist und gemeinsam mit einem Aushilfsmitarbeiter versucht, den Laden trotz Schmerzen zu schmeißen. Das Mantrailing ist nicht Claras Spezialität, wie sie freimütig zugegeben hat, aber alles, was mit Vierbeinern zu tun hat, ihr Ding.

»Vierundvierzig mal so viele Riechzellen wie wir Menschen hat so ein Hund, das ist schon eindrucksvoll, oder?« Clara steht in ihrer Gummistiefel-Allwetterjacken-Uniform vor uns. Genauso wie Kilian wirkt sie in der Stadt ein wenig wie ein Fremdkörper, sie passt einfach nicht so recht hierher. Ihre Hand ist um Giselas Halsband statt um die Leine geschlungen, was natürlich problemlos möglich ist, denn Clara kann ihre Hand gemütlich auf der Dogge ablegen, ohne sich bücken zu müssen. Die Aufmerksamkeit, die sie mit dem Riesenhund auf sich zieht, ist ihr sichtlich unangenehm. In den zehn Minuten, die wir hier nun schon stehen, ist sie so oft gefragt worden, ob sie ein Pferd oder eine Kuh an der Leine habe oder ob Kinder auf der Dogge reiten könnten, dass ich aufgehört habe, mitzuzählen. Trotzdem fährt sie tapfer fort: »Als Mensch, der seine Umgebung vor allem durch die Augen wahrnimmt, kann man sich kaum vorstellen, was für Welten sich für einen Hund durch seinen Geruchssinn auftun. Wusstet ihr, dass für einen Hund die Geruchspartikel so unterschiedlich wie Fingerabdrücke sind? Deswegen können sie die vielen Gerüche ihrer Umgebung auch so akkurat unterscheiden. Kein Wunder, dass viele von ihnen so aufblühen, wenn sie diesen Sinn mal so richtig einsetzen dürfen. Mittlerweile haben wir ja alle, und besonders unsere Hunde, Übung darin. Kilian hat mir erzählt, er hat den Schwierigkeitsgrad schon gesteigert, kleine Hindernisse eingebaut und so weiter. Ich habe überlegt, damit eure Hunde heute noch etwas mehr herausgefordert werden, probieren wir was Neues. Ihr könnt die üblichen Zweierteams gerne mal auflösen und euch einen neuen Partner suchen. Mal sehen, wie die Hunde das hinkriegen.«

Autsch. Das ist doch eigentlich optimal, so muss ich heute nicht schon wieder mit Robin trainieren. Ist doch schön für Mona, die jetzt endlich die Gelegenheit hat, sich an ihn zu hängen. Aber irgendwie finde ich das jetzt gar nicht so erfreulich, wie erwartet. Im Gegenteil.

Suchend schaue ich mich nach einem neuen Partner um. Und da steht er vor mir, Robin. Lächelt mich entwaffnend an und fragt: »Willst du trotzdem meine Teampartnerin sein?«

Bevor ich so recht weiß, warum, habe ich auch schon genickt. »Balou wäre untröstlich, wenn er heute nicht mit seiner angebeteten Alice üben könnte«, behaupte ich.

Bedrohliche Wolken sind aufgezogen, schon als wir uns auf dem Rathausplatz versammelt haben. Ein kalter Wind lässt mich frösteln, und stirnrunzelnd schaue ich hoch zum düsteren Himmel.

Es bleibt trocken bis sich alle Trainingspaare verteilt haben und wir beide mit Balou und Alice in eine der Kopfsteinpflastergassen hinter dem Dom eingetaucht sind. Dann öffnet der Himmel mit einem Mal alle Schleusen.

»O Gott!« Überrascht lache ich auf, bin von einer Sekunde auf die andere bis auf die Haut nass. Die Stadt ist plötzlich in einen dichten Regenschleier gehüllt.

Eine Hand schließt sich um meine, und für einen Augenblick steht die Zeit still. Warm und angenehm fühle ich Robins Berührung. Er zieht mich einfach mit sich, lachend rennen wir durch den Regen, auf der Suche nach einem Dach, unter das wir uns stellen können.

Ich mag ihn doch überhaupt nicht, rufe ich mir benommen ins Gedächtnis. Ich finde ihn absolut unsympathisch. Aber irgendwas an ihm lässt mein Herz plötzlich trotzdem höherschlagen. Bellend laufen die Hunde um uns herum, Wasser spritzt unter unseren Schritten hoch.

Ich schaue zu Robin, genau in dem Moment, als er zu mir blickt. Stolpernd und schlitternd bleiben wir vor dem gotischen Rathaus stehen, das riesig und ehrwürdig vor uns aufragt. Er lächelt mich durch den Regen hindurch an. Und da passiert es.

Ich weiß nicht, wieso und warum. Nur, dass ich es in dem Moment unbedingt will. Dass ich ihn auf einmal unbedingt küssen will, und dass mein Körper schneller handelt, als mein Gehirn denken kann.

Meine Arme schlingen sich um seinen Nacken. Warm spüre ich seinen Körper durch die nassen Klamotten hindurch. Wasser rinnt mir über das Gesicht, tropft mir vom Kinn, aber das kümmert mich nicht. Auch, dass Balou aufgeregt um uns herumspringt und uns dabei in seine Leine wickelt, so dass wir noch fester aneinandergepresst werden, könnte mir jetzt nicht egaler sein.

Robin schaut mich an, als würde er etwas sagen wollen,

doch kein Wort kommt über seine Lippen. Ein bisschen wünsche ich mir, aus nächster Nähe vielleicht doch einen kleinen Makel in seinem Gesicht zu entdecken, aber es hilft nichts: Er ist einfach perfekt. Das Grün seiner Augen übt einen unwiderstehlichen Sog aus, dass ich ihn wie gebannt anschauen muss. Als er die Arme um mich schlingt, fällt mir das Atmen schwer.

Ich weiß nicht, wer von uns schlussendlich den entscheidenden Schritt tut und die letzte kleine Distanz zwischen uns überwindet, aber es spielt auch keine Rolle. Es zählt nur, dass ich seine Lippen auf meinen spüre und ihn mit einer Leidenschaft küsse, die mich fast selbst erschreckt. Er hält mich noch etwas fester, drückt mich an sich, als wollte er mich nie wieder loslassen.

Wie ist das plötzlich gekommen? Atemlos trete ich einen Schritt zurück, löse mich aus seiner Umarmung und frage mich, was zur Hölle das gerade war. Ich finde ihn jetzt vielleicht nicht mehr ganz so schrecklich wie zu Beginn, aber ganz bestimmt mag ich ihn nicht *so* sehr, dass ich ihn freiwillig küssen würde. Nur, dass ich genau das gerade getan habe.

Und es hat mir gefallen. Ich muss lächeln. Zur Hölle, warum denn eigentlich nicht? Seit es mit Tom zu Ende gegangen ist, war ich permanent auf der Hut, immer vorsichtig, aber in diesem Moment – in diesem strömenden Regen, im Schatten des Rathauses, mit dem Geschmack von Robins Kuss auf den Lippen, habe ich überhaupt keine Lust, vorsichtig zu sein.

»Zu dir oder zu mir?« Das wollte ich immer schon mal sagen.

Er lacht, und aus meiner Kehle perlt ein Echo seines Lachens.

»Meine Wohnung ist gleich um die Ecke«, sagt er, und wieder schließt sich seine Hand um meine. Daran könnte ich mich gewöhnen.

»Wow.«

»Wow?«

Ich schaue mich erstaunt um. »Irgendwie habe ich was anderes erwartet. Das passt gar nicht zu dir.«

»Inwiefern? Was hast du dir vorgestellt?« Robin schließt die Tür der Dachgeschosswohnung hinter sich, zu der wir eine schmale Treppe hochgelaufen sind. Nicht optimal für Hunde, hat er gesagt, auf Dauer will er wegen Alice etwas Neues suchen. Aber für den Moment ist es genau das Richtige.

Neugierig schaut er mich jetzt an. Die dunklen Haare kleben ihm nass am Kopf und an der Stirn. Tropfen perlen über seine Haut, ein paar hängen funkelnd an seinen Wimpern und verstärken das Leuchten seiner grünen Augen, das hier im Halbdunkel wie das Funkeln von Smaragden wirkt.

»Weiß nicht. Schwarz-Hochglanz. Ledercouch. Einen riesigen beleuchteten Schrank voller Designer-Anzüge. Passend zu deinem Auto halt.«

Wieder dieses Lachen, das mir auf direktem Weg in die Magengrube fährt und dort für ein irritierendes Kribbeln sorgt. »Du steckst die Leute schnell in Schubladen, stimmt's? Auf der Arbeit muss ich nun mal seriös erscheinen, das erwarten meine Mandanten von mir. Die wollen die Verantwortung über so lebenseinschneidende Themen keinem Kerl übergeben, der ihnen in zerrissenen Jeans, fleckigem Hoodie und von Kopf bis Fuß tätowiert gegenübersitzt. Und das Auto, ja, das ist eben ein Kindheits- und Jugendtraum, den ich mir erfüllt habe.« Er grinst. »Und das war es wert. Aber heißt das, dass du jetzt genug über mich weißt, um mich abstempeln zu können?«

»Wenn dein Beruf es dir erlauben würde, dich tätowieren zu lassen, hättest du dann gerne ein Tattoo?«

»Wer sagt, dass ich keins habe?«

»Du meintest doch gerade ...«

Ich bin weiter in den Raum gegangen, habe die nassen Boots von meinen Füßen gestreift und lasse den Blick durch die Altbauwohnung mit den hohen Decken und dem Stuck schweifen, die etwas abgewohnt, aber unglaublich charmant ist. Die Möbel sind bunt zusammengewürfelt, und ich könnte schwören, dass manche von ihnen alte Designerteile sind, während andere eher nach hübschen Flohmarktfunden aussehen. Die Holzdielen knarren unter meinen Schritten. Ich sehe eine Couchecke, ein prallgefülltes Bücherregal, einen Ikea-Sessel und eine dunkle Küchenzeile. Eine schmale Wendeltreppe führt nach oben.

Obwohl ich Robin den Rücken zuwende, merke ich an seiner Stimme, dass er grinst. »Keine Tattoos, die man sieht.«

Neugierig will ich nachhaken und ihn fragen, ob er ein 90er-Jahre-Gedächtnis-Arschgeweih oder ein Herz mit dem Wort »Mama« auf einer Pobacke trägt, aber die Gedanken verpuffen in meinem Kopf, als Robin plötzlich nah hinter mir steht und seine Hände auf meine Hüften legt. Mir wird heiß, obwohl meine Klamotten kalt und nass an mir kleben. Federleicht berühren seine Lippen meinen Nacken und jagen ein so wildes Kribbeln durch meinen Körper, dass mir ein leises Stöhnen über die Lippen kommt.

Verdammt, das ist keine gute Idee, aber ich will ihn.

Und er mich. Jedenfalls umarmt er mich wieder, drückt mich ans Treppengeländer und küsst mich, dass mir Hören und Sehen vergeht. Himmel, küsst der Kerl gut.

Keine Ahnung, wie wir es die Treppe hoch schaffen, eng umschlungen und uns küssend, ohne zu stolpern und in die Tiefe zu stürzen, aber irgendwie bringen wir dieses Kunststück unfallfrei zustande. Aus den Augenwinkeln nehme ich noch wahr, dass die Hunde es sich ganz ungerührt im Wohnzimmer gemütlich machen, als sei es für sie kein bisschen ungewöhnlich, was ihre Besitzer da gerade tun. Alice rollt sich anmutig in ihrem Hundebett zusammen, Balou springt dreist auf die Couch und streckt sich dort aus. Dann sehe ich die beiden nicht mehr, wir sind in Robins Schlafzimmer, und dort habe ich nur noch Augen für ihn.

Gemeinsam fallen wir aufs Bett. Er schält mich aus meiner nassen Kleidung, die wie eine zweite Haut an mir klebt. Meine Finger nesteln an seinem Hosenknopf herum, und ich stoße einen Fluch aus, als es mir nicht auf Anhieb gelingt, ihn zu öffnen.

Sanft umfasst er meine Hände und schiebt mich zurück, kniet vor mir auf dem Bett, zieht sich das Shirt über den Kopf. Unwillkürlich beiße ich mir auf die Unterlippe, als ich seinen schlanken Oberkörper und die wahrnehmbaren Konturen seiner Bauchmuskeln sehe.

»Du bist schrecklich weit weg«, beschwere ich mich, greife nach seinen Schultern und ziehe ihn näher zu mir heran.

Vielleicht werde ich das morgen bereuen, vermutlich sogar, aber jetzt gerade ist mir das egal. Jetzt gerade nehme ich mir, was ich will, während der Regen stetig aufs Dach und gegen das Fenster prasselt. Ich nehme mir, was ich will, ohne an morgen zu denken.

Kapitel 18

Mila

Ich habe sein Tattoo entdeckt. Als er neben mir liegt, auf dem Bauch, mit geschlossenen Augen und einem friedlichen, weichen Ausdruck auf dem Gesicht, sehe ich den großen Raben auf seinem Schulterblatt. Federleicht lasse ich meine Fingerspitzen darüber gleiten und lächle, als er eine Gänsehaut bekommt.

Ich verstehe nicht ganz, warum wir das gerade gemacht haben. Warum ich das gemacht habe. Etwa nur, weil er gut aussieht und ich schon eine Weile mit keinem Kerl mehr im Bett gewesen bin? Sicher nicht. So einfach ist das nicht. Ich weiß nur, dass es sich gut angefühlt hat und sich noch immer gut anfühlt.

»Ist schön gestochen«, sage ich leise. »Der Tätowierer hat's drauf.«

»Ein Cover-up, irgendein Motiv musste her«, nuschelt er in sein Kissen.

»So? Was hast du denn damit überdeckt? Etwa ein Herz für Mama?« Vielleicht bewahrheitet sich mein erster Verdacht ja doch.

Er öffnet die Augen und scheint kurz zu überlegen, ob er meine Frage beantworten soll, entscheidet sich aber dagegen.

Stattdessen steht er schwungvoll auf. »Kaffee?« Er

schlüpft in trockene Jeans, unsere nassen Klamotten liegen als zusammengeknüllte Bündel auf dem Dielenboden verteilt.

Ich nicke, benommen von seinem Augenblick und den Gefühlen, die mich überrollen und die ich noch nicht einordnen kann.

»Kaffee wäre großartig. Mit Milch bitte. Und Sirup, wenn du welchen hast.«

Er schaut mich an, als hätte ich ihm gerade gestanden, zwanzig Leichen in meinem Keller versteckt zu haben. »Ich sehe, was ich tun kann«, gibt er zweifelnd zurück. Und während er rausgeht, meine ich ihn leise »Das ist doch ein Verbrechen« murmeln zu hören.

Als sich seine Schritte entfernen, schließe ich wieder die Augen und konzentriere mich auf das sanfte Echo, das seine Berührungen auf meiner Haut hinterlassen haben. Ich will davon träumen, will in den Erinnerungen versinken.

Mit Herzrasen schnelle ich im Bett hoch, als ein entsetzlicher Lärm durch die Wohnung dröhnt. Ein Rattern, als hätte er ein Motorrad mitten in der Wohnung gestartet, gefolgt vom durchdringenden Schrei einer Banshee.

»Eine verdammte Siebträgermaschine«, knurre ich. Das Rattern kam vom Mahlen der Kaffeebohnen, das Bansheekreischen vom Aufschäumen der Milch.

An seliges Dösen ist bei dem Radau nicht zu denken. Als er ins Zimmer zurückkehrt, sitze ich aufrecht im Bett und strecke begierig beide Hände nach dem Kaffeebecher aus.

»Himmlisch«, seufze ich und nippe genussvoll an dem heißen Getränk. Robin hat offenbar keine der Sirupsorten in der Wohnung, die ich so sehr liebe, aber der Milchschaum ist perfekt.

Er streckt die Hand aus und wischt sachte über meine Oberlippe. »Du hast da Schaum«, sagt er leise.

Für sich selbst hat er einen Espresso mitgebracht. Ich schüttle mich bei dem Gedanken, so etwas Bitteres in mich hineinzuschütten. Mit dem nackten Rücken zu mir, stellt er sich ans bodentiefe Sprossenfenster und öffnet es weit. Der Wind trägt den Duft des Regens herein. Jetzt erst bemerke ich, dass da draußen ein schmaler Balkon ist, der allerhöchstens dazu taugt, rauchende Gäste hinauszukomplimentieren, um den Qualm nicht in der Bude zu haben. Bestenfalls zwei Handbreit ist er nicht mehr als ein schmaler vorgemauerter Streifen mit wackeligem Geländer, der sich vor dem Fenster entlangzieht.

»Robin? Sag mal, welches Tattoo hast du mit dem Raben überstochen?«

Sein Rücken und seine Schultern spannen sich an. Wie von selbst fährt seine Hand an seine Schulter, unter der der Rabe prangt. Aber als er sich zu mir umdreht, grinst er wieder. Er schnappt sich einen Pullover, tritt hinaus auf den Balkon und winkt mir, ihm zu folgen. »Du bist echt neugierig. Komm, ich zeige dir was viel Interessanteres als das bisschen Tinte unter meiner Haut.«

Er geht hinaus auf den schmalen Balkon. Und auf einmal ist er verschwunden.

»What the fuck?« Wenn er sich vom Balkon gestürzt hat, um nicht mit mir über seine fraglos peinliche Tattoo-Jugendsünde sprechen zu müssen, würde ich das doch als leichte Überreaktion einordnen.

Nackt krabble ich aus dem Bett und fröstele, als die kühle Luft jetzt nicht nur mein Gesicht, sondern meinen ganzen Körper trifft. Bibbernd stehe ich im Fenster, beuge mich hinaus auf den Balkon und halte Ausschau nach Robin.

»Das nenne ich mal einen Anblick.« Wieder dieses Grinsen, das ihm etwas Verschmitztes, Jungenhaftes verleiht. Gar nicht nach seriösem Anwalt aussieht. Nein, er hat sich nicht in die Tiefe gestürzt, sondern sitzt schräg über mir. Jetzt kann ich die schmale Feuerwehrleiter sehen, die vom Balkon hoch aufs Dach führt, wo es einen schmalen, flachen Vorsprung gibt, gerade breit genug, um zu zweit darauf zu sitzen. Als hätte der Architekt, der dieses alte Haus einst entworfen hat, genau das im Sinn gehabt. Von dort schaut Robin jetzt hinab auf mich und mustert völlig unverhohlen meinen nackten Körper.

Nichts, was er nicht gerade noch gesehen und angefasst hätte. Darum verzichte ich darauf, mich beschämt zu verdecken und zurück ins Schlafzimmer zu flüchten, sondern strecke ihm stattdessen die Zunge raus.

»Du musst dich nicht anziehen«, ruft er mir lachend hinterher, als ich mich dann doch vom Fenster abwende. Man muss mir zugutehalten, dass ich nur ganz kurz überlege, das Fenster zu schließen und ihn aus seiner eigenen Wohnung auszusperren.

Meine patschnasse Kleidung ziehe ich jetzt ganz bestimmt nicht an. In seinem Kleiderschrank, in dem tatsächlich einige Anzüge und Hemden, aber auch Jeans, Shirts und Hoodies sind, finde ich einen schwarzen Kapuzenpullover, in dem ich versinke und der an mir wie ein Kleid aussieht.

»Mäuschen, Mama kommt bald wieder runter, alles okay«, rufe ich die Wendeltreppe hinunter, damit Balou sich nicht sorgt.

Dann zögere ich nicht länger und folge Robin aufs Dach.

Die Luft ist noch schwer vom Regen. Ich mag es, wenn die Stadt nach nassem Asphalt riecht und die Bäume der Alleen und der Rasen am Straßenrand ihren frischen Duft verströmen. Die Cappuccinotasse in einer Hand balancierend, klettere ich die wackelige Metallleiter hoch. Robin nimmt die Tasse entgegen, damit ich mich mit beiden Händen auf den Vorsprung ziehen kann.

»Du bist schön«, sagt er nur.

Mit meinen nassen, zerzausten Haaren und dem übergroßen Sweatshirt fühle ich mich nicht gerade wie ein Insta-Model, aber ich sehe ihm an, dass er es ernst meint, und das fühlt sich gut an.

Ohne eine Antwort setze ich mich neben ihn auf den schmalen Sims. Unsere Füße baumeln über der Stadt. Das wievielte Stockwerk ist das hier? Das vierte vielleicht? Noch höher? Ich weiß gar nicht mehr, wie viele Etagen wir mit den beiden Hunden zu Robins Wohnung hochgelaufen sind, aber es waren eine Menge Stufen.

»Sicherheitstechnisch ist das aber nicht überzeugend«, bemerke ich, statt auf das Kompliment einzugehen. Jemand mit Höhenangst würde hier vor Panik eingehen.

»Noch mehr Beschwerden?« Er schmunzelt.

Der schilfgrüne Grobstrickpulli mit dem V-Ausschnitt

betont die Farbe seiner Augen. Die nassen Haare ringeln sich, was ihn sogar noch besser aussehen lässt, als wenn er sie perfekt gestylt hat.

»Ein paar würden mir schon noch einfallen.«

Der Vorsprung, auf dem wir sitzen, ist regennass. Die Feuchtigkeit dringt durch den Sweatshirtstoff, ich sitze im Wasser, aber das stört mich gerade gar überhaupt nicht.

Der Blick über die Stadt ist atemberaubend. Ich liebe die Altstadt, einer der Gründe, warum ich so gerne hier lebe. Rote Ziegeldächer reihen sich aneinander und die Nachmittagssonne, die allmählich die Regenwolken vertreibt, lässt die verzierten Fassaden des Doms, des Theaters, des Rathauses und anderer alter Gebäude dramatisch aufleuchten. Als schimmerndes Band zieht sich der Rhein quer durch die Stadt und teilt sie in zwei Hälften. Sogar die Brücke mit den Liebesschlössern kann ich von hier aus sehen.

Hoffentlich wundert sich Clara nicht, wo wir abgeblieben sind. Andererseits sind wir erwachsene Menschen, bei denen man sich keine übertriebenen Sorgen machen muss, und es ist davon auszugehen, dass beim plötzlichen Wolkenbruch alle Kursteilnehmer irgendwohin ins Trockene geflüchtet sind.

»Immer raus damit. Was habe ich mir diesmal zuschulden kommen lassen?«

Aber ich schüttle den Kopf. Ich will jetzt nicht meckern.

»Ich mag es hier«, sage ich stattdessen.

Er lächelt. »Ich auch. Aber du hättest mal die Gesichter meiner Eltern sehen sollen, als ich hier eingezogen bin.« Er ahmt eine Frauenstimme nach. »Diese Behausung ist wohl kaum angemessen.«

Überrascht ziehe ich die Augenbrauen hoch. »Ach? Sind deine Eltern solche Snobs?« Vielleicht hätte ich den Gedanken nicht so direkt aussprechen sollen, immerhin gibt es genug Menschen, die empfindlich auf Kritik an ihrer Familie reagieren.

Aber Robin nimmt mir das nicht übel. »Du hast keine Ahnung.« Er verdreht die Augen. »Man könnte meinen, sie wären Lord und Lady aus irgendeinem alten Adelsgeschlecht.«

»Muss ja ein Träumchen gewesen sein, in so einem Haushalt aufzuwachsen.«

»Ach, mit meinen Eltern hatte ich eh nicht viel zu tun, um meine Erziehung haben sich die Nannys gekümmert.«

»Was, echt?« Einen Moment lang bin ich nicht sicher, ob er das ernst meint, bis sein amüsiertes Lachen verrät, dass er mich auf den Arm genommen hat. Ganz so klischeemäßig ist seine Familie also wohl doch nicht.

»Die können echt anstrengend sein. Und bei dir so? Bilderbuchfamilie oder eher nicht?«

»Definitiv Bilderbuch.« Ich denke an das gepflegte Vorortreihenhaus, an die biedere Familienidylle, die konservativen Ansichten meiner Eltern. »Das kann aber auch anstrengend sein. Neulich haben meine Eltern den Sohn der Nachbarn zu Kaffee und Kuchen eingeladen, weil der ja angeblich in meinem Alter ist. Der Gute ist fünfzehn Jahre älter als ich, aber in ihrer Verzweiflung ist ihnen alles recht. Die Stimmung war so awkward, das kann man sich nicht vorstellen. Nicht mal der Streuselkuchen hat mich getröstet.«

Robin prustet los. »Sie wollen dich verkuppeln? Bist du

schon so lange Single, dass sie glauben, dir unter die Arme greifen zu müssen?«

»Eigentlich gar nicht so lange. Aber sie haben trotzdem Angst, dass ich als alte Jungfer und Katzenlady ende. Was mir gar nicht so unrecht wäre, wenn ich Katzen gegen Hunde eintauschen kann. Und das wiederum versetzt sie erst recht in Panik, wenn sie sehen, dass ich keine Absicht habe, etwas an meinem Singlestatus zu ändern.«

Immer noch lachend, schüttelt Robin den Kopf. »Da haben wir was gemeinsam.«

»Kann nicht sein.« Ich muss grinsen.

»Meinen Eltern ist auch extrem daran gelegen, mich unter die Haube zu bringen.«

»Bist du etwa auch überzeugter Beziehungsverweigerer? Keinen Bock auf den ganzen Kram?«

Er wird ernst. »Im Gegenteil. Aber so etwas lässt sich nicht erzwingen. Und solange Heidrun jämmerlich vor sich hin krepiert ...«

»Was?«

Er winkt ab. »Egal. Nichts. Ich meine nur, manchmal ist das alles nicht so einfach, wie man denkt.«

Ich muss lachen. »Hat schon mal jemand behauptet, das wäre einfach? Deswegen ist es ja auch total verrückt, hinter so etwas herzujagen. Warum es sich schwer machen, wenn man genauso gut allein mit Hund glücklich sein kann?«

»Ach, du wieder«, seufzt er. »Wie kann man bei so einem schönen Ausblick nur so unromantisches Zeug labern?«

Weiß ich auch nicht. Es ist nun mal so, dass das, was ich sage, die Wahrheit ist. Aber ihm das zu erklären, habe ich jetzt keine Lust. Stattdessen überrasche ich mich selbst, indem ich meinen Kopf an seine Schulter lehne. Der grüne Pulli riecht gut, er riecht nach Robin.

Er atmet scharf ein und versteift sich kurz, dann merke ich, dass er sich wieder entspannt. Ganz leicht lehnt er seinen Kopf gegen meinen. So betrachten wir gemeinsam die Stadt, über der allmählich der Abend hereinbricht.

Kapitel 19

Clara

Wie ein nasser Hund schüttelt sich Clara, als sie auf das HuTa-Gelände zurückkehrt. Sie sieht überall nach dem Rechten und überzeugt sich davon, dass es keine Probleme gab, während sie mit der Mantrailing-Gruppe in der Stadt unterwegs gewesen ist.

»Alles in Ordnung«, berichtet Melanie. »Als es mit dem Regen losging, haben wir die Hunde alle schnell reingebracht. Gerade noch rechtzeitig. Zum Glück war Carsten heute da.« Carsten ist einer der Mitarbeiter, die in Teilzeit in der HuTa arbeiten und von Woche zu Woche unterschiedliche Dienstpläne haben. »Kilian hat tapfer versucht, durchzuhalten, aber der Hexenschuss hat ihm dann doch sehr zu schaffen gemacht.«

»Oh, so schlimm?« Clara runzelt die Stirn. Wenn sie eines über Kilian weiß, dann dass er lieber die Zähne zusammenbeißt, als Schwäche zu zeigen. Wenn die Schmerzen ihn bei der Arbeit mit den Hunden eingeschränkt haben, so sehr, dass es Melanie aufgefallen ist, muss es schlimmer sein, als Clara angenommen hat.

Das lässt ihr keine Ruhe. Sie hätte jetzt nicht übel Lust, sich ein heißes Bad einzulassen, einen schönen, frischen Tee aufzubrühen und den restlichen Abend mit einem guten Buch im Bett zu verbringen, aber nicht, wenn es Kilian schlecht geht. Also gönnt sie sich nur eine kurze Dusche, wirft sich in trockene Klamotten, dreht die nassen, widerspenstigen Haare zu einem Knoten zusammen und kramt dann in den Regalen ihres Vorratsraums, der im Verhältnis zum restlichen Häuschen überdimensional groß bemessen ist. Hier bewahrt sie nicht nur Lebensmittel auf – viel eingemachtes Gemüse aus dem eigenen Garten –, sondern auch allerlei selbstangerührte Hausmittel gegen alle erdenklichen Beschwerden.

»Ha, wusste ich doch, dass ich das noch habe«, murmelt sie und liest das handbeschriftete Etikett auf einem Tiegel. Das Rezept für den Balsam aus Bienen- und Wollwachs, Minzöl, Wermut und Weidenrinde hat sie von ihrer Mutter, die eine wahre moderne Kräuterhexe ist.

Den Tiegel packt sie mit einem Glas hausgemachter Erdbeermarmelade und einer Tafel Schokolade in einen Korb. Während sie die Sachen zusammensucht, muss sie immer wieder über Gisela steigen, die offenbar darauf aus ist, im Weg herumzuliegen.

»Auf geht's, Mäuschen«, sagt sie schließlich und marschiert, gefolgt von Gisela, los.

Regentropfen hängen an den Gräsern und Blättern. Ein unvergleichlich frischer Duft hängt in der Luft. Clara liebt es, wie die Welt nach einem Regenguss riecht. Zielstrebig schlägt sie den Pfad ein, der zu Kilians kleinem Waldhaus führt und nur mit Geländewagen oder zu Fuß zu bewältigen ist.

Wie ein Hexenhaus, eher noch wie eine Hütte, duckt es sich unter die Tannen und Fichten. Als Clara den Türklopfer bedient, den es statt einer elektrischen Klingel gibt, fällt ihr auf, dass sie erst zwei, dreimal hier war, aber noch nie drinnen im Haus.

Als Kilian die Tür öffnet, erschrickt sie. Während des Mantrailing-Kurses hat sie ihn zwischendurch ein paarmal angerufen, um zu fragen, ob in der HuTa alles glatt läuft, und da hat er sich ganz offenbar zusammengerissen und sich nicht anmerken lassen, wie schlecht es ihm geht. Aber jetzt fällt ihr auf, wie blass er ist und dass Schweiß auf seiner Stirn glänzt. Er steht leicht gebückt, auch wenn er jetzt sein Bestes gibt, sich aufzurichten.

»Clara, stimmt etwas in der HuTa nicht?«, ist sein erster Gedanke bei ihrem Anblick.

Sie verdreht die Augen. »Da ist alles okay, hier bei dir aber ganz offensichtlich nicht. Und ich habe doch noch extra gefragt, ob du mit deinem Hexenschuss klarkommst.«

Er verzieht das Gesicht. »Ist doch halb so wild. Morgen bin ich wieder ganz der Alte und voll einsatzfähig. Bist du jetzt etwa deswegen hierhergekommen?«

»Ja, und ich gehe auch nicht eher wieder weg, bevor ich dir nicht geholfen habe«, erklärt sie entschlossen und marschiert energisch an ihm vorbei ins Haus, bevor er protestieren kann. Gisela folgt ihr wie selbstverständlich, klebt ihr förmlich an den Hacken.

Kilian schüttelt den Kopf, dann fügt er sich in sein Schicksal. »Tee?«, fragt er, und als sie nickt, stellt er sich an die Küchenzeile.

Während er einen altmodischen Teekessel auf den Gasherd stellt, eine Porzellankanne aus dem Schrank holt und losen schwarzen Tee aus einer Blechdose schöpft, stemmt sie die Hände in die Hüften und schaut sich um. Am schmalen Regal neben der Küchenzeile bleibt ihr Blick hängen. Vor allem Kochbücher befinden sich darin. Kilian kocht gern? Clara zieht eine Augenbraue hoch. Das ist auch etwas, was sie über den Menschen, mit dem sie die meiste Zeit verbringt, nicht wusste.

Kilians Häuschen ist winzig, noch kleiner als ihres, aber gemütlich. Die Ausstattung ist einfach und rustikal, sehr sauber, ja sogar penibel ordentlich. Aber irgendwie vermisst sie die persönliche Note. Keine Deko, keine Bilder ... Nicht einmal ein Foto seines Sohnes gibt es hier. Hier fehlt die Hand einer Frau, befindet Clara resolut, spricht den Gedanken aber nicht aus.

Vor den Fenstern wogt der dunkle Wald. Auf einmal ist ihr beklommen zumute.

»Bist du nicht einsam hier?«, rutscht es ihr heraus. »So ganz ohne ... Hund.« Und ohne andere Menschen, ohne Familie, ohne einen Partner. Seit er von seiner Exfrau und seinem Kind Abschied nehmen musste, ist er allein geblieben.

Sie selbst hat sich nach dem Schicksalsschlag, der ihr Andi entrissen hat, auch nicht wieder mit jemandem zusammengetan; es ist nicht so, als könnte sie Kilian nicht verstehen. Doch im Gegensatz zu ihm ist sie zumindest nicht ganz allein, denn immerhin hat sie Gisela. Und es gibt genug Momente, in denen sie sich einreden kann, dass sie die Gesellschaft anderer Menschen gar nicht vermisst. Schließlich sind die meisten Hunde ja ohnehin sympathischer als der Durchschnittsmensch, da ist sich Clara sicher.

Sie weißt selbst nicht, welche Antwort sie erwartet hat, aber vermutlich keine so ehrliche: »Manchmal ja. Ziemlich einsam sogar.«

Sie dreht sich zu ihm um. »Warum änderst du denn dann nichts daran?«

Seine grauen Augen blicken sie freundlich an. »Wozu? Es geht doch so. Und ich sehe dich und Gisela jeden Tag. Wozu brauche ich andere Menschen, wenn ich dich habe?«

»Aber …« Ihr Herz schlägt unter seinem Blick schneller.

Das Pfeifen des Teekessels schrillt durch die Hütte und lässt Clara zusammenzucken. Ruhig wendet Kilian sich wieder dem Herd zu und gießt den Tee auf. Der aromatische Duft erfüllt augenblicklich das ganze Haus.

»Was hast du da denn eigentlich mitgebracht?«

»Ach ja.« Sie hat den Korb mit dem Balsam darin fast vergessen. Jetzt scheucht sie Kilian energisch auf einen Stuhl. Er gehorcht, setzt sich, doch die Skepsis steht ihm ins Gesicht geschrieben.

»Du musst das Shirt hochziehen und dich vorbeugen.«

Er seufzt. »Das ist doch nicht nötig. Danke für die Salbe, aber die kann ich doch auch nachher alleine auftragen, wenn es nicht von selbst besser wird.«

»Als wärst du so gelenkig«, versetzt sie, »vor allem jetzt mit dem Hexenschuss. Stell doch dich nicht so an. Komm schon.«

Ein weiteres leidendes Seufzen, dann fügt er sich.

Behutsam reibt sie seinen Rücken und seinen Nacken ein. Der Balsam verschafft schnell Linderung, das weiß sie aus Erfahrung. Langsam gleiten ihre Hände über Kilians breiten Rücken. Abgesehen vom Rauschen des Windes und dem Knacken des Waldes ist es völlig still.

Kilian schließt die Augen. Neben der HuTa ist er die wichtigste Stütze in ihrem Leben, das ist Clara völlig klar, aber jetzt erst ist ihr so richtig bewusst, dass es ihm umgekehrt genauso geht. Sie brauchen einander. Seit ihrer beider alte Leben in die Brüche gegangen sind, halten sie sich aneinander fest, um in ihren neuen Leben nicht unterzugehen.

Einen Moment länger als nötig lässt sie die Hände auf seinen Schultern liegen, stößt einen tiefen Seufzer aus. Und bevor sie sie dann wegnehmen kann, greift Kilian auf einmal hoch zu seinen Schultern und hält ihre Hände für einen Moment sanft fest.

In dem Moment stürzt alles über sie herein. Sie sieht Andi vor sich, ihren Andi, dem sie versprochen hat, für immer seine Frau zu sein.

Bis dass der Tod uns scheidet. Von wegen. Der Tod hat hier nichts und niemanden zu scheiden. Sie ist und bleibt Andis Frau, und dass er verstorben ist, kann daran nichts ändern. Wie um alles in der Welt könnte sie ihn sich aus dem Herzen reißen? Das wäre ihr wie Verrat vorgekommen.

Sie zuckt zurück, als hätte sie sich die Finger verbrannt, und stolpert einen Schritt rückwärts. Beunruhigt hebt Gisela, die für ihre mächtige Größe erstaunlich dezent in einer Ecke gelegen hat, den Kopf und gibt ein tiefes, kehliges Knurren von sich.

»Also dann, gute Besserung«, würgt Clara hervor, versucht dabei, fröhlich zu klingen, und merkt selbst, wie kläglich sie scheitert. Als sie fluchtartig aus der Hütte hinausstürmt, sitzt Kilian immer noch auf dem Stuhl und hat sich keinen Zentimeter bewegt.

Kapitel 20

Robin

Vor lauter Konzentration streckt er die Zungenspitze ein winziges Stück heraus, während er Wasser aus dem Messbecher in Heidruns Blumentopf gießt. 85 Milliliter. Das ist sein neuer Versuch, er versucht sich an das Optimum anzunähern. Nachdem das Wasser versickert ist, macht er sich eine Notiz auf seinem Tablet.

Mäßig gießen soll man diese Pflanze, die nicht totzukriegen ist, wie Anette gesagt hat. Was auch immer mäßig heißt. Staunässe sei schlecht, schließlich wolle niemand nasse Füße haben. Er tastet noch einmal vorsichtig über die Erde, kleine schwarze Krümel bleiben an seinen Fingerspitzen hängen. Heißt das, sie ist zu nass oder gerade richtig? Ein tiefes Seufzen bahnt sich den Weg aus seiner Kehle.

»Ach du heilige Scheiße. Wer ist es?«

Erschrocken fährt Robin herum und sieht, dass Anette, Gott weiß, wie lange schon, mit einem Aktenordner unterm Arm in der Tür steht, und ihn entgeistert anstarrt.

»Wer ist wer?«

Ungeduldig verdreht sie die Augen. »Verkauf mich nicht für blöd, Robin Jansen. In den vergangenen Jahren habe ich eine Menge Frauen in deinem Leben kommen und gehen sehen. Und ich weiß, wovon ich spreche, denn ich war eine von ihnen …« Als er eine Entschuldigung einwerfen will, hält sie streng den Zeigefinger hoch, so dass er sofort verstummt. »… und keine, ich betone keine, von ihnen war dir so wichtig, dass du für sie an deinen Pflanzenpflegeskills gearbeitet hättest.«

Er schluckt. Unter Anettes Blick wird es ihm richtig unbehaglich. Sie hat sogar die Brille auf ihre Nasenspitze runtergeschoben und mustert ihn über den Rand hinweg, wie eine strenge Oberlehrerin.

»Schön, ich habe jemanden kennengelernt. Vor einer Weile schon. Vor Wochen. Monaten. Praktisch einer Ewigkeit.«

»Die aus der Hundetagesstätte? Die mürrische Zicke? Die mit den Kindergartenröcken und den kaugummirosa Haaren?«

»So mürrisch ist sie gar nicht. Und die Röcke sind eigentlich sehr hübsch«, verteidigt er Mila auf der Stelle.

Anette grinst wie eine Katze, die eine Maus verschluckt hat. »Wusste ich es doch. Als du sie das erste Mal erwähnt und dich tierisch über sie aufgeregt hast, hatte ich schon so ein Gefühl.«

»Ach, mal sehen, was daraus wird.« Er versucht es herunterzuspielen, kann das Lächeln aber gar nicht unterdrücken, das ganz automatisch auf seinem Gesicht erscheint, wenn er an Mila und die letzte Nacht denkt.

Wobei ›Nacht‹ völlig übertrieben ist, denn das alles ist nachmittags passiert, und noch bevor es richtig dunkel geworden ist, hat sich Mila Balou geschnappt und ist abgehauen. Allerdings nicht, ohne noch mal in der Wohnungstür stehen zu bleiben, ihm einen letzten, kleinen Kuss zu geben und ihn dann so frech anzugrinsen, dass er sie am liebsten sofort wieder in seine Arme gerissen und die Wendeltreppe hoch ins Schlafzimmer geschleppt hätte. Oder vielleicht auch nur die paar Meter zur Couch, zum Teppich, wohin auch immer.

Aber dann war sie weg, einfach verschwunden, in seinem riesigen Kapuzenshirt, das sie mit ihrer zierlichen Statur und den Pastellhaaren noch zarter hat wirken lassen.

Anette kommt näher, lehnt sich mit der Hüfte an seinen Schreibtisch und tastet nach Heidruns Blumenerde. »Robin, tu mir oder vielmehr dir den Gefallen und vermassle es nicht, okay?«

Er zieht eine Grimasse. »Du scheinst dir ja relativ sicher zu sein, dass ich genau das tun werde.«

»Ich weiß, du willst dich gerne verlieben, und um sich in eine Frau verlieben zu können, muss man erst mal Frauen kennenlernen, bla, bla. Aber irgendwann muss man sich dann auch mal einlassen, statt eine nach der anderen kennenzulernen, gefühlt im Sekundentakt, zumindest, wenn mal was Ernstes draus werden soll.«

»Als würde ich die Frauen wechseln wie Unterhosen«, protestiert er schwach. »Hey, und warum steht hier eigentlich immer nur mein Liebesleben zur Debatte? Genug von mir. Was macht dein Liebesleben? Ach, oder was ist mit deinem neuen Hobby? Was war das noch gleich? Töpfern?«

Sie lacht und stößt sich schwungvoll von der Tischkante ab. »Oooh nein, mein Lieber, davon fangen wir gar nicht erst an.« Schneller, als er es ihr mit ihrem engen Bleistiftrock und den hochhackigen Pumps zugetraut hätte, will sie aus seinem Büro flüchten.

Robin kann sich ein Grinsen nicht verkneifen. Er weiß, dass sie ein waschechter Workaholic ist und ihre Freizeit hauptsächlich mit Fortbildungen und Fachliteratur verbringt. Auf ihrem Nachttisch liegt das *Beck'sche Formularbuch Familienrecht*. Das weiß er genau – er hat es selbst da liegen gesehen.

Anette ist schon durch die Tür, streckt den Kopf aber noch einmal herein. »Übrigens, Robin. Kommst du damit klar, dass Sophia auf der Familienfeier sein wird? Wenn du seelische Unterstützung oder so brauchst … Du weißt, wenn was ist, bin ich für dich da.«

»Danke, alles okay«, lügt er. »Das ist ja gar kein Thema mehr. Die Feier wird sicher ganz nett.«

Die Wahrheit ist, dass er die verdammte Familienfeier erfolgreich verdrängt hat – bis gerade eben. Die cremefarbene Einladungskarte liegt auf dem Küchentisch unter Rechnungen, Briefen und Werbeprospekten vergraben und er hat es tunlichst vermieden, daran zu denken. Jetzt weiß er gar nicht, worüber er mehr kotzen könnte: die Missbilligung seines Lebenswandels, die seine Eltern ihn zweifellos spüren lassen werden, oder die Aussicht darauf, die liebreizende Sophia wiederzusehen.

Kapitel 21

Mila

Unsere Neun-Uhr-Braut hat den Laden freudestrahlend verlassen. Ein schmal geschnittenes Boho-Kleid mit schöner, geometrischer Spitze, verspielten Details und einem tiefen V-Ausschnitt ist es geworden, luftig und leicht, perfekt für die Strandhochzeit, die sie und ihr Bräutigam planen.

Leo und ich wollen uns gerade den Rest des Sekts hinter die Binde kippen, den wir für die Braut und ihre Begleiterinnen aufgemacht haben und um den es schrecklich schade wäre, wenn wir ihn schal werden ließen. Auf einen erfolgreichen Verkauf kann man schon mal anstoßen.

Dummerweise ist das der Moment, in dem ihr Handy klingelt. Fasziniert beobachte ich das Farbspiel ihrer Wangen als sie das Gespräch annimmt: erst rot, dann kreidebleich, dann beides gleichzeitig – blass mit hektischen Flecken. Sie sagt Sachen wie: »Was? Oh Gott!«, »O nein. Wirklich?« und »Nein, also das kann ich mir auch nicht erklären.« Nachdem sie aufgelegt hat, stöhnt sie gequält auf und fährt sich mit der Hand über die Stirn. »Ich muss los, sorry. Mimi hat die Hände von einem anderen Kind in der Kita mit Bastelkleber an der Tischplatte festgeklebt. Gab wohl ein riesiges Geschrei, die Eltern des Kindes machen einen Aufstand, und ich soll sofort kommen, um

Mimi abzuholen. O Gott, Mila, das tut mir so leid. Kannst du meine Nachmittagsberatung übernehmen? Ich mache es wieder gut, versprochen.«

»Kein Ding.« Lässig winke ich ab. Heute ist ohnehin ein ruhiger Tag, montags ist bei uns generell weniger los, und wir haben für heute nicht viele Termine im Kalender stehen.

»Du bist ein Schatz. Tausend Dank. Ehrlich, ich werde mich revanchieren.« Sie gibt mir einen dicken Schmatzer auf die Wange und stürmt los, um Mimi, das andere Kind und den Ruf ihrer Familie zu retten.

Wäre ja wirklich ewig schade um den guten Sekt. Ich gieße mir zumindest ein kleines Gläschen davon ein, bevor ich mich an den Computer setze, um die Zeit bis zum nächsten Termin sinnvoll mit lästigem Steuerkram zu überbrücken. Alkohol auf der Arbeit, yay! Einer der Vorteile, meine eigene Chefin zu sein.

Als mein Blick in einen der vielen Spiegel fällt, die im Laden hängen, muss ich grinsen. Der neue Look mit Robins Hoodie ist gar nicht übel. Ich habe ihn mit einer Strumpfhose mit Katzenohrenmuster (Hunde gab es betrüblicherweise nicht), meinen geliebten Boots und einem metallisch schimmernden Taillengürtel aus unserer Brautkollektion gepimpt. Ich sollte Robin vorschlagen, das Teil in Zukunft auch so zu kombinieren – sofern ich es ihm jemals zurückgebe. Denn die Erinnerungen, die das Kleidungsstück in mir wachruft, sind einfach zu schön. Auch jetzt, wo ich daran denke, breitet sich ein Kribbeln in meinem Bauch aus.

In allerspätestens einer Woche minus einen Tag sehe ich Robin wieder beim Mantrailing. Ich könnte morgen aber auch einfach wieder zu meiner früher üblichen Zeit mit Balou in der HuTa aufkreuzen, statt wie in letzter Zeit immer besonders spät zu kommen, um Robin aus dem Weg zu gehen. Verrückt wie anders alles jetzt ist! Theoretisch könnte ich ihm sogar schreiben oder ihn anrufen, denke ich mit einem Seitenblick auf mein Handy – wäre da nicht das kleine Problem, dass ich seine Nummer gar nicht habe.

Aber es gibt doch Tinder. Du könntest ihn über Tinder kontaktieren, wenn du sein Profil dort wiederfindest, wispert ein Stimmchen in meinem Kopf.

Ich lächle und seufze gleichzeitig. Was ist nur mit mir los? Die Stunden mit Robin haben so vieles verändert. Nicht nur zwischen uns, sondern in mir selbst. Die Mauern, die ich nach dem hässlichen Ende mit Tom um mich herum errichtet habe, beginnen zu bröckeln, und das fühlt sich gar nicht schlecht an. Etwas beängstigend, aber nicht schlecht. Genau genommen fühlt es sich sogar großartig an, nach der Bruchlandung wieder zuzulassen, dass mir jemand näherkommt, Stück für Stück.

»Hab ich dir doch gesagt«, habe ich Leos triumphierende Stimme im Ohr.

Sie hat mir sofort angemerkt, dass irgendetwas passiert ist. Sobald ich den Laden heute Morgen betreten habe, hat sie mich belagert und nicht lockergelassen bis sie mir jedes Detail entlockt hat. Na ja, fast jedes. Ganz haarklein schildere ich ihr nämlich nicht, was zwischen uns passiert ist, diese Erinnerungen sind nur für ihn und mich.

Ich weiß nicht, was mit meinem Gesicht nicht stimmt, aber es kann nicht aufhören zu lächeln. Ich mag ihn. Ich mag Robin wirklich sehr, auch wenn ich nicht so recht verstehe, wann und wie das passiert ist. Den Schritt von Er-ist-vielleicht-gar-nicht-so-übel zu Es-zieht-mich-zu-ihm-hin habe ich gemacht, ohne es bewusst zu merken. Es hat mich einfach eiskalt erwischt.

Verdammt, ich summe sogar vor mich hin! Wenn das nicht besorgniserregend ist, dann weiß ich auch nicht. Statt mich so verzückt anzugrinsen, hätte Leo vorhin vielleicht besser einen Arzt rufen sollen.

Das Bimmeln verrät, dass die Tür geöffnet wird und jemand den Laden betritt. Lächelnd schaue ich hoch, um eine Interessierte, eine Kundin, wen auch immer, zu begrüßen.

Und verschlucke mich an meinem nächsten Atemzug, als ich sehe, wer da gerade reingekommen ist und sich umschaut – offensichtlich überwältigt vom vielen Weiß, Glimmer und Glitzer.

Ich sehe ebenmäßige Gesichtszüge und große Augen. Einen Teint, dessen Frische nur von Yoga, regelmäßigem Kombuchakonsum oder beidem kommen kann. Zierliche Armreifen, die an schmalen, braungebrannten Handgelenken klimpern, als die jetzt verlegen das haselnussbraune Haar hinters Ohr streichen, und die vermutlich mehr gekostet haben als die meisten Kleider hier in meinem Laden.

»Natascha!«

Unsicher schaut sie mich an. »Hey. Ich hoffe, es ist okay, dass ich einfach hier reinplatze. Ich weiß, normalerweise muss man in Brautmodeläden einen Termin machen und so. Ich bin nur gerade vorbeigekommen, habe das Schild und das Schaufenster gesehen, und da ist mir eingefallen, dass du gesagt hast, ich solle unbedingt mal zu dir kommen, wenn ich auf der Suche nach meinem Brautkleid bin …«

Verdammtes Mundwerk, das ich nicht im Zaum halten konnte und das Natascha eingeladen hat, bevor mein Verstand Einhalt gebieten konnte. Verdammtes Schaufenster, in dem ich natürlich die prächtigsten Roben ausgestellt habe: ein raffiniertes Modell im Meerjungfrauenschnitt mit sexy Cut-outs, eine atemberaubende Prinzessinnenrobe mit glitzernder Corsage und ausladendem Rock, in den mehrere Lagen Glitzertüll eingearbeitet sind, und einen romantischen Spitzentraum mit endlos langer Schleppe.

»Wann heiratet ihr denn?«, würge ich hervor. »Gibt es schon einen Termin?«

Sie nickt. »Sogar ganz bald schon. Ende September.«

»Im September!« Am liebsten hätte ich filmreif die Hände über dem Kopf zusammengeschlagen. »Das ist aber sportlich. Da bleiben ja nur noch wenige Monate.« Viele Locations sind auf ein Jahr oder länger im Voraus ausgebucht. Und auch für die Brautkleiderjagd ist es keine dumme Idee, ein gutes Jahr einzuplanen, weil viele Designer lange Lieferzeiten haben.

»Ja, wem sagst du das.« Ihr Lachen klingt nervös. »Die Planung bringt mich noch um den Verstand, man muss so vieles bedenken. Aber Tom hatte über Connections die

Chance, ganz kurzfristig diese schnuckelige Scheune zu reservieren, und da dachten wir, wozu Zeit verlieren, wenn wir uns doch sicher sind.«

Ich knirsche mit den Zähnen. »Also, dem Tom, den ich kenne, konnte es gar nicht langsam genug gehen.«

Sie sieht mittlerweile so aus, als bereue sie es schon bitterlich, in den Laden gekommen zu sein. »Mila ... Ist es nicht okay, dass ich hier bin? Ich meine, ich war nicht sicher – es ist ja schon irgendwie seltsam, zur Ex des Verlobten ...« Sie schluckt, die Worte kommen immer schneller, überschlagen sich. »Aber du hast mich so nett eingeladen, und die Zeit drängt ja, wie du richtig sagst ...«

Das ist meine Gelegenheit, ihr zu sagen, dass ich die Situation tatsächlich zu seltsam finde. Dass ich ihr viel Glück für die Kleidersuche wünsche, aber bitte woanders, meinetwegen am anderen Ende der Welt. Dass ich ihr sehr gern einen Brautausstatter empfehlen kann, bitteschön, auf Nimmerwiedersehen, und dass sie dann mit meinem Verflossenen aus meinem Leben verschwinden möge.

Aber das alles sage ich ihr nicht. Als sie so vor mir steht, wunderschön und kultiviert, aber angesichts unserer verkorksten Verbindung so nervös, dass man Mitleid bekommen muss, bringe ich es nicht übers Herz. Es war mein erster Impuls, die Neue meines Exfreunds aus Prinzip ganz entsetzlich zu finden, die Frau, die jetzt alles hat, was ich mir für mich selbst erträumt hatte, aber wenn ich ehrlich bin, wirkt sie eigentlich sehr nett. Ob es daran liegt, dass sie mir sympathisch ist, oder daran, dass Robin in seiner neuen, noch undefinierten Rolle in meinem Leben dafür sorgt, dass mein Kopf nicht mehr so voller Tom ist – ich habe jedenfalls gerade einfach keine Lust, fies zu Natascha zu sein.

»Wir kriegen das schon hin. Manche Designer haben sehr lange Lieferzeiten, aber ich habe auch viele schöne Kleider vorrätig, die du, wenn du wolltest, sofort mitnehmen könntest. Unter Umständen könnte sogar etwas Maßgefertigtes zeitlich noch hinhauen, je nachdem, was du suchst und wie speziell deine Vorstellungen sind.« Ich hoffe, das werde ich nicht bereuen.

Kapitel 22

Mila

Ich schwebe durch den Alltag. Was auch immer Robin mit mir gemacht hat, es gefällt mir. Das dämliche Grinsen, das mich selbst nervt, wenn ich in den Spiegel schaue, und das Leo zu unzähligen Bemerkungen veranlasst, werde ich gar nicht mehr los. Ich kann mich kaum auf die Arbeit konzentrieren, weil mir Robin im Kopf herumspukt. Während der Beratungen geht es einigermaßen, da bin ich im Gespräch, wirble geschäftig herum, schleppe Kleider von hier nach da und habe alle Hände voll zu tun, aber beim Papierkram gehen meine Gedanken immer wieder auf Wanderschaft.

Heute Abend sind wir verabredet, wollen uns nach der Arbeit in der HuTa treffen, wo wir beide unsere Hunde abholen, und haben vor, dann etwas zusammen essen zu gehen. Aber so lange will ich nicht warten. Ungeduldig schaue ich auf die Uhr und springe auf, sobald der Zeiger die Zwölf erreicht hat. Warum soll ich ihn eigentlich nicht in der Mittagspause überraschen? Die Idee gefällt mir, enthusiastisch schnappe ich mir meine Jeansjacke. Mein nächster Beratungstermin ist erst um vierzehn Uhr und weil ich meine eigene Chefin bin, gibt mir das die Freiheit, mir eine längere Mittagspause zu gönnen.

Mit zwei Kaffeebechern in der Hand, einem Latte Macchiato mit der perfekten Menge an Sirup, um den Kaffeegeschmack zu überdecken, und einem kleineren Becher voll schwarzer Plörre, die sich Espresso schimpft, stehe ich kurz darauf vor Robins Kanzlei, deren Adresse ich durch eine kurze Googlesuche herausgefunden habe. Ein ehrwürdiges, mehrstöckiges Backsteingebäude direkt am Rhein, mit einem messingfarben glänzenden Schild an der Tür.

Ganz kurz regen sich Zweifel in mir. Wird er sich überhaupt freuen, mich hier zu sehen? Was werden seine Kollegen denken, wenn eine Frau, mit der er keine feste Beziehung hat, sondern mit der er im Grunde genommen nur einmal geschlafen hat, hier aufkreuzt und einfach in sein Büro spaziert? Entschlossen wische ich diese Zweifel weg. Ich will ihm ja keinen Heiratsantrag machen, sondern ihn nur zu einer Kaffeepause am Rheinufer entführen.

Aber ich muss gar nicht reingehen. Die Tür schwingt auf, Robin kommt heraus.

Nur, dass er nicht allein ist. Er hält die Tür für eine Frau auf, ganz gentlemanlike. Ich kneife die Augen zusammen und bleibe ganz still stehen. Keiner der beiden hat mich gesehen, ich werde von den parkenden Autos halb verdeckt und spähe an einem Kleintransporter vorbei.

Sie ist hübsch, stelle ich fest. Auf strenge Weise sexy in ihrem engen Rock, der smaragdgrünen, hochgeknöpften Seidenbluse, dem perfekt geschnittenen, wenn auch etwas konservativen Blazer und dem Dutt, zu dem sie das aschblonde Haar zurückgesteckt hat. Sie bewegt sich auf den schwindelerregend hohen Pumps mit einer Selbstverständlichkeit, als sei sie in solchem Schuhwerk auf die Welt gekommen.

Als sie sich voneinander verabschieden, wirken sie vertraut miteinander. Die Frau beugt sich zu ihm vor und küsst ihn. Auf die Wange? Oder auf den Mund? Das kann ich von meiner Position aus nicht genau sehen, doch was ich sehen kann, reicht aus, um mir einen Stich zu versetzen. Die Hände der Frau liegen dabei auf seinen Schultern. Als sie sich von ihm löst, hält sie seine Schultern noch für einen Moment fest, sieht ihn intensiv an und sagt etwas, was ich nicht höre. Als er ihr antwortet, liegt ein Lächeln auf seinen Lippen.

Mein Herz flattert unruhig, mein Magen verkrampft sich. Vielleicht hat es nichts zu bedeuten. Vielleicht aber schon, und mein Instinkt rät mir, abzuhauen und auf Abstand zu gehen, bevor die Sache gefährlich für mich wird. Ihn mit dieser Frau zu sehen, ist wie eine kleine Warnung, aber sie reicht aus, dass ich fliehen will. Verhindern will, dass Robin mir zu sehr ans Herz wächst und es wieder so weh tut wie mit Tom.

Die Frau steigt in Auto und fährt weg. Robin schaut ihr einen Moment hinterher, bevor er in die andere Richtung davongeht.

Das wäre die Gelegenheit. Ich könnte einfach zu ihm gehen, ihm den Kaffeebecher in die Hand drücken, ihm einen Kuss geben. Beiläufig und ohne Drama fragen, wer denn die Frau gerade gewesen ist, und mich beruhigen lassen, wenn er dann erklärt, warum die hübsche Aschblonde ihm nicht das Geringste bedeutet.

Aber das tue ich nicht. Irgendetwas hält mich zurück, obwohl ich mir selbst sage, dass ich spinne.

Als er um die nächste Ecke verschwindet, laufe ich los. Das Herz schlägt mir bis zum Hals. Obwohl es nur ein paar Meter sind und ich durchaus eine geübte Joggerin bin, bin ich außer Atem, als ich auch um die Ecke biege und sehe, wie Robin in einem Café verschwindet.

Vor Anstrengung ist mir sogar schwindelig. Habe ich vergessen, wie man beim Laufen atmet? Unschlüssig stehe ich vor dem Café, stütze die Hände auf die Oberschenkel und warte darauf, dass sich mein pfeifender Atem beruhigt. Ich fühle mich, als hätte ich einen Halbmarathon hinter mir und nicht, als wäre ich nur locker eine kurze Straße runtergelaufen.

Das ist doch alles Schwachsinn. Warum mache ich so ein großes Ding draus? Warum gehe ich jetzt nicht einfach da rein, sage freundlich hallo und verbringe die Mittagspause mit ihm?

Aber auf einmal habe ich Angst, so große Angst, dass sich mein Magen zu einem kalten Klumpen zusammenkrampft und meine Kehle so eng wird, dass ich kaum Luft bekomme.

Hör auf, Mila. Das ist verrückt. Total übertrieben.

Ich balle die Hände zu Fäusten und zwinge mich, langsam ein- und auszuatmen. Das ist alles erklärbar. Ich begreife rational, was da mit mir passiert. Ich muss keine Psychologin sein, um zu kapieren, dass das mit Tom zu tun hat, mit dem Mann, der mir eine eiskalte Dusche verpasst hat, mich meines Urvertrauens beraubt und mich in meinen Grundfesten erschüttert hat. Den ich an eine andere Frau verloren habe, auch wenn diese Frau nicht die Ursache war.

Und jetzt ist da Robin. Robin, der, noch viel weniger als Tom, wie jemand wirkt, dem man gefahrlos sein Herz öffnen kann, und für den ich mehr empfinde, als womöglich gut für mich ist. Der meiner fachkundigen Einschätzung nach, ein noch viel größeres Potenzial bietet, auf die Nase zu fallen. Und den mit einer anderen Frau zu sehen, aus einer eigentlich selbstbewussten Mila ein richtiges Nervenbündel macht.

Während ich einfach nur dastehe und mit mir ringe, sehe ich ihn durch die große Glasscheibe des Cafés. Er steht in der Schlange, um sich einen Kaffee oder etwas zu essen zu bestellen. Ich will zu ihm und ihm sagen, dass er gar keinen Espresso bestellen muss, weil ich ihm doch einen mitgebracht habe. Aber bevor ich mir einen Ruck geben und das tun kann, tippt ihm eine Frau von hinten auf die Schulter. Braune glatte Haare, schlanke Figur – aber ist das eigentlich nicht völlig egal? Ob aschblond wie die Frau vor seinem Büro, braunhaarig wie die hier im Café, weizenblond wie Mona im Mantrailing-Kurs oder rothaarig wie die, mit der ich ihn neulich in der Bar gesehen habe: Was zählt, ist, dass sich Frauen um Robin scharen wie Motten ums Licht – und dass ihm das offenbar sehr recht ist.

Ich stoße ein Schnauben aus, wische mir trotzig über die Augen und wende mich ab. Den Espresso stürze ich mit einem Schluck runter, obwohl er so ekelhaft bitter ist, wie erwartet, und die Tatsache, dass er nur noch lauwarm ist, den Geschmack auch kein bisschen besser macht. Der leere Becher fliegt in hohem Bogen in den nächsten Mülleimer. Ohne noch einmal zurückzuschauen, stapfe ich mit großen Schritten davon.

Nicht noch einmal. Ich werde nicht noch mal so schmerzhaft auf die Nase fallen. Weder mit Robin noch mit irgendeinem anderen Kerl. Mir egal, was meine Eltern,

Leo oder all die Küchentischpsychologen dazu sagen – ich will hier weg.

Ich nippe an meinem Sirupmilchgetränk, das mir aber nicht halb so gut schmeckt wie sonst.

Ich bin zur vereinbarten Zeit in der HuTa. Robin jetzt zu versetzen, die Eisprinzessin zu spielen und ihn zu ghosten, nur weil ich ihn mit einer anderen Frau gesehen habe – schon wieder mit irgendeiner anderen Frau – wäre mir nun doch etwas übertrieben erschienen. Ich hätte mir gern eingeredet, ganz cool und locker zu sein, und für einen Moment versuche ich, genau das vorzugeben.

Aber als ich ihn sehe, krampft sich mein Magen wieder zusammen. Er gefällt mir einfach zu gut. Das ist nicht gesund für mich, es macht mich verletzlich. Und Verletzlichkeit kann ich gerade überhaupt nicht gebrauchen.

Er kommt auf mich zu. »Mila.« Sanft legt er die Hände auf meine Oberarme und küsst mich auf die Wange, nahe bei meinem Mund. Nicht auf die Lippen. Genau richtig: Mit einem Kuss mitten auf den Mund begrüßt zu werden, wäre mir zu viel gewesen und hätte mich überfordert. Sein Duft steigt mir in die Nase, und seine Lippen so zu spüren, erinnert mich an unsere Küsse und an sehr viel mehr als das … Und es weckt in mir den Wunsch nach mehr. Ruppig mache ich mich von ihm los.

»Hi. Du, hör mal, wegen unseres Plans, heute essen zu gehen … Irgendwie habe ich Kopfschmerzen. Vielleicht lassen wir das besser.«

Ruhig sieht er mich an. »Wenn du keine Lust hast, kannst du das einfach sagen. Du musst mich nicht mit Ausreden abwimmeln.«

Autsch. War das so offensichtlich?

»Ich habe uns einen Tisch bei einem wirklich guten Taiwanesen reserviert. In einem Hinterhof, wo wir die Hunde mitnehmen können. Wenn dich die Aussicht auf meine umwerfende Gesellschaft schon nicht überzeugt, dann vielleicht der Gedanke an einmalige Bao-Buns. Aber ich will dich nicht überreden.«

Ich denke darüber nach, während wir hineingehen, um die Hunde zu holen. Alice steht sofort parat, um Robin zu begrüßen. Balou ist damit beschäftigt, im Planschbecken herumzutoben, so dass das Wasser in alle Richtungen spritzt, und bemerkt mich erst gar nicht, doch als er mich dann sieht, rennt er sofort auf mich zu und springt überschwänglich an mir hoch. Bei dieser Begrüßung geht mir das Herz auf.

Robin kniet sich zu Alice auf den Boden. Immer wieder stupst sie die Schnauze in sein Gesicht. Er redet leise mit ihr, während ein Lächeln sein ganzes Gesicht zum Leuchten bringt. Es ist ein rührender Anblick. Man kann von Robin halten, was man will, aber er ist ein hervorragender Hundehalter und er liebt seine Alice inniglich. Und die erwidert diese Liebe aus ganzem Herzen und hängt treu an ihm.

»Woher der Sinneswandel?«, fragt er mich plötzlich, immer noch auf dem Boden kniend, ohne mich anzuschauen.

»Hm?«

»Ich dachte … Also ich war der Meinung … Das zwischen uns, das wäre doch gar nicht so übel. Und ich dachte, du freust dich auch darauf, etwas mit mir essen zu gehen. Warum willst du jetzt auf einmal zurückrudern?«

Seine direkte Frage überrumpelt mich. »Sorry, aber ich habe einfach keine Lust, eine von tausend Bekanntschaften zu sein – für einen Typen, der an jedem Finger eine Frau hat und jeden Abend eine andere datet. Ein One-Night-Stand ist eine Sache, das war ok, das ist unkompliziert. Aber ehrlich, das Letzte, was ich gebrauchen kann, ist etwas Kompliziertes. Also lassen wir es besser gar nicht dazu kommen.«

»An jedem Finger eine Frau?« Robin wirkt ehrlich verblüfft.

Zeit, mit der Sprache rauszurücken. Was habe ich denn zu verlieren? »Ich habe dich in der Mittagspause gesehen. Erst mit einer Frau vor deinem Büro, die dich geküsst hat. Dann bist du in ein Café gegangen und hast dort schon wieder mit einer gequatscht, die du offensichtlich kanntest. Bist du wie so ein Matrose, der in jedem Hafen ein Mädchen hat – nur dass es bei dir nicht im Hafen, sondern in jeder Straße dieser Stadt ist?«

»Du bist mir in der Mittagspause gefolgt?« Seine Augen weiten sich, jetzt schaut er mich an, tätschelt Alice noch einmal und steht auf.

»Wenn du es so sagst, klingt das ein bisschen creepy.«

»Vielleicht, weil es ein bisschen creepy ist.«

Ich verdrehe die Augen und boxe leicht gegen seinen Oberarm. »Depp. Okay, also natürlich habe ich dich nicht verfolgt oder so. Ich wollte dich mit einem Kaffee überraschen. Einem von den grausigen, bitteren ohne Milch und ohne Zucker, so wie du deinen Kaffee gerne trinkst. Aber als ich gerade vor der Kanzlei angekommen bin, bist du da mit dieser Frau rausgekommen, und dann hatte ich keine Lust mehr, dich anzusprechen. So – ganz einfach.« Ich verschränke die Arme vor der Brust.

Hunde tollen um uns herum, aber wir beachten sie gar nicht. Auch, als Balou und Alice wieder loslaufen, um weiterzuspielen, halten wir sie nicht zurück.

Robins Lächeln reicht von einem Ohr bis zum anderen, und das ist fast nicht übertrieben. »Du wolltest mich in der Mittagspause überraschen? Das ist ziemlich süß. Passt gar nicht zu einer Kratzbürste, wie du eine bist.«

»Ja, wollte ich. Hab ich doch gesagt«, fauche ich ihn an. »Und jetzt lenk nicht ab.« Hätte ich doch gar nichts gesagt. Jetzt findet er mich irgendetwas zwischen niedlich und albern, und beides will ich nicht sein. Ich bin doch kein Eichhörnchen, auch wenn er mich gerade so verzückt betrachtet, als wäre ich eins. So ein richtig puscheliges, possierliches.

»Okay, also ich kann mir vorstellen, wie das gewirkt hat«, beginnt er.

»Jetzt komm mir aber nicht mit: Es ist nicht das, wonach es aussieht. Das ist ausgelutscht. Und meistens ist es ohnehin noch schlimmer, als es aussieht, wenn man das zu hören kriegt.«

Er atmet durch. »Ja, ich hatte eine Menge Dates. Das leugne ich nicht. Ich bin auf Tinder unterwegs, außerdem auf Bumble, oder zumindest war ich das bis vor kurzem. In den letzten Tagen habe ich die Apps nämlich nicht angerührt. Und ja, es stimmt, es gibt eine Menge Frauen, mit denen ich was hatte. Anna, das ist die Frau aus dem Café, ist eine von ihnen. Wir haben uns ein paarmal getroffen, aber es ist nichts daraus geworden, weil wir übereinstimmend zu dem Schluss gekommen sind, dass das zwischen uns nicht das ist, was wir suchen. Aber wir sind im Guten auseinandergegangen, ohne Drama, und darum hat sie mich auch angesprochen und mir kurz hallo gesagt, als sie mich gesehen hat.«

Das klingt tatsächlich überzeugend, so wie er es sagt. Ich kann ihm schlecht Dates vorwerfen, die er in der Vergangenheit hatte, zumal zwischen uns ja gar nichts Festes ist, sondern wir nur einmal miteinander geschlafen haben.

Aber meine Skepsis bleibt. »Und die vor deiner Kanzlei? Die mit dem Dutt?«

Er schmunzelt. »Das war Anette. Die ist wirklich kein Grund, eifersüchtig zu sein.«

»Eifersüchtig? Wer ist hier eifersüchtig?«, gifte ich und merke gleich, wie eifersüchtig mich das klingen lässt.

»Sie ist meine Kollegin. Und eine sehr gute Freundin.«

»Hattest du mal was mit ihr?«, fragte ich wie aus der Pistole geschossen.

Jetzt windet er sich unbehaglich. »Ehrlich gesagt, ja. Aber das ist aus und vorbei, da gibt es von keiner Seite böses Blut, und alles ist völlig entspannt.

»Himmelherrgott, Robin. Gibt es irgendeine Frau in der Stadt, mit der du noch nichts hattest?«

Er lässt die Arme hängen. Auf einmal wirkt er gar nicht mehr so selbstbewusst. »Mila, es ist nun mal so – ich habe wohl das, was man eine wilde Vergangenheit nennt. Das will ich gar nicht leugnen. Aber ich mag dich, wirklich.

Ich möchte dich näher kennenlernen. Und ich würde mich freuen, wenn du das auch möchtest und mir einen kleinen Vertrauensvorschuss gibst.«

Kann ich das? Will ich das?

Misstrauisch durchbohre ich ihn mit meinem Blick. »Was hat sie dir gesagt, als sie sich so nah zu dir gebeugt hat? Es hat so gewirkt, als wäre es etwas Wichtiges gewesen.«

Robin lächelt. »Sie hat gesagt, dass ich es mit dir nicht vermasseln soll.«

Kapitel 23

Clara

Bunte Bänder flattern im Wind. Der Wind trägt fröhliche Stimmen und Hundegebell über den Platz. Auf dem Tisch unter dem Zelt stehen selbstgebackene Kuchen, die die Kunden und Kursteilnehmer mitgebracht haben, Kirsch-Streusel, Apfel, Mohn und ein sündhaft cremiger Käsekuchen mit Erdbeeren, daneben Säfte, Wasser und Thermoskannen mit Kaffee.

Zuschauer sitzen auf den weißen Plastikstühlen und applaudieren, als die Teilnehmer des Dogdancing-Kurses ihre Choreographie zum Besten geben. Zu den Klängen von *Time of My Life* aus *Dirty Dancing* tänzeln die Mensch-Hunde-Paare über die Wiese, die Menschen drehen sich um die eigene Achse, die Hunde wuseln in Schlangenlinien zwischen ihren Beinen hindurch und zeigen im Takt der Musik ihre Kunststücke. Alle sind mit voller Begeisterung und Leidenschaft dabei. Das Highlight, das allen Zuschauern lautes Gelächter und begeistertes Klatschen entlockt, ist, als der Border Collie Sammy zum großen Finale auf seine Besitzerin zuläuft, schwungvoll in ihre Arme springt und sie zusammen die dramatische Hebefigur aus dem Film nachstellen.

Aber niemand klatscht so laut wie Clara. Sie strahlt übers ganze Gesicht. Den Dogdancing-Kurs hat sie selbst geleitet und weiß, wie knifflig es war, die Choreographie einzustudieren. Nur der Höhepunkt mit der Hebefigur, der so anspruchsvoll aussieht und beim Publikum für so viel Bewunderung sorgt, war ein Selbstläufer, weil Sammy seinem Frauchen blind vertraut und ohnehin mit Vorliebe herumspringt wie ein Gummiball.

Nachdem die Dogdancer unter Applaus den Platz geräumt haben, ist die Agility-Gruppe dran und zeigt ihr Können. Zufrieden nippt Clara an ihrer Apfelschorle. Wie jedes Jahr ist das Sommerfest des Pfotentreffs ein voller Erfolg. Kunden der Tagesstätte und der Sportkurse kommen zusammen, plaudern bei Kaffee und Kuchen und geben gemeinsam mit ihren Vierbeinern kleine Vorführungen, um zu demonstrieren, was sie in den Kursen gelernt haben.

Zu diesem Anlass hat Clara sogar die guten Gummistiefel angezogen, die bordeauxroten mit dem üppigen Pfingstrosenmuster, die sie auf einer ihrer wenigen Reisen in England gekauft hat. Die Outdoorjacke, die sie anhat, ist allerdings die, die sie immer trägt.

Claras Blick fällt auf Mila und Robin, die etwas abseits stehen, jeder einen Becher Kaffee in der Hand, und sich angeregt miteinander unterhalten, während Balou und Alice wie üblich herumtollen. Clara kann sich ein Grinsen nicht verkneifen, hatte sie doch von Anfang an so eine Ahnung, dass die beiden sich gut miteinander verstehen würden. Auch wenn sie auf den ersten Blick recht gegensätzlich sein mögen, hat Claras Gespür ihr gleich gesagt, dass es da etwas Verbindendes gibt. Und ihre Menschenkenntnis trügt sie selten, wenngleich sie nicht müde wird, zu betonen, dass ihr in erster Linie an den Hunden und weniger an den Zweibeinern gelegen ist.

»Sie verstehen sich gut miteinander, Alice und Balou«, sagt sie, als sie später mit Mila im Schatten eines Kirschbaums beisammensitzt, während Robin telefoniert. Mit großen Schritten stakst er am Rand der Wiese im hohen Gras hin und her und redet auf sein Handy ein.

Sicher wieder etwas beruflich Superwichtiges für Mister Unentbehrlich, hat Mila gesagt, aber in ihrer Stimme hat dabei etwas Weiches gelegen.

Claras Lächeln soll die Worte als harmlose, beiläufige Bemerkung kaschieren, aber Mila begreift trotzdem auf Anhieb, dass sie eigentlich nicht von den Hunden spricht.

»Ja, ist ja gut, du hattest recht. Er ist wirklich nicht ganz so übel«, und als Mila das sagt, röten sich ihre Wangen und ihre Augen funkeln. »Ich wünschte nur …« Unsicherheit tritt in ihren Blick, sie zuckt mit den Schultern. Auf den Knien balanciert sie einen Pappteller mit einem großen Stück Kirschkuchen, das sie jetzt mit der Gabel zerpflückt. »Manchmal ist das alles echt schwierig und beängstigend, verstehst du?«

Oh ja, und ob Clara versteht. Sie denkt an Andi, der sie viel zu früh allein gelassen hat, und an Kilian, der manchmal ihr Fels in der Brandung und manchmal so gar nicht greifbar ist. Seit sie neulich bei ihm im Haus gewesen und so überstürzt hinausgestürmt ist, als er ihre Hand genommen hat, merkt sie, wie er von ihr wegdriftet. Hat sie ihn verletzt? Offensichtlich. Er ist nett und höflich wie immer, sie sind nach wie vor ein gutes Team und auf ihn als Mitarbeiter kann sie sich immer verlassen, aber da hat sich eine Kluft zwischen ihnen aufgetan, die vorher nicht da war. Er ist auf einmal so zurückhaltend, spricht noch weniger als sonst, scheint ihr sogar aus dem Weg zu gehen.

Jetzt sucht sie ihn mit ihrem Blick. Er ist gerade mit dem Aufbau der Hürden für die Agility-Gruppe beschäftigt, gemeinsam mit den Teilnehmern, die alle mitanpacken. Stumm werkelt er vor sich hin, der blonde Haarschopf mit den graumelierten Strähnen leuchtet im grellen Sonnenlicht, das olivgrüne Shirt spannt über seinen Schultern. Als würde er ihren Blick spüren, schaut er kurz herüber, aber nur für einen Moment, bevor er sich wieder seiner Tätigkeit zuwendet. Seine Miene zeigt keine Regung, nicht einmal den Hauch eines Lächelns.

»Alles okay?« Wachsam sieht Mila sie an. »Du hast so geseufzt.«

Clara hat das nicht einmal gemerkt. »Aber ja. Mila, ich weiß, du möchtest nach dem Mist mit deinem Exfreund nicht wieder enttäuscht werden. Klar, wer möchte das schon? Aber ich glaube, du kannst Robin vertrauen. Er ist ein netter Kerl, einer von den Guten. Ich sehe euch doch an, dass ihr einander mögt.«

Mila verschluckt sich und hustet Kirschkuchenstreusel aus. Clara klopft ihr hilfsbereit auf den Rücken.

»Ist das so offenkundig?«, fragt Mila, als sie wieder zu Atem kommt. Der Hustenanfall hat ihr Tränen in die Augen getrieben.

Clara kann sich ein Grinsen nicht verkneifen. »Mein

Andi hat immer gesagt, ich hätte eine Art Röntgenblick. Anders könnte er sich nicht erklären, wie ich die Leute durchschaue. Er hat natürlich maßlos übertrieben, aber in dem einen oder anderen Fall habe ich tatsächlich einen guten Blick.«

Mila sinkt in sich zusammen. »In diesem Fall auch, zumindest was mich betrifft. Aber was ist mit Robin? Keine Ahnung, was er wirklich denkt und was vielleicht nur Show ist. Ich mag ihn, Clara. Aber ob das eine gute Idee ist?«

»Ich kann dir nur raten, mutig zu sein«, sagt Clara mit fester Stimme. »Meistens lohnt es sich, ein Risiko einzugehen.«

Wenn es doch nur so leicht wäre, seine eigenen Ratschläge zu beherzigen, wie sie zu geben.

Kapitel 24

Mila

Die Hunde jagen am Rhein entlang, rennen mit dem Wind um die Wette. Wasser spritzt unter ihren Pfoten hoch. Mit Protestgeschnatter flattern Enten auf, obwohl Balou und Alice sie trotz ihres Jagdhunderbes gar nicht beachten. Die beiden haben nur Augen füreinander. Alice lässt sich dazu herab, immer wieder auf meinen armen Tropf zu warten, der so viel behäbiger ist als sie und ihr voller Enthusiasmus hinterherrennt, ohne zu begreifen, dass sie ihn mit Leichtigkeit abhängen könnte.

Je weiter wir aus dem Stadtzentrum herauskommen, desto weniger befestigt ist das Ufer zu beiden Seiten des Flusses. Glattgeschliffene Kieselsteine knirschen unter unseren Schritten. Ich ziehe mir kurzerhand die Schuhe aus, wate ins knöcheltiefe Wasser und spüre die Kraft des Flusses, mit der er meine Füße umspült. Sofort springen beide Hunde aufgeregt bellend um mich herum, als wollten sie mich zum Schwimmen auffordern.

Warme Hände legen sich von hinten auf meine Hüften. *Seine* Hände.

»Achtung. Die Strömungen im Rhein sind bekanntlich gefährlich und unberechenbar.«

Gefährlich und unberechenbar. Das sagt der Richtige.

Seine dunkle Stimme ruft ein kribbelndes Echo in meiner Magengrube hervor, sein Atem kitzelt meinen Hals. Lächelnd lehne ich mich nach hinten an ihn, lege meine Hände auf seine. »Gut, dass du mich warnst. Das habe ich ja noch nie gehört.«

»Dafür hast du mich ja. Damit ich dir wertvolle Ratschläge gebe und meine Weisheit mit dir teile.«

Ich muss lachen. »Und ich dachte, ich habe dich, damit ich mich immer so schön auf deine Kosten amüsieren kann. Abgesehen davon würde ich nicht sagen, dass ich dich in irgendeiner Form *habe*«, erwidere ich.

»Und würdest du das gerne sagen können?« Seine Lippen liebkosen meinen Nacken und machen es unmöglich, einen klaren Gedanken zu fassen. Wie kann man nur so gut riechen? Was auch immer er für ein Aftershave benutzt, ich hätte es gerne als Raumduft.

Meine Knie werden weich. Hör auf, solche Dinge zu sagen. Lass es doch um Himmels willen ruhig angehen. Und hör auf, mich so zu küssen, weil ich sonst vielleicht Dinge sage oder tue, die ich später bereue. Aber das denke ich nur und sage stattdessen:

»Geht so, eigentlich bin ich gegen Sklavenhaltung.« Gespielte Coolness, die ich Sekunden später selbst enttarne, indem ich leise seufze, als seine Lippen die empfindliche Stelle erreichen, wo mein Hals in meine Schulter übergeht.

Seine Hände, die erst auf meinen Hüften gelegen haben, fangen an zu wandern. Seine Arme schließen sich um mich, und ich lasse mich ganz in diese Umarmung sinken. Drehe mich in seinen Armen zu ihm um und kann nicht anders, als zu lachen, weil ich auf einmal so unerklärlich glücklich bin, als ich ins Hellgrün seiner Augen blicke. Sonnenlichtreflexe tanzen auf dem Rhein, während ich Robins Gesicht in meine beiden Hände nehme, mich auf die Zehenspitzen stelle und ihn küsse.

Es ist so schön, dass es weh tut. Vielleicht, weil ich mich jetzt schon vor dem Moment fürchte, an dem es vorbei ist.

Unser Ziel trägt den klangvollen Namen *Rheinkiesel Beach Bar*. Wir hätten auch hierher fahren können, aber zu Fuß ist es viel schöner, deswegen haben wir die Autos in der Stadt stehen gelassen und sind am Ufer entlang spaziert. Weiße Schirme und Liegestühle reihen sich entlang des aufgeschütteten Sandstreifens, auf der stufenförmig angelegten Terrasse werden Cocktails und Smoothies serviert und aus dem Inneren der Bar tönt sanfte Lounge-Musik.

Wie selbstverständlich nimmt Robin meine Hand, als wir das Flachdachgebäude betreten, dessen Fassade größtenteils aus Glas besteht, so dass man auch von innen gut aufs Wasser schauen kann. Ich bin ein bisschen überrascht, dass mir dieses öffentliche Händchenhalten gar nichts ausmacht. Irgendwie ist ein Knoten geplatzt, meine Vorurteile haben sich in Luft aufgelöst oder schweben bestenfalls noch als kleine Erinnerungsfetzen herum, die mir manchmal kurz ins Bewusstsein treiben, dann aber rasch weitersegeln, wenn Robin mir sein offenes Lächeln schenkt. Trotz aller Gegensätze sind wir gar nicht so unterschiedlich, wie ich erst dachte. Ähnlich genug, um miteinander lachen und die gemeinsame Zeit genießen zu können.

Wozu das führen soll? Ehrlich – keine Ahnung. Aber es ist schön, gemeinsame Ausflüge mit den Hunden zu machen und mit Robin zu quatschen. Und eigentlich kommt es doch auch nur auf den Moment an – ohne großen Plan.

Vielleicht ist es auch ein gutes Zeichen, dass Balou ihn so gerne mag, denke ich, als Robin beide Hunde zum großen Wassernapf im Eingangsbereich der Beach Bar führt. Balou säuft vertrauensvoll daraus, wobei er einen Großteil des Wassers um den Napf herum verteilt, und bettelt Robin dann um ein Leckerchen an. Die kritische Stimme in meinem Kopf merkt an, dass Balou als typischer Labrador nicht unbedingt durch seine exzellente Menschenkenntnis besticht, sondern wahllos jeden ins Herz schließt, der zwei oder vier Beine hat. Immerhin ist mein Weizenblondie nach wie vor ein riesiger Fan von Tom, und dass man sich auf den besser nicht verlässt, habe ich ja nun am eigenen Leib erfahren.

Unwillkürlich drücke ich Robins Hand fester. Er reagiert darauf, indem er sich zu mir beugt und mir einen Kuss auf die Haare gibt, leicht und flüchtig und doch liebevoll. Das fühlt sich gut an.

»Ich gehe mal an die Bar und hole uns zwei Drinks«, kündigt er an, während ich mich mit den Hunden draußen unter einem Schirm niederlasse. »Mojito? Caipirinha?«

Innerlich bin ich ihm sehr dankbar dafür, dass er nicht *Caipi* gesagt hat. »Für mich ein Strawberry Daiquiri.«

Grinsend zupft er an einer rosa Haarsträhne, die sich aus meiner geflochtenen Gretlfrisur gelöst hat, und steuert die Bar an. Wie von selbst folgt ihm mein Blick, ich kann weder wegschauen noch aufhören zu lächeln. Mister Schnösel sieht wirklich gar nicht übel aus, ein echter Schönling eben. Zur knielangen beigen Hose trägt er ein weißes Hemd und sieht damit seriöser aus, als ich es wohl jemals in meinem Leben mit einem schwarzen Anzug hinkriegen werde, allerdings passt seine Ausstrahlung nicht so ganz dazu, die wirkt alles andere als seriös. Das amüsierte Funkeln in seinen Augen und die Verwegenheit in seinem Grinsen zwingen mich jedenfalls dazu, mein Urteil, er sei ein schleimiger Spießer, zu revidieren.

Sein Handy hat er auf dem Tisch zwischen den zwei Liegestühlen gelassen, so dass ich ohne weiteres aufs Display schauen kann, als es jetzt vibriert. Eine WhatsApp von einer sogenannten Nat. Und von einer Sekunde auf die andere kippt meine Stimmung.

Wer zur Hölle ist Nat? Natalie? Natascha? Gibt es eine Frau, die Robin mir vorzieht und mit der er sich eine Zukunft vorstellen kann, nachdem er seine wilde Dating-Phase, in die ich falle, beendet hat? Übelkeit kriecht in mir hoch.

Sag mal, lebst du noch? Du ... Den Rest der Nachricht ist nicht zu lesen, ohne sie zu öffnen und das Handy zu entsperren, was ich natürlich nicht tun kann. Die aufleuchtende Nachrichtenvorschau bricht mitten im Satz ab.

Nervös trommeln meine Finger auf den Tisch. Während Balou tiefenentspannt im Sand liegt und seine vom Flusswasser nassen Pfoten trocken zu lecken versucht – wie auch immer er darauf kommt, seine ebenso nasse Zunge sei dafür geeignet – sieht Alice mich aus ihren hellen, beinahe menschlich wirkenden Augen an und ich könnte schwören, die Weimaraner-Hündin weiß genau, was gerade in mir vorgeht. Was sie wohl davon hält?

Schluss mit dem Unsinn, beschließe ich, und nehme mir vor, das Handy nicht mehr zu beachten. Aber sobald es erneut vibriert, zuckt mein Blick wie von selbst zum Display und registriert die aufleuchtende Nachrichtenvorschau.

Wieder diese Nat. *Melde dich doch mal wieder. Letzte …*

Letzte was? Letzte Nacht war großartig? Letztens musste ich an dich denken? Der Film in meinem Kopf macht sich selbständig.

Ich hasse es, so zu sein. So war ich nie, bis ich es dann irgendwie doch wurde. Kacke.

Egal. Ich will weg, das alles ist nichts für mich. Ich werde nicht treudoof warten, bis Robin mich abserviert. Je früher ich gehe, desto weniger schmerzt es, und wenn ich selbst abhaue, kann ich die Entscheidung zumindest selbst treffen, statt, wie beim letzten Mal, vor vollendete Tatsachen gestellt zu werden.

Schon packe ich meine Sachen zusammen, so hastig, dass mir die Hälfte aus den Händen fällt. Mein eigenes Handy landet im Sand, fluchend bücke ich mich, schnappe ich es mir und puste es notdürftig sauber.

»Okay.« Robins Stimme klingt ruhig, aber als er bei mir ankommt und auf mich runterschaut, in den Händen einen Strawberry Daiquiri mit Schirmchen und einen Mojito, steht ihm die Verwirrung ins Gesicht geschrieben. »Das wird jetzt was? Brichst du schon auf? So plötzlich?«

»Hm, ja, ich habe es mir anders überlegt. Hab noch ne Menge zu tun. Eigentlich sollte ich gar nicht hier sein, sondern im Laden. Oder zu Hause. Lass uns das wiederholen, ja? Irgendwann demnächst. Im … September?« Worte blubbern aus mir heraus.

»Mila, du benimmst dich gerade total schräg.«

»Ist doch okay«, presse ich hervor, plappere drauflos, übertrieben strahlend. »Alles super. Ich wünsche dir noch ganz viel Spaß und so. Vielleicht hat Nat ja spontan Zeit, hier vorbeizukommen.« Autsch, das war too much. Ich beiße mir auf die Unterlippe und weiche seinem Blick aus, starre stattdessen auf Balous Leine hinab, die sich um den Schirm und die Liegenbeine gewickelt hat und die ich jetzt mit fliegenden Fingern zu entwirren versuche. Nur ganz kurz schaue ich hoch zu Robin, dessen Augen sich verengen und jetzt auf einmal an die einer Katze erinnern.

»Nat?«

»Natascha, Natalie, wer auch immer das sein mag, der sich da gerade so bemüht, dich zu erreichen. Alles gut, Robin, mich stört das nicht. Ich will dir da auch gar nicht im Wege stehen. Viel Glück, viel Erfolg, Waidmanns Heil oder was auch immer man da so sagt.«

Er keucht. »Das kann jetzt unmöglich dein Ernst sein.«

Ha, geschafft. Es ist mir gelungen, ihn von mir wegzustoßen, bevor es richtig ernst werden konnte.

Ungeduldig zerre ich an Balous Leine und breche beinahe in Tränen aus, als es mir nicht auf Anhieb gelingt, sie zu lösen.

»Warte. Bleib jetzt zumindest hier und lass uns darüber sprechen.« Ich höre ihm deutlich an, wie verärgert er ist. »Du kannst jetzt nicht einfach abhauen wie ein bockiges Kind. Was soll das denn bitte?«

Mit jedem seiner Worte hat er recht, aber ich kümmere mich nicht darum und schaue ihn nicht an. Endlich gelingt es mir, die Hundeleine vom Schirm loszubinden. Im Laufschritt, mit hochgezogenen Schultern, gesenktem Kopf und ohne die Leute zu beachten, die meinen hektischen Abgang interessiert beobachten, stürze ich davon – in dem beruhigenden Wissen, dass Robin noch einen Moment braucht, um sich Alice und sein Handy zu schnappen, was mir zumindest einen winzigen Vorsprung verschafft.

Ich stürme los, in dem Wissen, so alles kaputtzumachen, bevor es richtig angefangen hat. In dem Wissen, dass Robins Geduld auch Grenzen hat und ich mich hoffnungslos bescheuert benehme.

Ich bin keine fünfzig Meter weit gekommen, da höre ich hinter mir schnelle Schritte auf dem Kies. Alice zieht ohne Leine an mir vorbei und fordert Balou schon wieder zum Spiel auf, Robins Finger schließen sich fest um mein Handgelenk. Ich fahre zu ihm herum, fauche »Lass mich« und will mich losreißen.

Fest schaut er mir in die Augen. »Nathalia. Okay? Die Frau, deren Nachrichten du auf meinem Handy gesehen hast, heißt Nathalia.«

»Klingt nach einer Prostituierten«, gebe ich zurück und schäme mich im selben Moment. Himmel, was bringt nur diese ganzen scheußlichen Seiten an mir zum Vorschein? Dieser Mister Hyde, der neuerdings immer mal wieder aus mir herausplatzt, macht mir selbst Angst.

Allerdings nicht so viel Angst, wie die Aussicht, Monate oder gar Jahre an Robin zu verschwenden und dann von ihm für eine andere Frau sitzengelassen zu werden.

In seinen Augen blitzt es wütend auf, aber er lässt mich nicht los und atmet tief durch. »Du willst das mit uns nicht? Bitte, dann lassen wir das. Mir fehlt auch die Geduld für dieses Hin und Her. Mal ist alles schön und dann haust du plötzlich wieder ab, nur weil mich eine Frau von der Seite angeschaut hat. Ganz oder gar nicht, ich mache keine halben Sachen. Nicht mit dir.«

»Nicht mit mir?« Meine Stimme ist ein schwaches Echo seiner Worte.

»Ist das so schwer zu kapieren?« Er lässt mich los, ich fasse mir mit der anderen Hand ans Handgelenk, das er gerade noch gehalten hat und sehne mir die Berührung beinahe zurück.

Er wendet sich ab, geht ein paar Schritte, dreht sich wieder zu mir um, und als er das tut, ist sein Gesicht ein offenes Buch. »Ich mag dich eben wirklich gerne. Aber das? Das macht mich wahnsinnig. Wir kommen einander nicht einfach langsam näher, nein, es geht immer nur einen Schritt vor und dann wieder einen zurück. Weil du mich gegen Wände anrennen lässt, Mila.«

»Wie stellst du dir das denn vor?«, fauche ich und funkle ihn an. Balou, der gerade noch mit Alice im Rhein geplanscht hat, hält inne und zieht den Schwanz ein. »Soll ich einfach ignorieren, dass du jedes weibliche Wesen in dieser Stadt angebaggert hast, und mir einbilden, mit mir wäre das etwas anderes? Bis du mich dann in ein paar Tagen, Wochen oder Monaten für die Nächste, mit der du keine halben Sachen machen willst, abservierst und mich damit eiskalt erwischst?«

»Ganz ehrlich? Ja. Ich kann nur hoffen, dass du genau das tust, weil wir sonst überhaupt keine Chance haben. Und das ist genau das, was ich mir für uns beide wünsche. Eine Chance.«

»Eine Chance worauf?«, frage ich störrisch.

Mit einem großen Schritt ist er wieder bei mir, steht direkt vor mir. Diesmal hält er mein Gesicht in beiden Händen, so wie ich vorhin seines, als wir uns geküsst haben, noch bevor meine Angst wieder zugeschlagen und alles ins Wanken gebracht hat. Aber statt mich zur küssen, schaut er mich so eindringlich an, als wollte er sich mit seinem Blick in meinen Kopf bohren, und lehnte dann seine Stirn gegen meine. »Hast du eine Ahnung, wie frustrierend das ist? Eine Chance auf eine Beziehung. So. Zufrieden?«

Eine Beziehung? Ich wusste, was er meint, natürlich, ich bin nicht doof. Aber ich musste es hören, weil ich es nicht glauben kann. Wir kennen einander doch nicht lange, haben einander erst ätzend gefunden, und überhaupt … Aber das sind nur Ausreden, die mein ängstliches Hasenhirn vorschiebt. Mir ist das überdeutlich bewusst. Die alte Mila hätte sich längst in diesen Anfang mit Robin gestürzt und neugierig geschaut, worauf alles hinausläuft. Die neue Mila zögert, hadert und tut so, als wisse sie nicht, worauf Robin hinauswill.

Eine Beziehung. Er und ich. Das Kribbeln in meinem Bauch macht mich verrückt, aber energisch versuche ich, es zu verdrängen.

Ich komme mir dämlich vor zu fragen und kann doch nicht aus meiner Haut. »Diese Nathalia …«

Robin kämpft mit sich und platzt schließlich heraus: »Ja, ich hatte was mit ihr.« Er lässt die Arme hängen und wirkt auf einmal unendlich müde. »Was soll ich denn tun, Mila? Ich kann nicht in die Vergangenheit zurückreisen und andere Entscheidungen treffen, nur weil du eifersüchtig bist. Ja, ich hatte eine Menge Dates, eine Menge One-Night-Stands, kurze und unwichtige Geschichten. So ist das nun einmal, es lässt sich nicht mehr ändern. Ich kann dir nur sagen, seit wir miteinander geschlafen haben, gab es keine andere Frau mehr, absolut keine, und ich habe nicht vor, das zu ändern. Ich kann nur hoffen, dass dir das reicht.«

Wie gern hätte ich gesagt, dass das mir mehr als genug ist, aber die Wahrheit kommt mir im Flüsterton über die Lippen. »Ich weiß es nicht.«

Zweifelnd sehen wir einander an, beide unsicher, wie es jetzt weitergeht. Er ist es, der den ersten Schritt auf mich zu macht. Entwaffnend dreht er die Handflächen nach oben. »Okay, hör mal. Ich weiß es auch nicht. Ich weiß nicht, ob das mit uns beiden klappen wird. Aber ich möchte es versuchen. Wenn du das auch willst.«

Ich schaue auf seine Hände hinab, dann auf meine. Warum gibt dieser Mann nicht einfach auf?

»Ich möchte es auch versuchen«, wispere ich.

Woher kommt dieser drängende Wunsch in mir, über meinen eigenen Schatten zu springen, nur um Robin näher sein zu können? Ich bin mir doch selbst genug, bin mir manchmal sogar zu viel, und habe es absolut ernst gemeint, wenn ich getönt habe, ich würde keinen Mann an meiner Seite haben wollen. Es zerreißt mich förmlich, ich will von Robin weg in Sicherheit und dann wieder mit aller Macht zu Robin hin.

Langsam lege ich meine Hände in seine.

Kapitel 25

Mila

Seite an Seite sitzen wir auf dem Kies, die nackten Füße fast im Wasser. Bequem ist anders, die Steine haben sicher schon Abdrücke auf meinem Hintern hinterlassen, aber das spielt jetzt gerade keine Rolle. Als ich mich ganz leicht nach rechts lehne, berührt mein Arm die sonnenwarme Haut seines Arms; die Härchen kitzeln mich.

»Ich bin sonst nicht so. Echt nicht. Oder zumindest war ich es nie, bis …« Ich habe mich unzählige Male über Tom ausgekotzt, bei Leo, Clara, anderen Freundinnen, meinen Eltern, aber Robin weiß davon nichts.

»Bis …?«

»Schwieriges Thema.« Ich greife nach einem glattgeschliffenen Stein, werfe ihn mit viel Schwung aus dem Handgelenk, um ihn übers Wasser springen zu lassen, so wie Oma Fritzi es mir gezeigt hat, aber er versinkt sofort. Begeistert möchte Balou sich hinterherstürzen und lässt sich nur durch ein entschiedenes Kommando aufhalten. Es gibt gefährliche Strömungen im Rhein – Robin hat das doch gesagt.

Er nickt, scheint meine Verschlossenheit zu akzeptieren, macht aber einen nachdenklichen Eindruck. Als er sich vorbeugt, um ebenfalls nach einem Stein zu greifen, verrutscht sein T-Shirt ein wenig, so dass ich ein kleines Stück seines Tattoos sehen kann. Federleicht streiche ich mit der Fingerspitze darüber. Er hält in seiner Bewegung inne, schließt die Augen.

»Willst du es mir nicht doch erzählen?« Möglicherweise versuche ich von mir selbst abzulenken. »Was unter diesem Cover-up steckt?«

Er zieht einen Mundwinkel hoch. »Schwieriges Thema.«

Empört schnaufe ich und entschließe mich nach kurzem Nachdenken, mit ein paar Informationen rauszurücken. »Schön. Es ist überhaupt keine spannende Geschichte, absoluter Standard. Mein Ex war ein richtiger Beziehungsphobiker, daraus hat er auch kein Geheimnis gemacht. Wir hatten es gut miteinander, aber wann immer er sich in die Enge gedrängt gefühlt hat, ist er nervös geworden.« Ich bringe mein Lieblingsbeispiel von meiner Zahnbürste, die ich mal in seiner Wohnung vergessen habe, was in einem heftigen Streit und beinahe in der Trennung gemündet ist, weil Tom sich eingebildet hat, dass ich mein Revier abstecken und klammheimlich in kleinen Schritten meinen Einzug vorbereiten wollte. »Ganz schlimm war es auch, als Leo und Sven uns auf ihre Hochzeit eingeladen haben. Tagelang war er total nervös und hibbelig. Ich dachte schon, da wäre weiß Gott was los und habe mir Sorgen gemacht, bis er schließlich mit der Sprache rausgerückt ist. Er dachte, dass ich durch die Hochzeit in so romantische Stimmung gerate, dass ich mit feuchten Augen ebenfalls auf einen Antrag von ihm warten würde.«

»Und? Hat dich die Hochzeit deiner Freundin auch in Heiratsstimmung gebracht? War seine Befürchtung begründet?«

Ich seufze. »Ein bisschen vielleicht. Aber wir hätten doch noch so viel Zeit gehabt. Es war nicht so, als hätte ich ihm mit Themen wie Zusammenziehen, Heiraten, Kinderkriegen, Hausbau in den Ohren gelegen. Überhaupt nicht. Aber er hat so getan, als sei ich ein Cowboy, der ihn wie ein Wildpferd mit einem Lasso einfangen will. Verrückt. Ich bin immer vorsichtiger geworden, um bloß nichts zu sagen, was Mister Bindungsscheu verschreckt. Wir haben nur klitzekleine Mäuseschritte gemacht. Höchstens mal einen Trip fürs übernächste Wochenende geplant, um sich bloß nicht zu weit im Voraus festzulegen – so was eben. Und schlussendlich hat er mich doch abserviert, weil ihm das alles zu schnell ging.«

Robin legt seine linke Hand auf Alices Kopf. Mir wäre es lieber gewesen, er hätte die rechte Hand auf mein Knie gelegt, aber das sage ich nicht.

»Tut mir leid für dich. Er war wohl einfach noch nicht so weit.«

»Gefühlte fünf Sekunden später aber schon. Nur ... mit einer anderen Frau. Natascha. Hey, übrigens mache ich das Brautkleid für sie. Damit Tom mit ihr sein Happily-ever-after mit Treueschwur und Eigenheim leben kann.«

»Autsch.«

»Kann man so sagen.«

»Mila?«

»Hm?« Ich tätschle Balous Seite. Er hat sich zufrieden hechelnd, ausgepowert vom langen Spaziergang, vom Spiel mit Alice und nass vom Flusswasser auf meine Füße gewuchtet.

Robin dreht sich zu mir, legt seine Finger leicht unter

mein Kinn und hebt mein Gesicht an, so dass ich nicht anders kann, als ihn anzuschauen. Mein Herz pocht schneller.

»Du weißt, dass ich nicht mit der nächstbesten Natascha durchbrenne und dich sitzenlasse, oder?« Er schaut mich so ernst und aufrichtig an, dass ich ihm am liebsten glauben möchte. Er sieht jünger aus in diesem Moment. Etwas an der Intensität in seinem Blick trifft mich mehr, als ich erwartet hätte.

Nat kommt mir in den Sinn. Nathalia. Ich schiebe seine Hand weg und wende das Gesicht ab. »Was weiß man schon? Versprich nichts, wovon du nicht weißt, ob du es halten kannst.«

Er stößt einen frustrierten Laut aus, dann legt er einfach den Arm um mich und zieht mich an sich, so dass ich gegen ihn falle. Überrascht quieke ich auf und finde mich an seinem Körper wieder. Wärme. Nähe. Robins Duft in meiner Nase.

»Du bist manchmal echt schrecklich, weißt du das?«, nuschelt er in mein Haar.

»Ich weiß.« Ich verberge mein Gesicht in seiner Halsbeuge, kuschle mich an ihn und genieße seine Nähe. Kein Wunder, dass er frustriert ist und mich anstrengend findet, ich treibe mich ja selbst zur Weißglut, aber ich weiß nun mal selber nicht, was ich will. Gerade noch wollte ich nichts als weg, einfach weglaufen und mich in Sicherheit bringen. Und jetzt? Jetzt will ich Robin noch näherkommen, als ich ohnehin schon bin. Meine Lippen finden seine Haut. Das leise Stöhnen, das er von sich gibt, zaubert ein wildes Kribbeln in meinen Bauch.

Mit einem empörten Schnaufen steht Balou auf, und ich

kann nur hoffen, dass er keinen Unsinn macht und nicht auf Wanderschaft geht, denn mich um ihn kümmern kann ich leider gerade nicht. Ich bin beschäftigt damit, Robins Hals zu küssen, mich dann wieder etwas aufzusetzen und auf ihn hinunterzuschauen. Er liegt auf dem Rücken, streckt eine Hand nach meinem Gesicht aus und lässt den Zeigefinger von meiner Schläfe über den Wangenknochen bis zum Kinn wandern. Helle Sprenkel glitzern im hellen Grün seiner Augen.

Gott, wie sehr es mich zu ihm hinzieht. Wo ist die Mila, die so fest davon überzeugt war, keinen Bock auf Männer zu haben? Ich kann nicht anders, als mich jetzt vorzubeugen, so dass meine hellrosa Haarspitzen um Robins Gesicht fallen, und küsse ihn, als hätte ich keine Angst. Seine Lippen schmecken nach frischer Minze und einem Hauch von Vanille und irgendwie nach Glück. Glück, das tief in meiner Magengrube prickelt, als ich beschließe, mich auf ihn einzulassen.

Kapitel 26

Robin

»Übrigens schuldest du mir eine Antwort.« Unter halbgeschlossenen Augenlidern blinzelt sie ihn an, nur scheinbar schläfrig, in Wirklichkeit wachsam wie eine Katze.

Verdammt. Er hat gehofft, sie hätte es vergessen.

Als die Kieselsteine am Rheinufer einfach zu unbequem geworden sind, beschließen sie, einen gemütlicheren Ort aufzusuchen. Robin muss zugeben, dass er Mila am liebsten direkt wieder in seine Wohnung verschleppt hätte; die Luft zwischen ihnen prickelt förmlich und er kann kaum den Blick von ihr abwenden. Als sie jetzt lacht, weil Balou nach dem Verzehr eines Leckerchens einen zufriedenen Rülpser von sich gibt, durchflutet ihn ein Gefühl von Zärtlichkeit.

Mit ihr ist es anders. Ganz anders als mit den ganzen Frauen, die er in den vergangenen Jahren gedated hat. Er weiß selbst nicht genau, woran das liegt, aber als er jetzt in ihr Gesicht schaut, in die amüsiert glitzernden Augen und die Sommersprossen auf der leicht gekräuselten Nase und das strahlende, vollmundige Lachen, hat er nicht das Gefühl, nach einer Begründung suchen zu müssen. Es ist eben, wie es ist. Sie ist die Erste seit langem, die ihn wirklich interessiert. Die erste seit Sophia.

Ein gemütlicherer Ort also, aber nicht seine Wohnung,

denn er will nicht den Eindruck erwecken, er sei nur auf das eine aus. Das Letzte, was er will, ist, ihr das Gefühl zu geben, sie sei für ihn nur eine von vielen Bettgeschichten.

Also sitzen sie in einem urigen Hinterhof, auf bemoostem Pflaster, umgeben von Efeu und rankendem Wein, zwischen Wohnhäusern und hinter dem Taiwanesischen Restaurant, das Robin so sehr liebt, weil man nirgends in der Stadt bessere Bao-Buns und Dumplings essen kann. Der intensive Duft der Gewürze und des Korianders mischt sich mit dem süßen Geruch der Blumen, die in großen Kübeln blühen. Auf dem Tisch zwischen ihnen steht ein Teller mit unterschiedlich gefüllten Teigtaschen.

»Was meinst du? Welche Antwort?« Er weiß genau, was sie meint.

Ungeduldig verdreht sie die Augen. »Robin, sei nicht unfair. Ich habe geliefert, oder etwa nicht? Ich habe dir von meinem traurigen Beziehungsende erzählt. Also, jetzt du. Raus mit der Sprache.«

»Es ist mir etwas peinlich.«

»Das hab ich mir schon gedacht. Sonst hättest du es wohl nicht überstechen lassen. Also, was ist es? Ein Herz mit Mama oder doch eher ein Penis?«

»Ein Name.« Das gibt er nur widerstrebend zu.

Sie stöhnt auf. »O nein! Ernsthaft? Der Name einer Frau?«

»Nein, der Name meiner liebsten Cartoonfigur. Na klar, der Name einer Frau.«

»Das ist übel.«

»Was meinst du, warum ich das Tattoo überdeckt habe?«

Sie stützt die Ellenbogen auf den Tisch, verschränkt die Finger ineinander und legt ihr Kinn darauf. Erwartungsvoll sieht sie ihn an. »Wer ist es?«

Es ist ihm unangenehm, sogar zutiefst peinlich. Wer macht schon so was? Sich den Namen des Partners oder der Partnerin eintätowieren lassen? Jung, naiv und verblendet war er damals. Aber er wünscht sich eine Chance mit Mila, eine echte Chance, und die gibt es nur, wenn man offen und ehrlich ist, so viel hat er begriffen. Also springt er ins kalte Wasser und offenbart die unangenehme Wahrheit.

»Sophia. Meine Exfreundin, wie du dir wohl schon denken kannst.«

»Hättest du dir den Namen sonst nicht merken können?« Sie versucht einen Witz.

Peinlich berührt fasst er sich an die Schulter, wo sich das Tattoo befindet. In Milas Augen blitzt es auf, sie stellt sich hinter ihn, zieht den Ausschnitt seines Shirts etwas nach unten und streicht leicht über den Teil des Tattoos, den sie so erreichen kann – auf der Suche nach dem Namen einer anderen Frau. Unter dem Raben steht noch immer Sophias Name, für immer und unauslöschlich, auch wenn man ihn nicht mehr lesen kann.

»Man sieht gar nichts«, sagt sie leise.

»Und das ist gut so. Sie bedeutet mir gar nichts mehr, schon seit Jahren nicht mehr. Alles, was von ihr geblieben ist, ist dieser dumme Schriftzug auf meiner Haut. Und natürlich sporadische Wiedersehen bei meiner Familie.«

Sie setzt sich wieder und macht große Augen. »Deine Ex wird zu deiner Familie eingeladen? Da muss ich meinen Eltern wohl dankbar sein, dass ich nicht mit Tom und

Natascha am Frühstückstisch sitzen muss, wenn ich dort vorbeischaue.«

»Übermorgen habe ich übrigens das Vergnügen, sie wiederzusehen. Familienfeier. Meine Mutter hat Geburtstag und lässt es sich natürlich nicht nehmen, auch ihre allerliebste Traumschwiegertochter einzuladen. Selbstverständlich mit dem Hintergedanken, dass aus uns wieder das Traumpaar werden könnte, das sie in uns gesehen hat.«

»Und? Bestehen da Chancen?«

Empört schnaubt er. Meint sie das ernst? In ihren Augen ist ein Flackern, das es ihm schwer macht zu beurteilen, ob sie das ernsthaft für möglich hält. Begreift sie denn nicht, was er für sie empfindet?

»Nein, null Chancen«, entgegnet er mit Nachdruck. »Wenn es nach mir ginge, würde ich dort gar nicht aufkreuzen. Ich fühle mich schlecht deswegen, weil ich immer denke, ich sollte mich mehr um ein gutes Verhältnis zu meinen Eltern bemühen. Aber das Ding ist – wir hatten nie einen guten Draht zueinander. Eigentlich stresst es mich immer nur maßlos, dort zu sein. Letztens haben sie tatsächlich gesagt, ich würde ein Lotterleben führen.« Er schüttelt frustriert den Kopf. »Ist das zu fassen? Und dann, ich meine, wer benutzt denn dieses Wort heute noch? In meinem Alter sei es würdelos, sich herumzutreiben, und ich sollte mir eine vernünftige Frau suchen. Und wie die sein soll, davon haben sie natürlich eine ganz genaue Vorstellung.«

»Verrückt, oder?« Ihr leises Lachen klingt bitter. »Da ist man seit Jahren erwachsen und nimmt sich trotzdem noch so sehr zu Herzen, was die Eltern von einem erwarten. Ich liebe meine Eltern, wirklich, und ich würde auch sagen, wir haben einen guten Draht zueinander, aber manchmal stressen sie mich auch unendlich. Ich weiß genau, was sie sich für mich wünschen, aber das kann ich nun mal nicht erfüllen. Wenn es nach ihnen ginge, würden sie mich auch einfach schnellstmöglich unter die Haube bringen. Bevorzugt auch mit meinem Ex, dem Traumschwiegersohn, aber nachdem der nicht mehr verfügbar ist, gerne auch mit dem nächstbesten soliden Kerl.«

Es tut gut zu wissen, dass sie ihn versteht. Also spucken ihr Umfeld und sein Umfeld ganz ähnliche Töne.

»Würdest du mich als solide bezeichnen?« Seine Mundwinkel wandern nach oben.

Sie muss lachen, und wie jedes Mal trifft ihr Lachen ihn mitten ins Herz. »Null von zehn Punkten auf der Soliditäts-Skala.«

»Bilde dir nicht ein, diesen Affront würde ich jemals vergessen.«

Wieder dieses herzhafte Lachen, das sie so anziehend macht und das ein Echo tief in seiner Magengrube hervorruft. »Damit kann ich leben. Wie ist sie denn so, deine Familie?«

Er nimmt einen Dumpling geschickt zwischen zwei Stäbchen und taucht ihn in die scharfe Knoblauchsoße. »Versnobt.«

Verblüfft lacht sie auf und angelt ebenfalls nach einem Dumpling, der ihr aus den Stäbchen rutscht, weswegen sie ihn kurzerhand aufspießt. »Das hast du schon mal gesagt. Echt so schlimm?«

»Du hast ja keine Ahnung. Wie Bösewichte in einem

Film.« Noch eine Teigtasche wandert in seinen Mund. Er versucht es auf die leichte Schulter zu nehmen, aber insgeheim ist er doch nervös wegen der bevorstehenden Familienfeier. Es ist hart, auch in seinem Alter noch, die Missbilligung der Eltern so zu spüren zu bekommen. Vielleicht ist es das in jedem Alter.

Und das merkt Mila. Warm und leicht legt sich ihre Hand auf seine. Mitgefühl zeichnet sich auf ihrem hübschen Gesicht ab. Gott, wie kann man nur so zauberhaft sein? Wie von selbst handelt er, steht halb auf und beugt sich über den Tisch zu ihr vor, streckt die freie Hand nach ihr aus und streichelt mit dem Daumen sanft über ihre Sommersprossen. Dann wandert seine Hand weiter zu ihrem Nacken. Als er sie küsst, fühlt es sich so richtig an, wie nichts anderes zuvor. Er mag sie nicht einfach nur, das spürt er mit jeder Faser seines Körpers – da ist viel mehr.

Als sich ihre Lippen wieder voneinander lösen, liegt ein verzaubertes Lächeln auf Milas Gesicht, das er als Spiegelbild seines eigenen Lächelns erkennt. Er will sie nicht loslassen, das spürt er. Er will sie in seinem Leben behalten, so seltsam er sie auch anfangs fand, so widerborstig sie auch sein kann, und so kompliziert es manchmal ist. In Momenten wie diesem, in diesem lauschigen Innenhof, ist er sich hundertprozentig sicher.

»Ich kann mitkommen, wenn du möchtest«, schlägt sie vor. »Zu deinem Familienkram. Wer weiß, wenn deine Eltern denken, du hättest eine feste Freundin, setzen sie dich vielleicht nicht mehr unter Druck.«

»Wenn sie es denken?« Er ist selbst darüber überrascht, wie sehr er sich wünscht, Mila wäre wirklich seine feste

Freundin. Nicht nur jemand, den er immer wieder zu Dates trifft. Aber wo ist da eigentlich die Grenze?

Er zögert, ihr Angebot anzunehmen. Er weiß nur zu gut, wie anstrengend seine Eltern sein können – er hätte das Gefühl, Mila den Wölfen zum Fraß vorzuwerfen. Andererseits – was soll schiefgehen? Mit ihr an seiner Seite würde die steife Feier viel von ihrem Schrecken verlieren.

Mila merkt sein Zögern, Unsicherheit tritt in ihren Blick, sie zieht die Hand zurück. Doch sofort ergreift er sie, hält sie fest, spürt ihre schmale Hand in seiner.

»Wenn du wirklich bereit wärst, mich in die Höhle des Löwen zu begleiten, schulde ich dir etwas.« Er schaut ihr in die Augen. »Dann schulde ich dir einen Gefallen, den du jederzeit einfordern kannst.«

Kapitel 27

Mila

Angemessene Garderobe. Was zur Hölle ist angemessen, wenn man zu einer Familienfeier bei wohlhabenden Snobs eingeladen ist? Der Inhalt meines Kleiderschranks ist fast schon symbolisch dafür, wie wenig Robin und ich zusammenpassen, schießt es mir durch den Kopf. Oder ist das nur mein Lampenfieber, das mir diese Gedanken eingibt? Seit wann bin ich eigentlich so ein ängstliches Huhn? Die Trennung von Tom hat mehr mit mir gemacht, als ich wahrhaben will.

Ich habe mich eigentlich immer für selbstbewusst gehalten. Es hat Zeiten gegeben, da habe ich damit auch richtig gelegen. Und zwar ziemlich exakt die Jahre zwischen meiner Geburt und Toms Entschluss, seine kostbare Freiheit – namens Natascha – einem Leben mit mir vorzuziehen.

Notfall, ganz schlimmer Notfall. Brauche deinen treffsicheren Modeinstinkt. Rette mich!, texte ich.

Auf Leo ist Verlass. Eine Minute später kommt eine Sprachnachricht an, auf der im Hintergrund Avas Geheule, Mimis Wutgeschrei sowie Svens verzweifelte Versuche, Ordnung in das Chaos zu bringen, zu hören sind. »Auf deinen Modeinstinkt ist doch auch immer Verlass. Lass mich raten, die Familienfeier bei den Schwiegereltern des Grauens?«

Ich strecke dem Handy die Zunge heraus und texte zurück: *Sie sind nicht meine Schwiegereltern. Aber ja, genau dieser Anlass. Bitte hilf mir!*

Unzählige Fotos kommen von meinem Handy auf ihres. Ich knipse den Inhalt meines ganzen Kleiderschranks, lege lauter Kombinationen auf dem Bett aus und schicke Leo sämtliche Optionen, die mir in den Sinn kommen. Schließlich stehe ich erschöpft vor dem Klamottenberg und stelle fest: »Ich habe überhaupt nichts anzuziehen.« Nichts, was dem Anlass entspricht.

Aber das lässt Leo nicht gelten. Während ich höre, wie Mimi und Ava im Hintergrund zu jodeln üben, erklärt sie in ihrer Sprachnachricht: *»Das blaue Etuikleid ist doch perfekt dafür. Gut geschnitten, nicht zu kurz, ein bisschen züchtig, aber raffiniert. Und seit wann bist du so unsicher? Das passt gar nicht zu dir. Lass dich doch nicht von irgendwelchen Leuten so einschüchtern.«*

Da sitze ich jetzt also auf dem Bett inmitten eines Haufens zerknitterter Kleidungsstücke und halte das Etuikleid in den Händen, das viel konservativer als der Rest meiner Kleidung ist und nur deshalb noch da ist, weil es sich so weit hinten versteckt hat, dass es meinen Ausmistaktionen à la Marie Kondō bisher nicht zum Opfer gefallen ist. Ein schönes Kleid, Leo hat recht, aber es passt so gar nicht zu mir. Und passt es zum Anlass? Oder werde ich damit negativ auffallen? Sollte ich nicht lieber noch mal los und etwas Neues kaufen?

Den ganzen Tag über arbeite ich an Kleidern aus edlen Stoffen. Nicht nur an den Brautkleidern selbst, sondern wir haben auch eine kleine Kollektion an Abend- und

Hochzeitsgastkleidern. Aber die wiederum erscheinen mir hoffnungslos übertrieben für ein Familientreffen. Overdressed will ich schließlich auch nicht sein.

Aber das Problem ist eigentlich nicht das Kleid. Mein Magen krampft sich zusammen, wenn ich nur an die Feier denke und an die Aussicht, Robins versnobten Eltern zu begegnen. Warum nur? Es ist doch nicht das erste Mal, dass jemand, den ich date, mich seinen Eltern vorstellt. Und noch nie zuvor war ich deshalb so nervös. Wieso also jetzt?

Eine üble Vorahnung? Ein ungutes Bauchgefühl ohne besonderen Grund? Vielleicht nur, weil es mich von Anfang an so nervös macht, mich auf Robin einzulassen, dass ich nur nach potenziellen Problemen Ausschau halte. Mit einem Klagelaut lasse ich mich auf dem Bett nach hinten sinken, lege beide Hände auf meinen schmerzenden Bauch und tue mir selbst ein bisschen leid.

Das Klackern von Krallen auf Parkett verrät, dass Balou sich nähert. Eine feuchte Schnauze stupst gegen mein Bein. Eigentlich soll Balou auf mein Okay warten, bevor er aufs Bett springt, aber schon liegt er neben mir, und ich verzichte darauf, mit ihm zu schimpfen. An meiner Seite rollt er sich zusammen und legt mit einem Schnaufen den dicken Kopf auf meinen Arm. Ich drehe mich zu ihm, lege den anderen Arm um seinen Hals und drücke mein Gesicht in sein weiches Fell, dessen muffiger Duft eine beruhigende Wirkung auf mich hat.

»Ganz gleich, was geschieht, du bist immer bei mir«, murmle ich und deute sein leises Grunzen als Zustimmung. »Egal, wie schlimm es wird. Danach komme ich zu dir nach Hause, und alles ist gut. Oder weißt du was? Ich frage, ob ich dich mitnehmen kann. Mit dir ist alles besser.«

Kapitel 28

Mila

Heilige Scheiße. Robin hat nicht übertrieben, als er davon gesprochen hat, wie vermögend seine Familie ist. Ich hatte schon so eine Ahnung, als ich erfahren habe, dass ihr Haus auf dem Hausberg der Stadt steht. Hier gibt es doch nur solche Protzhäuser. Aber das alles nun vor mir zu sehen, ist schockierender als das Bild in meinem Kopf.

Sein Lächeln fällt eine Spur spöttisch aus, als er merkt, wie aufrecht ich plötzlich neben ihm im Auto sitze, so als sei der weiche Sitz jetzt eine harte Schulbank und ich eine Schülerin, der eine Standpauke droht, wenn sie gleich das auswendig gelernte Gedicht nicht fehlerfrei aufsagt.

»Lass dich nicht verrückt machen. Schlussendlich ist es nur eine stinknormale Familie mit stinknormalen Macken. Nur mit mehr Buttercreme obendrauf, aber darunter verbirgt sich nichts anderes als ein gewöhnlicher Kuchen.«

»Ich habe gar keinen Appetit auf Kuchen«, murre ich. Genau genommen habe ich das Gefühl, heute überhaupt keinen Bissen runterzubekommen.

Beide Hunde hecheln auf der Rückbank. Keine Ahnung, wie wir sie da reingequetscht bekommen haben, und sonderlich bequem ist es für sie im engen Sportwagen mit Sicherheit nicht, aber ohne die beiden war ich nicht bereit, Robin zu begleiten.

»Klar, warum nicht?«, hat er gesagt, als ich gefragt habe, ob ich Balou mitnehmen könnte. »Mit Alice mussten sie sich ja auch zwangsläufig anfreunden, ich glaube, mein Vater mag sie mittlerweile sogar ganz gerne. Und es gibt einen Garten, da können die beiden herumtollen.« Aber ich habe ihm angemerkt, dass ihm nicht so ganz wohl dabei war.

Langsam rollt das Batmobil durch das zweiflüglige, schmiedeeiserne Tor, das sich wie durch Zauberhand lautlos für uns öffnet.

Das, was diese Familie vielleicht als Garten bezeichnet, ist vielmehr ein Park, der einem Schloss alle Ehre machen würde. Rosen, Hortensien und alle möglichen anderen Blumen, deren Namen ich nicht kenne, blühen in perfekt angelegten Beeten, eingerahmt von kniehohen, wie mit dem Lineal gezogenen Buchsbaumhecken.

»Werden die mit der Nagelschere getrimmt?« Unwillkürlich senke ich die Stimme.

»So ungefähr. Meine Mutter gefällt sich darin, manchmal ein paar der Rosen zurückzuschneiden, aber den größten Teil erledigt ein Gärtner.«

Am Ende der Auffahrt erhebt sich ein moderner Staffelgeschoss-Klotz mit großen, spiegelnden Fenstern. Nervös nestle ich an meiner Handtasche herum. Der Hundeatem, der aus den zwei hechelnden Mäulern auf der Rückbank kommt, riecht nach Fisch.

Robin greift nach meiner Hand. »Danke, dass du da bist.«

Seine Worte sind so ziemlich das Einzige, was mich daran hindert, direkt wieder die Flucht zu ergreifen. Vielleicht wird es ja nicht ganz so schlimm. Aber etwas sagt mir, dass ich mit meinem unguten Bauchgefühl richtig liege.

Ich bin so was von underdressed. Die Frauen flattern umher wie Paradiesvögel in bunten, fließenden Stoffen, die Männer sehen in ihren sommerlichen Leinenanzügen in Naturtönen mit weißen Hemden auf mühelose Weise elegant aus. Und ich fühle mich in meinem Etuikleid wie eine plumpe, unscheinbare Praktikantin an ihrem ersten Arbeitstag.

Robin stellt sie mir alle vor: seine Eltern, Onkel und Tante, Cousins und Cousinen, Freunde der Familie. Mir schwirrt der Kopf vor lauter Namen.

»Alles Gute zum Geburtstag.« Ich halte Robins Mutter, Josephine Jansen, den kunterbunten Blumenstrauß entgegen, den ich mit Hilfe meiner Lieblingsfloristin sorgfältig zusammengestellt habe.

»Herzlichen Dank, das ist süß.« Ihr schmallippiges Lächeln erreicht die Augen nicht. In ihrem eisblauen Traum aus hochwertiger Seide und mit den wallenden, rotblonden Locken erinnert sie an eine Fee, aber an keine freundliche. Eine Eisfee. Ich spüre, wie sie mich von Kopf bis Fuß mustert und kann sehen, dass ihr Urteil nicht positiv ausfällt.

Robins Vater hat einen kräftigen Händedruck. Er sieht aus wie eine ältere Version von Robin. Das gleiche Hellgrün in den Augen, seine dunklen Haare sind immer noch dicht und voll. Er hat sich seine sportliche Figur bewahrt.

Wenn Robin auch so vorteilhaft altert, kann er zufrieden sein. Doch die Augen seines Vaters blicken kühl, ihnen fehlt das Gefühlvolle und die Sanftheit, die in Robins Blick liegen. In diesen Augen ist eine Härte, die ich von Robin nicht kenne. »Mila? Schön, Sie kennenzulernen. Hat Robin Sie schon auf der Yacht mitgenommen?«

Er tätschelt flüchtig Alices Kopf und mustert Balou skeptisch, den ich nah an meinem Bein halte, damit niemand über ihn stolpert.

Yacht? Ich fühle mich wie in einem schlechten Film. Einem platten Film über reiche Leute, in dem es vor Klischees nur so wimmelt. Nur, dass das hier real ist. »Noch nicht«, stammle ich.

»Bin noch nicht dazu gekommen«, murmelt Robin und legt mir den Arm um die Schultern.

»Ah. Ach so.« Herr Jansen wirkt irritiert. »Ich hatte den Eindruck, Robin nimmt alle seine Mädchen auf dem Boot mit. Aber nichts für ungut.«

Alle seine Mädchen. Mein Gesicht ist wie versteinert, als ich Robins Vater hinterherblicke, der sich jetzt anderen Gästen zuwendet.

»Das Boot ist nicht halb so aufregend, wie du vielleicht denkst, aber ich kann es dir sehr gerne mal zeigen.«

Robins Arm, der immer noch auf meiner Schulter liegt, zieht mich näher an ihn heran, aber ich mache mich los und lächle ihn an, so unbeschwert wie ich nur kann.

»Klingt gut, warum nicht?«

Aber dann fällt mein Blick auf ein gerahmtes Bild an der Wand und mein Lächeln verrutscht. Robin mit einer Frau. Ich kapiere sofort, dass das Sophia ist. Die ominöse Exfreundin, die ihm so wichtig war, dass er sich sogar ihren Namen hat tätowieren lassen.

Wie schön sie ist. Rabenschwarzes Haar, milchweiße Haut. Ihre Augen sind groß und von einem so tiefen Blau, dass sie mich ganz gefangen nehmen. Lächelnd lehnt Sophia auf dem Bild an Robin, der zärtlich den Arm um sie gelegt hat. Ein schönes Bild. Und dass es derart präsent im Haus seiner Eltern hängt, sagt so einiges aus.

»Ein hübsches Paar, nicht wahr?« Eine Stimme wie knisterndes Seidenpapier ertönt hinter meiner Schulter. Als ich mich umdrehe, schenkt mir Robins Mutter ein dünnes Lächeln. »Robin war so glücklich mit ihr. Zu schade, dass die Beziehung in die Brüche gegangen ist, als sie Medizin studiert hat, Robin sein Jura-Studium begonnen hat und sie einfach keine Zeit mehr füreinander hatten. Aber was soll man machen? Sie war immer schon eine zielstrebige junge Frau, und auch er war immer schon ehrgeizig. Eine Chirurgin und ein Anwalt ... Da blieb wohl zu wenig Zeit für Zweisamkeit, nehme ich an. Natürlich hat es ihn hart getroffen, aber er wird schon wieder eine Frau ihres Kalibers finden.«

Autsch. Es ist, als hätten seine Eltern sich darauf spezialisiert, mir eine Ohrfeige nach der anderen zu verpassen.

»Ja, wirklich ein hübsches Paar«, würge ich hervor und wende mich ab.

Robin greift nach meiner Hand. »Mila, warte.«

Doch ich reiße mich los und drücke ihm stattdessen Balous Leine in die Hand.

»War das jetzt echt nötig?«, höre ich ihn verärgert zu seiner Mutter sagen; er stand ein paar Meter weiter weg, als sie mich angesprochen hat, aber er kann sich offenbar denken, was sie zu mir gesagt hat. Ich bleibe aber nicht stehen, um mich umzuschauen.

Auf dem Weg zur Toilette komme ich am Buffet vorbei, einem wahren Kunstwerk aus feinsten Häppchen, die auf Etageren oder kleinen Löffeln angerichtet sind. Im Vorbeigehen schnappe ich mir eine Serviette, die ich mit Essbarem belade – ich brauche jetzt Nervennahrung. Mit einer Unmenge an edlen Häppchen verschwinde ich im Gästeklo, das mit den modernen Zementfliesen, dem Bambusholz, der bodengleichen Dusche und dem Aroma-Diffuser einer Wellnessoase gleicht.

Auf dem geschlossenen WC-Deckel sitzend, stopfe ich mir feinste Pasteten und zuckersüße Petit Fours in den Mund und frage mich, ob es wohl auffällt, wenn ich den restlichen Nachmittag hier drinbleibe und das Gästeklo besetze.

Kapitel 29

Robin

Es war keine gute Idee, sie hierher mitzunehmen. Er fühlt sich besser mit ihr an seiner Seite, aber dass sie sich hier nicht wohl fühlt, liegt auf der Hand. Wie sollte sie auch? Er selbst hat ja Fluchtimpulse, sobald er das Haus betritt.

»Was genau hast du ihr gesagt?«, fragt er finster seine Mutter, die seinen Blick so unschuldig erwidert, als könnte sie kein Wässerchen trüben.

»Nichts, was sie nicht ohnehin schon weiß, denke ich«, flötet sie und trällert dann: »O schau, wer endlich angekommen ist!«

Sophia. Wer sonst könnte seiner Mutter solche Begeisterungsstürme entlocken?

Absätze klackern übers Parkett. Wie immer ist Sophia eine auffallende Erscheinung, groß gewachsen und mit einer Insta-Model-Figur, die sie einer eisernen Keto-Diät und der beneidenswerten Konsequenz, mit der sie ihre Trainingsroutine durchzieht, verdankt. Der raffiniert geschnittene Hosenanzug mit der Seidenbluse umschmeichelt ihre straffen Kurven, die schwarzen Haare sind im Nacken zusammengefasst.

Es gab Zeiten, da hätte ihr Anblick ihn fertiggemacht, doch die liegen weit zurück. Damals war es für ihn nur schwer erträglich, sie immer wieder zu sehen, weil seine

Mutter es sich natürlich nicht nehmen ließ, ihre Wahl-Schwiegertochter zu jeder Gelegenheit einzuladen. Mittlerweile macht es gar nichts mehr mit ihm, seine Ex zu treffen. Dummerweise haben sich Sophias Gefühle genau gegenteilig entwickelt, weswegen ihre Augen jetzt freudig aufleuchten, als sie auf ihn zusteuert.

»Wir haben uns viel zu lang nicht gesehen.« Ihre Stimme ist rauchig, als sie die Hände auf seine Schultern legt und ihre Lippen sanft seine Wange berühren. Ein Hauch ihres luxuriösen Parfums steigt ihm in die Nase.

Auch ohne hinzuschauen, merkt er, wie aufmerksam seine Mutter sie beide beobachtet. Ob sie jemals müde wird, auf ein Liebes-Comeback zu hoffen? Aber wenn Josephine Jansen sich etwas in den Kopf gesetzt hat, beweist sie ein erstaunliches Durchhaltevermögen.

Sorry, Mutter, denkt er, da wird nie wieder etwas sein zwischen Sophia und mir, nicht nach allem, was vorgefallen ist.

Aber er weiß auch, dass jedes Wort verschwendet wäre. Ein bisschen hat er wohl gehofft, dass, wenn er eine Frau mitbringt, seine Eltern kapieren würden, dass es kein Zurück mehr gibt. Aber so wie die beiden die arme Mila taxiert haben, sind sie wohl fest entschlossen, weiterhin an Sophia festzuhalten. An Sophia, in deren Arme er früher oder später zurückkehren und die Welt damit in Ordnung bringen wird.

»Sophia. Wir läuft es in der Klinik?«, lenkt er das Gespräch demonstrativ auf berufliche Themen.

Um ihre Mundwinkel zuckt es. Sie ist klug, das kann er nicht leugnen, und sie merkt natürlich, dass er jede Möglichkeit für einen Flirt von vornherein im Keim ersticken will. Doch nachdem sie ihn betrogen und verlassen hat, hat es nicht lange gedauert, bis sie sich besonnen hat – und seitdem gibt sie ihm bei jedem Treffen zu verstehen, dass von ihrer Seite weiterhin Interesse besteht.

»Gut, danke.« Sie hakt sich einfach bei ihm unter, wie sie es früher oft gemacht hat, und will ihn zum Buffet ziehen. »Komm, sollen wir uns was Leckeres schnappen und uns ein bisschen in den Garten setzen? Das Wetter ist so herrlich, da wäre es doch eine Schande, den Nachmittag hier drin mit dem neuesten Familienklatsch zu verbringen. Ooh! Wer ist das denn? Ein neuer Hund?« Sie beugt sich zu Balou hinunter, der fröhlich mit der Rute wedelt und auf der Suche nach Leckerlis an ihrem Hosenanzug schnuppert. Er weiß genau, dass sie Hunde nicht mag – zu haarig, zu muffig und zu einschränkend und sie versteht einfach nicht, was man von so einem Tier hat –, weswegen er sich den Wunsch, einen eigenen Hund zu haben, erst erfüllen konnte, nachdem sie ihm den Laufpass gegeben hatte. Also genau dann, als er die Gesellschaft eines Vierbeiners auch dringend nötig hatte, um nicht an seinem gebrochenen Herzen zu verrecken. Aber seit Sophia beschlossen hat, ihn zurückzuerobern, gibt sie sich äußerst überzeugend als Hundefreundin aus und überwindet sich bei jeder Begegnung dazu, Alice zu streicheln. Und jetzt eben auch den stämmigen Labrador, den er an der Leine hält. Während Alice die Prozedur hoheitsvoll über sich ergehen lässt, ohne Sophia eines Blickes zu würdigen, ist Balou ganz sein liebenswürdiges, begeisterungsfähiges Selbst und freut sich maßlos über die Zuwendung.

»Nicht meiner. Balou ist der Hund meiner Freundin. Warte, ich stelle sie dir gleich vor.« Sein Blick wird suchend. Wo bleibt Mila nur so lange? Er weiß noch gar nicht, wie er sich nachher für das unmögliche Benehmen seiner Familie entschuldigen soll. Das ist das erste und letzte Familientreffen, das er ihr antut. Mila ist ihm zu kostbar, um sie seinen Eltern zum Fraß vorzuwerfen.

»Deine Freundin?« Ganz kurz hat er Sophia aus dem Konzept gebracht. Er zweifelt nicht daran, dass sie von seinen Eltern bezüglich seines regen Datinglebens auf dem neuesten Stand gehalten wird, zumindest soweit seine Eltern darüber informiert sind. Sophia ist bewusst, dass er seit der Trennung nicht gerade wie ein Mönch gelebt hat. Aber es ist das erste Mal, dass er eine Frau als seine Freundin bezeichnet, und das erste Mal, dass er eine hierher mitbringt. Doch Sophia hat sich sofort wieder gefangen und bringt ein Lächeln zustande, das echt wirken würde, wenn er es nicht besser wüsste. »Ach, schön. Klar, stell sie mir doch gerne vor.«

Und dann überrumpelt sie ihn, indem sie sich auf die Zehenspitzen stellt und ihn einfach umarmt. Er saugt scharf die Luft ein, so nah sind sie sich seit der Trennung nicht mehr gekommen und er legt auch nicht den geringsten Wert darauf. »Freut mich für dich, dass du jemanden gefunden hast. Da merke ich mal wieder so richtig, dass ich gar nicht auf dem neuesten Stand bin, was dein Leben betrifft. Wir müssen uns unbedingt mal wieder treffen und in Ruhe alles bequatschen, in einem Café oder bei dir – nichts gegen deine Familie, aber zu zweit und ohne Eltern im Nacken redet es sich doch viel besser.« Und ehe er realisiert, was sie vorhat, küsst sie ihn. Nicht auf den Mund, aber ganz knapp daneben auf die Wange. Ihre Arme schlingen sich dabei um seinen Nacken. Zu nah, viel zu nah. Sie ist nicht die Frau, mit der er diese Nähe will.

Aber Sophia hat sich ihm nicht grundlos so an den Hals geworfen. Das begreift er, als er das amüsierte Zucken um ihre vollen Lippen bemerkt, noch bevor er Milas Räuspern hinter seinem Rücken hört.

Kapitel 30

Mila

Robin in inniger Umarmung mit Sophia.

Das schafft es locker in die Top 10 der Dinge, die ich am allerwenigsten sehen möchte. Noch vor: Toms neue Freundin, die in meinem Laden ihr Kleid shoppt. Und: Balou, wenn er Magen-Darm-Beschwerden hat und ich ihm nach dem Gassigehen eine gründliche Dusche verpassen muss.

Die Häppchen, mit denen ich mich heimlich auf der Toilette vollgestopft habe, bis ungeduldige Gäste an die Tür geklopft haben, wollen mir wieder hochkommen.

»Da siehst du es, die beiden passen einfach hervorragend zusammen«, zischt eine boshafte Stimme von hinter in mein Ohr. »Robin ist das im Moment vielleicht nicht so bewusst, er muss sich ausleben und austoben, aber Sophia ist und bleibt die Richtige für ihn. Bis er so weit ist, kann er sich ruhig die Zeit mit belanglosen Liebeleien vertreiben.«

Und noch mal autsch. Warum soll ich höflich bleiben, wenn man mir hier nicht mit Höflichkeit begegnet? Zwischen Robins Eltern und mir ist nichts zu retten und nichts zu verlieren. Also fahre ich zu seiner Mutter herum und fauche: »Was stimmt nicht mit Ihnen, dass Sie sich ständig von hinten an mich heranschleichen und mir Gift ins Ohr träufeln wie eine verkappte Hexe? Das können Sie sich sparen.«

Nur am Rande nehme ich wahr, dass Robin Sophias Handgelenke umfasst, ihre Arme von seinem Nacken löst und sie von sich wegschiebt. Balous Leine hat er losgelassen, mein Labrador schleift sie hinter sich her, was eigentlich gar kein Problem wäre – wenn Balou nicht in dem Moment das Buffet entdeckt hätte.

Wenn es etwas gibt, was Balou als typischer Labrador noch mehr liebt als andere Hunde und Menschen, dann ist das Essen, ganz gleich, ob es für Hunde oder für Menschen bestimmt ist. Ich sehe das Unheil kommen, wie in Zeitlupe läuft es vor meinem inneren Auge ab.

»Balou! Sitz, Platz, aus!«, brülle ich ihm hinterher, aber nichts und niemand stoppt eine Labrador-Lawine im Fressmodus, die etwas Essbares erspäht hat. Unaufhaltsam wie eine Naturgewalt walzt er auf die edlen Häppchen zu. Angelt mit der Zunge nach einer Lachs-Zucchini-Kreation. Wedelt ganz wild mit der Rute, weil ihm der Happen so gut schmeckt, und stützt sich kurzentschlossen mit den Vorderpfoten aufs Buffet, um völlig schamlos und ungeniert von den Platten zu fressen.

»Das ist ja wohl die Höhe«, donnert Robins Vater und stürmt auf Balou zu, der vor Schreck mit den Pfoten abrutscht und die blütenweiße Tischdecke mitsamt der Platten und Etageren vom Buffet reißt. Klirrend zersplittert Porzellan. Erschrockene Rufe werden laut. Triumphierend rauscht Balou mit seiner Beute ab, einem ganzen Maul voll Leckereien. Dabei wirft er, wie könnte es anders sein, eine Bodenvase mit Pampasgräsern um, die ebenfalls unter Getöse in die Brüche geht.

Ich war immer schon gut im Verstecken. Und diesmal

kommt mir diese Fähigkeit wirklich zupass. Ich gehe hinter dem Buffet in Deckung, mache mich unsichtbar. Krabble auf Händen und Knien unter dem langen Esstisch hindurch in Richtung Tür. Husche hinaus und springe gerade noch rechtzeitig hinter eine edle Hortensie, bevor zwei rauchende Gäste vorbeikommen und mich entdecken können.

Als ich das Auto erreiche, hämmert mein Herz wie wild. Das Batmobil als Deckung nutzend, setze ich mich einfach auf den Boden. Das dumme Etuikleid ist zu eng für solche Aktionen und rutscht mir an den Oberschenkel hoch, aber das kümmert mich gerade wenig. Seufzend lehne ich mich mit dem Rücken ans Auto, lege den Kopf in den Nacken und schließe die Augen. Was für eine Katastrophe.

Chaos-Hund Balou konnte ich bei meiner Flucht nicht mitnehmen, das wäre aufgefallen, immerhin waren alle Blicke auf ihn gerichtet. Aber ich hoffe darauf, dass Robin kapiert, wo ich bin, und mir meinen Hund bringt. Und tatsächlich dauert es nicht lange, bis ich Schritte auf dem Kies höre.

»Mein Gott, das war was.« Lachend setzt er sich neben mich. »Ich wusste, es ist eine gute Idee, dich hierher mitzunehmen. Das war die beste Familienfeier, die ich je erlebt habe.«

»Mir ist nicht nach Scherzen zumute«, entgegne ich patzig und wehre Balou ab, der über meinen Anblick ganz aus dem Häuschen ist und mir so enthusiastisch das Gesicht abzulecken versucht, als hätte er mich eine Woche lang nicht gesehen.

»Hey.« Robin legt eine Hand auf mein Knie. »Ist doch nicht so schlimm.«

»Nicht so schlimm? Deine Familie hasst mich! Ich bin denen nicht gut genug. Sie haben sich nicht einmal die Mühe gemacht, mir das subtil verstehen zu geben. Nein, mitten in die Fresse.«

»Und wenn schon.« Er zuckt mit den Schultern. »Meine Eltern wären mit keiner zufrieden.«

»Keiner außer Sophia.«

Unbeirrt fährt er fort. »Meinst du denn, darauf gebe ich etwas? Ich bin groß, zum Glück kann ich mir selbst aussuchen, mit wem ich meine Zeit verbringe. Mila, denkst du, ich brauche dafür den Segen meiner Eltern?«

»Darum geht es doch nicht!«

Er zieht die Hand weg. Obwohl ich ihn nicht anschaue, spüre ich seinen Blick stechend auf meinem Gesicht. »Worum geht es dann?«

»Ach, was weiß ich. Darum, dass das mit uns nicht klappt. Weißt du, was deine Mutter sagt? Aus ihrer Sicht bin ich eine von vielen, sehr vielen, mit denen du dir die Zeit vertreibst, bis du irgendwann zu Sophia zurückkehrst.«

Er lacht fassungslos auf. »Ist das dein Ernst? Lass sie doch reden! Mila, ich entschuldige mich für meine Eltern. Ich entschuldige mich dafür, dich hierher mitgenommen zu haben. Ich hätte es besser wissen müssen. Es war naiv zu hoffen, sie könnten sich benehmen. Das war egoistisch von mir – ich wollte dich bei mir haben, aber ich hätte dir das nicht antun dürfen. Aber willst du jetzt echt deswegen wieder alles hinschmeißen?«

Ich habe ihm nichts vorzuwerfen, er hat rein gar nichts gemacht und verdient nicht, so behandelt zu werden. Das Problem bin ich, nicht er. Und das Problem ist, dass seine Mutter zielsicher in ein Wespennest gestochen hat, als sie gesagt hat, ich sei für ihn eine von unzähligen bedeutungslosen Bekanntschaften. Wie aufgescheuchte, wütende Wespen schwirren jetzt Gedanken durch meinen Kopf und versetzen mir schmerzhafte Stiche. Josephines Manipulationsversuche sind so plump, dass ich sie genau durchschaue, aber das Traurige ist, dass sie trotzdem bei mir funktionieren. Weil es das ist, was ich insgeheim die ganze Zeit schon befürchte.

Ich stehe auf und schaue an ihm vorbei. »Die Vase bezahle ich natürlich.«

Er rappelt sich ebenfalls auf, wirft in hilfloser Wut die Arme hoch und lässt sie wieder fallen. »Um Himmels willen, Mila, was soll ich denn bitte noch tun, außer dir zu sagen, dass ich mit dir zusammen sein möchte und mir andere Frauen egal sind? Was willst du von mir hören? Meinst du, für mich ist das schön, wenn du mir bei jeder Gelegenheit unterstellst, ich würde nur darauf warten, mich auf die nächste Frau zu stürzen, die mir über den Weg läuft? Ich mag dich, Herrgott nochmal. Aber du gibst uns überhaupt keine Chance.«

Mit geballten Fäusten fahre ich zu ihm herum. »Sei doch nicht so gottverdammt naiv! Ist dir nicht klar, dass es ohnehin früher oder später kaputtgehen würde, ganz egal, wie viele Chancen wir uns geben? So läuft das mit

Beziehungen. Du kannst mir einfach nicht erzählen, dir, mit deinem Beruf, wäre das nicht klar. Ich will nur nicht, dass wir unsere Zeit verschwenden.« Und ich will nicht, dass es weh tut.

Ruppig fährt er sich durchs Haar, schüttelt entnervt den Kopf. »Gestern klang das noch ganz anders. Verdammt, sogar heute Morgen klang es noch anders. Du wechselst deine Meinungen wie andere Leute ihre Unterhosen. Schön. Du hast recht, das wird nichts. Weil ich verdammt nochmal müde bin, dir Tag für Tag zu versichern, dass ich kein gottverdammter Fuckboy bin, während du mir Tag für Tag genau das vorwirfst und versuchst, mich loszuwerden.«

Geschafft. Das war's. Ein Teil von mir ist irgendwie froh, weil ich das zerstört habe, was mir Angst gemacht hat, bevor es von selbst in die Luft gehen konnte. Eine besondere Art der Bombenentschärfung. Der größte Teil von mir fühlt sich aber so, wie Robin klingt: leer und erschöpft.

Wir stehen einander gegenüber, in diesem lächerlich opulenten Garten, umgeben von Vogelgezwitscher, während uns ein lauer, blütenduftgeschwängerter Wind streichelt. In den zuckersüßen Geschmack der Petits Fours, den ich noch immer im Mund habe, mischt sich etwas Bitteres.

Robin steht mir gegenüber, in seinem albernen, sündhaft teuren Anzug mit Krawatte, der mir viel zu overdressed erscheint für ein Familienfest und in dem er ganz dem Klischee entspricht, das mir gleich bei unserer ersten Begegnung in den Kopf gekommen ist. Aber auf seinem Gesicht liegt nicht der überhebliche, aalglatte Ausdruck, den ich anfangs an ihm gesehen habe oder vielleicht auch nur sehen wollte. Das Grün seiner Augen ist fast schwarz. Um seinen Mund sehe ich einen gequälten Zug.

»Ich bringe dich nach Hause«, sagt er leise. Und als Balou seine Schnauze in Robins Hand schiebt, fügt er hinzu: »Euch beide.«

Aber ich nehme mein Handy. »Danke, nicht nötig. Ich nehme ein Taxi. Bleib du doch bitte noch hier.« Ich hasse mich selbst ein bisschen, als ich noch anmerke: »Und schick mir bitte die Rechnung für die Vase.«

Kapitel 31

Mila

»Und, was machst du so?« Die ewig selbe Frage. Diesmal aus dem Mund von *Markus, 38.*

Ich mache mir nicht einmal die Mühe, mir die paar spärlichen Fakten, die er in seinem Tinder-Profil preisgegeben hat, ins Gedächtnis zu rufen. Er interessiert mich doch gar nicht, dient nur als Zeitvertreib und Ablenkung, genau wie die anderen Typen, mit denen ich mich in den letzten Tagen verabredet habe.

Unfair? Ein bisschen vielleicht. Aber er macht auch nicht den Eindruck auf mich, als sei er auf der Suche nach etwas Ernstem.

»Glückskeksautorin. Ich überlege mir die klitzekleinen Weisheiten, die man in Glückskeksen findet.«

»Wow. Ist ja irre.« Ich suche nach einem Anzeichen von Ironie in seinen staunend geweiteten Augen, vergeblich. »Da musst du ja total kreativ sein.«

»Es ist Segen und Fluch zugleich.« Ich leere meinen Aperol mit einem großen Zug und schaue mich nach einem Fluchtweg um, als mir doch noch ein Detail aus seinem Profil einfällt: Er hatte ein Bild eingestellt, auf dem er einen gewaltigen Fisch in die Kamera hält; vielleicht einen Karpfen, ich bin da echt kein Profi. Warum habe ich noch mal nach rechts geswipt?

Ach ja. Weil alles besser geklungen hat, als zu Hause zu sitzen und mich zu fragen, was eigentlich mit mir nicht stimmt. So sehr ich Balous Gesellschaft auch schätze – er ist ein angenehmer Gesprächspartner, aber eben nicht der redselige Typ, und ich brauche Trubel und Lärm und Ablenkung. Die einseitigen Gespräche mit Balou enden immer damit, dass ich darüber lamentiere, ich hätte mich gar nicht erst auf Robin einlassen sollen. War ja klar, dass das nichts werden würde. Andererseits muss ich mir eingestehen, dass alles nur an mir und meinen Macken gescheitert ist, und da beißt sich die Katze in den Schwanz.

Funkstille herrscht zwischen uns. Keine Nachrichten oder Anrufe, schon gar keine Treffen. Keine Nächte in seinen Armen, kein gemeinsames Sternebetrachten und keine Spaziergänge mit den Hunden. Aber auch keine Angst, ihn zu verlieren. Denn das habe ich schon – weil ich alles, was wir miteinander gehabt haben, in einem Anfall von Panik weggeworfen habe.

»Du hörst mir ja gar nicht zu.« *Markus, 38* schmollt.

Ich gebe dem sexy tätowierten Kellner mit den vielen Piercings einen Wink, um noch einen Aperol zu bestellen. Mit Karpfen-Markus werde ich sicher nicht nach Hause gehen, aber vielleicht ja mit dem Kellner? Ich werfe ihm einen tiefen Blick zu, was er mit einem Hochziehen der Augenbraue und einem Grinsen quittiert. Wirklich nicht unsexy. Wahrscheinlicher ist aber, dass ich irgendwann zwischen nachts und morgens in einem Zustand irgendwo zwischen angetrunken und betrunken nach Hause wanken und die letzten wachen Minuten damit verbringen werde, Robin zu vermissen.

»Doch, doch.« Ich versuche zumindest höflich zu sein, um Markus' Zeit nicht gänzlich zu verschwenden. »Erzähl mir doch mehr vom, äh, Angeln …?«

Und während er von dem Boot erzählt, mit dem er manchmal zum Angeln auf den See fährt, muss ich an die Yacht denken, die Robin und sein Vater lapidar als Boot bezeichnet haben. Und daran, dass ich seinen Eltern nicht gut genug bin. Und daran, dass ich für Robin eine von vielen war, zumindest in meinem Kopf, aber vielleicht ja auch in Wirklichkeit. Aber woher zur Hölle soll ich wissen, was er denkt? Wobei es jetzt gar keine Rolle mehr spielt, wie er wirklich über mich und sämtliche anderen Frauen auf der Welt gedacht hat und denkt, weil wir uns nicht mehr sehen und uns auch in Zukunft nicht mehr sehen werden.

»Du bist ja schon wieder ganz woanders.« Markus klingt allmählich wirklich verärgert, was ich ihm nicht verübeln kann.

»Stimmt.« Ich trinke nur einen Schluck vom Aperol, den der Kellner mir gerade gebracht hat, stelle das Glas beiseite und bezahle. »Sorry, den Abend hast du dir sicher auch anders vorgestellt. Tut mir leid, das war keine gute Idee. Ich wünsche dir noch viel Spaß, ehrlich.«

Mit den Worten schiebe ich mich an den anderen Gästen vorbei auf den Ausgang der Bar zu. Halb erwarte ich, Robin hier irgendwo zu sehen, im schicken Hemd und mit strahlendem Lächeln und ganz sicher mit irgendeiner Frau im Arm. Aber er ist nicht da, nur meine Gedanken an ihn sind präsent und lassen sich nicht abschütteln. Statt ein Taxi zu nehmen, laufe ich zu Fuß nach Hause, spaziere erst gemächlich, verfalle dann in lockeres Joggen, renne die letzten paar hundert Meter so schnell ich kann und erreiche atemlos und mit Seitenstechen meine Wohnung. Balou springt japsend an mir hoch.

Sein Gesicht ist auf einer Seite plattgedrückt und ganz zerknautscht vom Schlafen, seine dunklen Augen schauen mich schlaftrunken an und leuchten doch so freudig, als könne er sein Glück kaum fassen, dass ich so unverhofft wieder aufgetaucht bin. Nichts geht über die Freude eines Hundes, wenn man nach Hause kommt – egal ob man zehn Minuten weg war oder mehrere Stunden.

»Hey, mein Süßer.« Ich knie mich zu ihm auf den Boden und protestiere nur halbherzig, als er an meinem Ohr leckt.

Wieder packt mich das schlechte Gewissen: Wenn ich meinen Bären schon tagsüber immer in die HuTa bringe, um in Ruhe arbeiten zu können, sollte ich ihn nicht auch noch abends allein lassen. Die nächsten Abende und Wochenenden gehören uns. Wenn Date – dann nur mit Hund im Schlepptau. Aber eigentlich habe ich gerade überhaupt keine Lust auf weitere Verabredungen mit irgendwelchen Kerlen, die mir nichts bedeuten.

»Komm, Balou. Wir gehen noch mal für ein paar Minuten raus.« Auffordernd klopfe ich mir auf den Oberschenkel und schnappe mir seine Leine. Sofort ist er an meiner Seite und kann es kaum erwarten, mit mir loszuziehen. Wir laufen nur eine kurze Runde durch den nächtlichen Park, dann geht es mit Tiefkühllasagne, Kaustange und True-Crime-YouTube-Videos auf die Couch. Draußen dämmert es schon, aber es ist Samstag und morgen bleibt der Laden geschlossen, also was soll's? Im Schlaf warten ohnehin nur Träume auf mich, die mich durcheinanderbringen und mich an meinen Entscheidungen und mir selbst zweifeln lassen.

Kapitel 32

Clara

»Ist alles in Ordnung?« Die Frage hätte sie sich eigentlich sparen können, denn dass mit Mila nicht alles in Ordnung ist, sieht man auf den ersten Blick. Und eigentlich geht es Clara auch nichts an. Wo sie ihr eigenes Privatleben schon nicht auf die Reihe bekommt, sollte sie sich lieber nicht ins Privatleben ihrer HuTa-Kunden einmischen. Aber trotzdem kann sie nicht einfach so tun, als wäre nichts.

Mila nestelt am Karabiner von Balous Leine herum. »Na ja, nichts, was nicht von selbst wieder wird.«

»Willst du reden?« Es bereitet Clara Sorgen, Mila so zu sehen. So bleich und niedergeschlagen, mit geröteten Augen und unruhigem Blick.

Dass etwas zwischen ihr und Robin vorgefallen sein muss, liegt auf der Hand. Plötzlich sind die beiden wieder dazu übergegangen, ihre Hunde zu unterschiedlichen Zeiten in die HuTa zu bringen, so als wollten sie sich um jeden Preis aus dem Weg gehen. Und auch Robin hat überhaupt keinen glücklichen Eindruck gemacht.

Aber Mila schüttelt den Kopf. »Danke, lieb von dir, aber ich muss jetzt auch schon wieder los. Termine.«

Mit gesenktem Kopf stapft die junge Frau zum Tor und verschwindet in Richtung Parkplatz. Nachdenklich schaut Clara ihr hinterher. Sie hätte ihr gerne geholfen. Nur wie, wenn Mila sich nicht helfen lassen will? Aber wie sollte sie auch helfen, wenn das Problem tatsächlich eins zwischen Robin und Mila ist?

»Danke für den Balsam und die Marmelade.« Eine tiefe Stimme reißt Clara aus ihren Gedanken. Kilian steht vor ihr und hält ihr den leeren Korb entgegen. Nein, nicht ganz leer, das sorgfältig ausgespülte Marmeladenglas liegt darin.

Als sie den Korb entgegennimmt, halten sie den Henkel für einen Moment gleichzeitig fest und schauen einander in die Augen. Um sie herum spielen und wuseln die Hunde, während Clara hektisch überlegt, was sie sagen könnte.

Ich vermisse dich – das würde sie am liebsten sagen. Sie sieht ihn genauso häufig wie zuvor, doch immer noch ist er so distanziert, als wäre eine Kluft zwischen ihnen.

»Ich hoffe, sie hat geschmeckt«, sagt sie stattdessen.

Er antwortet höflich. »Sehr gut, danke.«

Nachdem er den Korb losgelassen hat, bleibt er noch einen Augenblick lang stehen, als warte er darauf, dass sie noch etwas sagt. Und es drängt sie, genau das zu tun. Weiß er überhaupt, wie wichtig er ihr ist? Soll sie aussprechen, was er für sie bedeutet? Dass er an manchen Tagen alles ist, was sie am Leben erhält? Aber dann denkt sie wieder an Andi, an seinen freundlichen Blick, sein vertrautes Gesicht, und fragt sich, was er wohl denken würde, wenn sie jetzt mit einem anderen Mann zusammen wäre.

Sie schaut auf ihre Gummistiefel hinunter. Die neuen, guten, mit dem Blumenmuster, die sie so gerne mag.

Er nickt ganz leicht, als wäre ihr Schweigen ihm Antwort genug. Sie wüsste gern, was er in dieses Schweigen hineininterpretiert, fürchtet sich aber gleichzeitig davor, es zu erfahren.

»Also gut, ich mache mich mal dran, den hinteren Zaun zu reparieren«, sagt er ruhig. Als er geht, wirkt sein Gang so gelassen, als könne nichts und niemand diesen Mann erschüttern.

Mit beiden Händen umfasst Clara den Korb, der jetzt, da er so gut wie leer ist, ganz leicht ist, und presst ihn an ihre Brust. Ihr Blick bleibt auf Kilians breiten Rücken gerichtet, bis er hinter dem Zelt verschwunden ist.

Kapitel 33

Robin

»Mila? Gar nichts ist mit Mila«, schnaubt er.

Anette runzelt besorgt die Stirn. »Ach.«

Er holt mit dem Minigolfschläger aus und schlägt ihn so heftig gegen den Ball, dass dieser aus der Bahn springt und in die gegenüberliegende Ecke der Schwarzlichtminigolfhalle fliegt. Dann schiebt er sich die 3D-Brille auf die Stirn. »Die spinnt doch. Ehrlich, die ist krankhaft eifersüchtig.«

Durch die großen Plastikgläser der 3D-Brille blicken ihn Anettes Augen fragend an. In ihrem üblichen Bleistiftrock und den High Heels wirkt sie hier zwischen Familien mit kleinen Kindern und Paaren in lockerer Freizeitkleidung fehl am Platz, doch ihr Ehrgeiz hat sie ganz nach oben auf die Punktetabelle katapultiert. Sie sind mit Kollegen hier, mit Anwälten und Anwältinnen, Gehilfen und Gehilfinnen. Sie alle haben eine gute Zeit, aber niemand nimmt das Spiel so ernst wie Anette, die hoch motiviert zwischen den Bahnen herumstöckelt und einen Ball nach dem anderen versenkt.

»Das klingt jetzt ein bisschen, äh, hart«, merkt sie an.

»Zu Recht«, murmelt er und stützt sich schwer auf seinen Minigolfschläger. In der großen Halle ist es dunkel, nur die Golfbahnen strahlen im Schwarzlicht in grellen Farben. Trägt man die dazugehörige Brille, sieht man überwältigende Landschaften und Motive in 3D. Eine der Bahnen befindet sich auf einer Südseeinsel, der Ball muss hier in ein weit aufgerissenes Haimaul befördert werden. Bei einer anderen Bahn sieht man eine Weltraumszene mit Planeten und Ufos. Robin fand es erst albern, den Ausflug mit den Kollegen hierher zu machen, aber eigentlich macht es tatsächlich Spaß. Oder würde es machen, wenn seine Laune etwas besser wäre.

Ich muss Mila mal hierher mitnehmen, es würde ihr bestimmt gefallen, schießt es ihm durch den Kopf, und schon könnte er sich für den Gedanken ohrfeigen.

Die Wut ist schon wieder verpufft. Wenn er ehrlich ist, muss er sich eingestehen, dass er im Grunde genommen nur traurig ist. Und dass er Mila vermisst. Er hat so gehofft, sie könnten einander richtig kennenlernen, sich näherkommen und eine wirkliche Beziehung miteinander aufbauen.

Leicht legt Anette ihm die Hand auf die Schulter. »Wollt ihr jetzt wirklich schon aufgeben? Ich meine, ich kenne sie nicht einmal, aber ich merke doch, dass sie dir etwas bedeutet. Glaubst du nicht, dass ihr eure Probleme klären könnt, wenn ihr miteinander redet?«

Aber er schüttelt den Kopf. »Ist nicht so, als hätte ich es nicht versucht. Aber wir hatten wegen jeder Kleinigkeit Diskussionen. Jedes Mal war sie sofort bereit, alles hinzuschmeißen. So funktioniert das nicht.«

Anette sieht aus, als wollte sie noch etwas sagen, zuckt dann aber nur mit den Schultern. »Musst du wissen. Ich meine ja auch nur, dass sie, seit ich dich kenne, die Erste von all deinen tausend Dates ist, die dir wirklich was bedeutet. Aber geht mich ja nichts an.« Abwehrend hebt sie die Hände. »Herr Maurer hat gefragt, ob wir nach dem Spiel noch alle gemeinsam etwas trinken gehen. Ich bin dabei. Du auch?«

Er schüttelt er den Kopf. »Sorry, bin schon verplant. Hab noch ein Date.«

Seine Kollegin verdreht die Augen. »Das dritte in drei Tagen, oder? Seit das mit Mila vorbei ist, drehst du total ab.«

»Das geht dich nichts an – hast du gerade selbst festgestellt.«

Die Augen verdrehend, schnappt sich Anette ihren Minigolfschläger und konzentriert sich auf die nächste Bahn. Während des restlichen Spiels wechseln sie kaum noch ein Wort miteinander. Sie schmollt wegen seiner abweisenden Bemerkung, und ihm wiederum ist das Schweigen ganz recht, er will ohnehin nicht reden.

Sein Handy vibriert, eine Nachricht von seiner Mutter. Sie ist nicht eine von den Eltern, die völlig abdrehen, sobald sie ein eigenes Smartphone haben, und rund um die Uhr Nachrichten mit einer übermäßigen Menge Emojis versenden. Im Gegenteil, seine Mutter benutzt ihr Handy eigentlich nur zum Telefonieren. Doch nachdem er ihre Anrufe ignoriert hat, hat sie sich wohl gezwungen gesehen, zu diesem Mittel zu greifen. *Verstehst du denn nicht, dass ich dich nur liebe und das Beste für dich will?*

Das Beste. Beinahe hätte er laut aufgelacht, was ihm mit Sicherheit verwirrte Blicke seiner Kollegen eingebracht hätte. Er wird mit seiner Mutter reden müssen, dringend, da ist eine große Aussprache nötig. Aber nicht jetzt. Sondern dann, wenn er das Gefühl hat, ihr ruhig gegenübertreten zu können, ohne ihr seine Wut entgegenzubrüllen.

Ein Taxi bringt ihn von der Minigolfhalle zum Juwelier in der Innenstadt, vor dem eine große Standuhr steht, die Datingwilligen aus der ganzen Stadt als Treffpunkt dient. Er kann sich weder daran erinnern, wie seine heutige Verabredung aussieht, noch, wie sie heißt, und muss sein Gedächtnis mit einem Blick in die App auffrischen. *Lara, 27.*

Sie wirkt nett und klug, hat schöne braune Augen. Es liegt nicht an ihr, dass er so gar kein Interesse an ihr hat. Er überlegt, sie vorzuwarnen, er sei nicht auf der Suche nach etwas Festem, aber das wäre gelogen. Er will sehr wohl etwas Festes, aber die Einzige, mit der er das will und die ihm permanent im Kopf herumspukt, ist und bleibt Mila.

»Übrigens, ich suche nichts Festes.« Lara zwinkert ihm zu, nimmt seine Hand und zieht ihn in die rauchige Bar, aus der Metal-Klänge tönen. Eigentlich nicht seine Musik, aber es soll ihm recht sein.

Die Nacht verschwimmt, löst sich förmlich auf im Alkohol und im Dröhnen der Musik.

Irgendwann findet er Lara, die übermäßig lange in Richtung Toiletten verschwunden ist, in den Armen des Barkeepers wieder.

Irgendwann lässt er sich von einer Frau an der Theke ihre Telefonnummer auf den Unterarm kritzeln. Melanie? Marianne? Ganz egal.

Irgendwann küsst er Melanie-Marianne, weil die Situation es so eben hergibt, aber es fühlt sich nicht richtig an.

Und dann sieht er sie, dann sieht er Milas Gesicht in der Menge und fragt sich einen Moment lang, ob er träumt, ob sein Unterbewusstsein ihm nur vorgaukelt, sie wäre da, weil er sie so gerne sehen will.

Aber sie ist es wirklich. Selbstvergessen tanzt sie, die rosa Haare schwingen hin und her, sie hat die Augen geschlossen. Sein erster Impuls ist es, zu ihr zu gehen und sie anzusprechen. Es kann doch nicht sein, dass sie alles, was sich zwischen ihnen entwickelt hat, einfach kaputtmachen! Plötzlich sieht er das genauso wie Anette, deren Argumente er vorhin nicht hatte hören wollen.

Wie von unsichtbaren Fäden gezogen, steuert er auf Mila zu, lässt Melanie-Marianne einfach stehen. Doch Mila öffnet die Augen, sieht ihn und wird blass. Ihre Miene verschließt sich, sie wendet sich ab und taucht in der Menge unter. Nur ganz kurz sieht er das Kirschblütenrosa ihrer Haare noch aufblitzen, als sie die Tür erreicht und die Bar fluchtartig verlässt. Verbittert bleibt er zurück.

Kapitel 34

Mila

Finster starre ich die Nähmaschine an, als hätte sie mich persönlich beleidigt. Es ist mein eigener Entwurf, an dem ich gerade arbeite, vom ersten Strich auf dem Papier an, für eine junge Braut mit exquisitem Geschmack, die sich den ultimativen Prinzessinnentraum erfüllen will. Ich habe das Schnittmuster erstellt, die Perlen für die handbestickte Corsage selbst ausgewählt. Glatt und kühl gleitet die elfenbeinweiße Seide jetzt unter dem Nähfuß hinweg, gleichmäßig sticht die Nadel in den kostbaren Stoff und setzt eine zarte Naht.

Ein wunderbares Kleid, aber es vermag meine Laune ebenso wenig aufzuhellen wie meine Freunde, die sich unermüdlich darum bemühen, mich aufzumuntern. Ich habe schon ein schlechtes Gewissen, weil mir das Lächeln so schwerfällt.

Umso besser, dass ich heute ganz alleine hier im Laden bin. Kaum Termine und keine Leo, die mich mit dieser Mischung aus Nachdenklichkeit und Mitleid betrachtet. In der KiTa grassieren momentan die Läuse, die Krätze, irgendeine Hand-Mund-was-auch-immer-für-Körperteile-Seuche und eine Sommergrippewelle, und ihre Töchter haben sich das ein oder andere davon eingefangen, weswegen Leo und Sven sich jetzt mit der Kinderbetreuung abwechseln.

Aber auch wenn Leo hier wäre, würde ich sie nicht an dieses Prinzessinnenmodell lassen. Leo hat zwar viel Talent, und ich kann sie nicht nur im Verkauf und bei den Beratungen, sondern auch beim Nähen einsetzen – sie führt Nadel und Faden mit der Geschicklichkeit einer Chirurgin und besitzt die, trotz ihres lebhaften Temperaments, erstaunliche Geduld, unzählige Perlen und Strasssteine händisch zu fixieren –, aber trotzdem lasse ich es mir nicht nehmen, einen guten Teil der Näharbeiten selbst zu erledigen. Es ist ein unvergleichlich erhebendes Gefühl, wenn die detailreichen Entwürfe, die ich auf Papier angefertigt habe, unter meinen Händen Gestalt annehmen und zu echten Kleidern werden. Vor allem ist das Nähen für mich auch eine meditative Tätigkeit, mit der ich es häufig schaffe, unangenehme Gedanken aus meinem Kopf zu vertreiben.

Leider nicht heute.

»Robin«, murmle ich vor mich hin und versuche die Erinnerung an seinen Anblick in der Bar zu verdrängen, in der ich ihn überhaupt nicht erwartet hätte, weil dort weder meine noch seine Musik lief. Trotzdem war er plötzlich da, kam auf mich zu, und für einen Augenblick war ich drauf und dran, ihm entgegenzulaufen und ihn um eine zweite Chance und einen Neuanfang zu bitten. Wie dumm! Zum Glück ist mir noch rechtzeitig wieder eingefallen, dass ich als Single besser dran bin und dass die Sache zwischen uns von Anfang an unter keinem guten Stern stand.

Sogar auf Balou, dessen sonniges Gemüt sonst höchstens durch einen leeren Futternapf erschüttert werden kann, färbt meine düstere Laune mittlerweile ab. Mit gesenktem Kopf ist er heute hinter mir durchs HuTa-Tor geschlichen, und ich könnte schwören, er war erleichtert, meiner Gewitterwolkenstimmung zu entkommen und den Tag mit seinen Hundefreunden zu verbringen. Dabei bemühe ich mich redlich, meinen Frust nicht an ihm auszulassen und ihn nichts merken zu lassen. Aber selbst ein fröhlicher Labrador Retriever mit stoisch-positivem Gemüt ist nun mal ein Hund und somit extrem empfänglich für die Stimmungen seiner Bezugsperson.

Toll, jetzt fühle ich mich noch schlechter! Wirklich – das schlechte Gewissen setzt mir zu. Mein Bärchen hat nur das Beste verdient, alles Glück der Welt, und das biete ich ihm momentan nicht. Fehlt noch, dass der Kleine durch meine üble Laune in Depressionen gestürzt wird.

Die Tür schwingt auf, einer der wenigen Termine, die ich heute habe, schwebt herein: Natascha.

»Ist es fertig?« Sie vibriert förmlich vor Aufregung, so dass ich trotz meiner miesen Laune lächeln muss.

Natürlich ist es fertig. In Absprache mit Natascha entworfen, eigens für sie, und selbstgenäht, Stich für Stich. Heute ist sie zur letzten Anprobe hier, um finale Änderungen vorzunehmen, damit das Outfit am Hochzeitstag auch makellos sitzt.

Es ist kein Kleid, obwohl das Nataschas erste Idee gewesen ist. Aber als wir beisammengesessen und unseren Ideen freien Lauf gelassen haben, hat sich schnell herauskristallisiert, dass sie sich eigentlich etwas anderes wünscht. Als ich sie jetzt im Jumpsuit sehe, muss ich schlucken, weil sie so umwerfend aussieht. Die cremeweiße Spitze schmeichelt ihrem gebräunten Teint und setzt ihr Dekolleté perfekt in Szene. Der Jumpsuit hat einen atemberaubend tiefen Rückenausschnitt, den filigrane Ketten zieren. Der fließende Stoff der Hosenbeine umspielt ihre zierliche Figur. Ein schmaler, goldfarben glänzender Gürtel betont die schmale Taille.

Ich hole den vorher ausgesuchten zarten Gelbgoldschmuck aus der Bridal-Linie eines israelischen Designers, von dem ich einige Stücke in meinem Laden führe. Natascha ist auffällig still, als ich ihr das filigrane, mehrreihige Armband und die Ohrringe anlege, wie eine Schaufensterpuppe steht sie da, lässt sich ausstaffieren und betrachtet unverwandt ihr eigenes Spiegelbild.

»Du bist wunderschön«, sage ich aufrichtig.

In dem Moment füllen sich ihre Augen mit Tränen. Bestürzt sehe ich mit an, wie sie die Hände vors Gesicht schlägt und hemmungslos zu schluchzen beginnt.

Ich habe oft heulende Bräute im Laden. Es scheint zum guten Ton zu gehören, angefeuert durch Brautkleider-Sendungen im TV, vor Rührung in Tränen auszubrechen, sobald man sich im Traumkleid im Spiegel sieht. Nicht selten kommt es auch vor, dass die Brautmutter, die Schwester und die Trauzeugin um die Wette schluchzen, wenn die angehende Braut aus der Umkleidekabine tritt.

Aber das hier, das ist etwas anderes. Tränen der Rührung kenne ich, und das hier sind keine. Einen endlos scheinenden Moment bin ich wie erstarrt und betrachte die Neue meines Ex unschlüssig, die sich in meinem Geschäft die Augen ausheult.

Dann lege ich vorsichtig eine Hand auf ihre Schulter. »Hey … Was ist denn los?«

Die Worte brechen aus ihr hervor wie ein Sturzbach. »Die Hochzeit … O Gott, die Hochzeit steht kurz bevor. Mila, was, wenn das ein riesiger Fehler ist? Was, wenn wir das bitterlich bereuen?« Und ihre großen Augen sehen mich so hilfesuchend an, als hätte ich die Antwort auf alle Fragen parat.

Ich schüttle verstört den Kopf. »Was? Woher kommt das denn jetzt? Ihr wart doch so glücklich! Oder etwa nicht? Warum denkst du plötzlich, es wäre ein Fehler?«

Sie senkt den Blick, schaut auf die zierlichen Schuhspitzen hinab, die unter den seidenen Hosenbeinen hervorlugen. Einen Moment lang schweigt sie.

»Ich musste in letzter Zeit häufiger an euch denken«, sagt sie dann leise. »An dich und Tom. Und daran, dass er es nie lange mit einer Frau ausgehalten hat, nicht einmal mit dir. Und daran, mit welcher Inbrunst er mir bei unserer ersten Verabredung gesagt hat, ich solle bloß nicht denken, er wolle irgendwann sesshaft werden.«

Uff. Ich kann verstehen, wie sie sich fühlt. Ich kenne diese bohrende Unsicherheit, die an einem selbst und an der Beziehung nagt, die einem am Herzen liegt.

»Aber worauf es ankommt, ist doch, dass er es jetzt völlig anders sieht. Ich war nun mal nicht die Richtige für ihn. Auch wenn es nicht schön ist, sich das einzugestehen. Mit dir an seiner Seite hat er seine Meinung geändert, und das ist das Wichtige.«

»Und wenn nicht?« Sie wirkt blass und elend. »Wenn er in einer Woche oder einem Monat oder einem Jahr aufwacht und feststellt, dass er sich plötzlich doch eingeengt fühlt und lieber frei wäre? Wenn sich sein Ehering dann plötzlich wie eine Fessel anfühlt und das gemeinsame Haus wie Ballast und er dann merkt, dass es ein Fehler war, sich an mich zu binden? Und wenn ich dann auch einsehen muss, dass es ein Fehler war, mich auf jemanden einzulassen, der mich von Anfang an vor sich gewarnt hat? Und wenn … wenn …«

Es wäre so leicht, ihre Unsicherheit auszunutzen und die Beziehung dieser Frau zu dem Mann, den ich bis vor kurzem noch an meiner Seite haben wollte, zu sabotieren. Es wäre so leicht, ein Arschloch zu sein und es Tom heimzuzahlen, dass er mich verlassen hat. Würden ein paar kritische Bemerkungen reichen, um die geplante Hochzeit zu kippen und der Beziehung den Todesstoß zu versetzen? Steht Nataschas und Toms Liebe wirklich auf so wackeligen Beinen? Ich glaube eigentlich nicht, obwohl ich sie nur einmal gemeinsam erlebt habe. Aber in diesem Moment scheint alles so fragil und zerbrechlich zu sein, dass ich den Eindruck bekomme, ein kleiner Schubs in die falsche Richtung könnte alles zerstören.

Doch ich merke, dass ich das gar nicht möchte. Ich falle ihr ins Wort, »Natascha! Jetzt hör mal zu. Im Leben kriegt man niemals eine Garantie. Es kann immer anders kommen, als man gehofft und gedacht hat. Das gehört eben dazu. Man kann mit jedem Partner auf die Nase fallen. Aber eines weiß ich – als ich euch beide zusammen gesehen habe, hat das verdammt weh getan, weil mir klar geworden ist, dass du etwas für ihn bist, was ich nie gewesen bin.«

Es ist eine unerwartete Situation, in der ich mich da

wiederfinde. Ich sitze mit Toms Verlobten auf der Couch, die eigentlich für die Begleiterinnen der angehenden Bräute gedacht ist, reiche ein Taschentuch nach dem anderen an und rede tröstend auf sie ein. Immer wieder höre ich mir geduldig ihre tieftraurig vorgebrachten Zweifel an und gebe mein Bestes, sie alle zu entkräften. Am liebsten hätte ich ihr ein Lätzchen umgelegt, um den wunderbaren Jumpsuit vor Tränen- und Mascaraspuren zu retten, aber ich kann mich gerade noch beherrschen. Natascha zu trösten, lenkt mich von meinem eigenen Kummer ab, macht ihn kleiner.

»Sei mutig, auch wenn es schwerfällt. Oft lohnt es sich«, sage ich leise. Und bemerke, dass ich dabei fast wörtlich zitiere, was Clara zu mir gesagt hat. Und frage mich, woher ich plötzlich die Überzeugung nehme, dass das auch tatsächlich so ist.

Die Tränen versiegen. Geräuschvoller, als ich dieser zarten Frau zugetraut hätte, schnäuzt sie sich in eines der unzähligen Taschentücher, die hier in Boxen für brautkleidbedingte Emotionsausbrüche bereitstehen. Eine Box hat sie schon geleert, aber kein Problem, ich habe mehrere Regalfächer voll davon.

»Es ist albern, oder?« Während sie lächelt, sind ihre Augen noch feucht und gerötet. »Da hätte ich auf den letzten Metern doch fast noch kalte Füße bekommen. Vor lauter Angst, Tom könnte kalte Füße bekommen. Danke, Mila. Danke fürs Zuhören und Trösten. Das habe ich echt gebraucht.«

»Ist doch kein Problem. Ich wünsche euch echt, dass ihr miteinander glücklich seid. Ich glaube, Tom ist der Richtige für dich. Und du bist perfekt für ihn.« Lüge ich aus Höflichkeit? Nein, ich glaube das wirklich.

Plötzlich umarmt sie mich. Verdattert halte ich ganz still. »Danke, Mila. Tut mir leid, dass ich dich von der Brautkleiderdesignerin zur Psychotherapeutin gemacht habe. Komm auf die Hochzeit, ja? Ich meine es ernst. Ich möchte dich einladen. Ist mir ganz egal, ob manche es seltsam finden, die Ex des Bräutigams einzuladen. Ich hätte dich sehr gerne dabei.«

Bevor ich einen klaren Gedanken fassen kann, höre ich mich auch schon antworten: »Na klar! Wie lieb von dir. Ich freue mich schon total darauf.«

Kapitel 35

Mila

Schon wieder.

Es ist schon wieder passiert.

Wann werde ich endlich lernen, meine verdammte Klappe zu halten, wenn es darauf ankommt, statt mich wieder und wieder in Situationen zu quatschen, auf die ich nicht die geringste Lust habe?

»Die Hochzeit meines Ex, verdammt nochmal«, fauche ich den Hummeln am Wegesrand zu, während ich zum HuTa-Eingang stapfe. Übellaunig kicke ich ein paar Tannenzapfen vor mir her. »Die gottverdammte Hochzeit meines gottverdammten Exfreundes.«

Schön, dann finde ich Natascha eben ganz sympathisch. Aber das heißt doch noch lange nicht, dass ich zusehen will, wie Tom, über den hinwegzukommen ein Kraftakt war und noch ist, heiratet! Es gibt kaum Dinge, die ich weniger gern sehen möchte, als meinen Ex, der verliebt mit einer anderen Frau vor dem Altar steht, ihr einen Ring an den Finger steckt und »Ja, ich will« säuselt. Wenn ich mich endlich aufraffe, die Psychotherapie zu beginnen, die mir vermutlich wirklich guttun würde, um mein Seelenleben aufzuräumen, darf ich nicht vergessen, den Therapeuten oder die Therapeutin auf die eindeutig masochistischen Tendenzen anzusprechen, die ich an mir beobachte.

Aus großen Augen schaut mich Clara an. Sie ist blass und hat Augenringe, offenbar hat sie wenig geschlafen, und ich stehe kurz davor, sie zu fragen, was sie bedrückt. Viel zu oft besprechen wir meine Probleme, aber eigentlich nie, was ihr auf dem Herzen liegt, was mir in dem Moment bewusst wird.

Ich denke daran, wie sie neulich ihren Mann erwähnt hat. Andi. Ich weiß, dass er ums Leben gekommen ist und dass das ein schwerer Schlag für sie gewesen ist. Sie spricht kaum über ihn, aber ich kann mir vorstellen, dass sie ihn unendlich vermisst. Wie ist es, weiterleben zu müssen, wenn man den einen Partner verloren hat, mit dem man sein ganzes Leben verbringen wollte? Mit dem man den größten Teil seines bisherigen Lebens verbracht hat?

Aber bevor ich sie fragen kann, wie es ihr geht, kommt sie mir zuvor und fragt: »Robin?«

»Schlimmer«, stöhne ich, und alles bricht aus mir heraus. »Wie blöd bin ich eigentlich? Toms Neue hat sich bei mir ausgeheult und ich habe so getan, als wäre ich der größte Beziehungsprofi überhaupt und habe ihr gute Ratschläge gegeben. Habe versucht, ihr Mut zuzusprechen.«

Clara schaut erstaunt. »Das ist echt nett von dir. Und das findest du jetzt schlimm, weil …? Wünschst du dir in Wirklichkeit, die Verlobung zwischen ihr und deinem Exfreund würde doch in die Brüche gehen?«

Ich schüttle den Kopf. »Das ist es nicht.« Ein Seufzen kommt aus den Tiefen meiner Kehle. »Zu meiner eigenen Überraschung, tatsächlich nicht. Es ist nur … Ach, ich weiß auch nicht. Die ganzen Dinge, die ich gesagt habe, die glaube ich doch selbst nicht.«

»Tust du nicht?« Aufmerksam legt Clara den Kopf schief, und ich habe das Gefühl, dass sie mich mit Leichtigkeit durchschaut.

Ich rümpfe die Nase und gieße mir etwas Tee aus ihrer Thermoskanne in einen Becher, um Zeit zu schinden. Der Richtige – habe ich zu Natascha gesagt. Habe dieses naive Konstrukt nachgeplappert, das uns von kitschigen Filmen suggeriert wird. Diese alberne Behauptung, die mich selbst zur Weißglut treibt, wenn Leo oder meine Eltern mir weismachen wollen, irgendein ominöser Richtiger würde eines Tages in meinem Leben auftauchen. So ein Blödsinn! Als wären wir in einem von Leos Kitschromanen.

Aber das Verwirrende ist, dass ich in dem Moment selbst daran geglaubt habe. Tom und Natascha sind genau richtig füreinander. Das heißt nicht, dass es nur die eine große, wahre Liebe gibt, aber das, was die zwei miteinander haben, kann man längst nicht mit jedem anderen Menschen finden. Das ist etwas Besonderes.

Ich nippe am heißen Tee und spüre Claras mitfühlenden Blick. »Ich … Weißt du, ich habe ihr geraten, in der Liebe offen und mutig zu sein. Wie komme ich denn bitte dazu? Davon bin ich selbst meilenweit entfernt. So weit, wie die Sonne vom Mond.« Es ist so irritierend, dass ich tief in meinem Inneren, von Dingen überzeugt zu sein scheine, nach denen ich aber überhaupt nicht handle. »Und dann hat sie mich total überrumpelt und hat mich auf ihre Hochzeit eingeladen. Mich! Ausgerechnet die Ex ihres Freundes. Wie kommt sie denn auf diese Idee?«

»Hast du denn abgesagt?«

»Schön wär's. Nein. Ich habe ihr meine unglaubliche Begeisterung versichert. Einen Rückzieher zu machen, wäre jetzt auch blöd. Oder etwa nicht? Ach, ich weiß überhaupt nichts mehr. Ich sehe schon förmlich vor mir, wie mich die ganzen anderen Gäste anschauen und sich hinter meinem Rücken das Maul zerreißen.«

Es tut gut, Clara mein Herz auszuschütten. Geduldig hört sie mir zu und nickt immer wieder, während wir den spielenden und dösenden Hunden in den Ausläufen zuschauen.

»Ich glaube, du solltest zur Hochzeit gehen«, sagt sie schließlich. »Was die anderen Gäste denken, kann dir am Hintern vorbeigehen. Es ist eine Chance, um endgültig mit deiner Beziehung zu Tom abzuschließen. Ich glaube, das würde dir guttun. Natürlich nur, wenn du das auch wirklich willst. Du solltest dich nicht verpflichtet fühlen, nur weil du überrumpelt warst und zugesagt hast.«

Langsam nicke ich. Vielleicht hat sie recht. Ihr alles zu erzählen, hat ein kleines bisschen Ruhe in das Chaos in meinem Kopf gebracht.

»Ich glaube, wenn ich nicht gehe, würde ich mich später ärgern.« Entschlossen stelle ich den Becher ab. »Aber allein gehe ich nicht. Zum Glück gibt es da jemanden, der mir noch einen Gefallen schuldet.«

Kapitel 36

Robin

Erschöpft klappt er den Laptop zu und legt die Akten beiseite. Er hat sich Arbeit mit nach Hause genommen, aber heute deprimiert es ihn zu sehr, sich mit all den gescheiterten Ehen zu befassen, die nun mal seinen Job ausmachen. All diese zerstörten Lebensträume. Normalerweise lacht er nur, wenn er gefragt wird, ob es ihn nicht runterzieht, sich Tag für Tag mit frustrierten Menschen herumzuschlagen, die einmal sehr verliebt waren und einander jetzt nicht mal mehr die Butter auf dem Brot gönnen.

Aber jetzt muss er daran denken, wie Mila ihn danach gefragt hat. An ihr missbilligendes Stirnrunzeln und den fragenden Blick. Und schon ist er wieder mittendrin in seinem Mila-Gedankenkarussell, das er nicht abstellen kann. Er vermisst sie. Und das Letzte, womit er sich gerade beschäftigen will, sind scheiternde Liebesbeziehungen.

Ein Urlaub, denkt er spontan. Ein Urlaub wäre das Richtige. Wie lange hat er sich eigentlich schon keine Zeit mehr für seine Hobbys genommen? Oder wäre es doch besser, sich in der Arbeit zu vergraben, um sich von unangenehmen Gedanken abzulenken? Unschlüssig tigert er durch die Wohnung, wirft zum fünften Mal heute die Siebträgermaschine an und zuckt zusammen, als er die kleine Sirupflasche neben der Kaffeedose sieht, die er für

Mila angeschafft hat, damit sie ihren fragwürdigen Kaffeegeschmack ausleben kann.

»Abscheulich«, knurrt er.

Aber er würde gerade eine Menge dafür geben, noch so ein klebrig-süßes Milch-Sirup-Getränk mit etwas Kaffee für sie zubereiten zu können.

»Was denkst du darüber?«, fragt er Alice, die mit elegant überkreuzten Pfoten in ihrem Wildleder-Hundebett liegt. »Vermisst du Balou?«

Sie hebt den Kopf und schaut ihn aus ihren hellen Augen an. Wie so oft hat er das Gefühl, dass sie nicht nur jedes einzelne Wort versteht, sondern ihn auch insgeheim verurteilt.

»Man sollte sich keinen Hund anschaffen, der einem geistig überlegen ist«, murrt er und fläzt sich auf die Couch. Alices Blick folgt ihm und er könnte schwören, sie ist unzufrieden mit ihm. Schnaufend verdreht er die Augen. »Nein, du Zicke, ich rufe Mila ganz sicher nicht an! Das führt zu nichts. Du weißt doch, wie sie ist. Ich würde sie unglücklich machen, sie würde mich in den Wahnsinn treiben. Nur du und Balou, ihr wärt zufrieden. Ich weiß, ich weiß.«

Das Brummen des vibrierenden Handys auf dem Esstisch reißt ihn aus seinen Gedanken. Sicher nichts Wichtiges; eine Nachricht oder ein neues Match auf Tinder, eine passiv-aggressive Nachricht seiner Mutter, eine berufliche Mail. Nein, ein Anruf, denn das Vibrieren hört nicht auf. Aber ganz bestimmt nicht Mila. Und trotzdem springt er so hastig auf, dass Alice missbilligend die Lefzen einzieht – ihr strenger Gesichtsausdruck, den sie immer aufsetzt, wenn er sich ihrer Meinung nach nicht adäquat verhält.

Sein Herz rast, als er sich das Handy schnappt und Milas Namen auf dem Display sieht.

»Hallo?« Verdammt, er klingt so atemlos, als sei er gerade einen Marathon gelaufen.

»Oh. Störe ich gerade bei irgendwas?«, klingt sie auch entsprechend irritiert.

Er zwingt sich, ruhig durchzuatmen. Was macht sie nur mit ihm? Obwohl er so viele Dates mit den unterschiedlichsten Frauen hatte und nie nervös war, schafft Mila es irgendwie, ihn zu verunsichern. Selbst jetzt noch, obwohl sie sich nicht mehr treffen. Oder vielleicht gerade deswegen.

»Gar nicht. Ich war nur gerade beim ... Sport.« Überzeugend? Er weiß nicht. Angespannt reibt er sich mit der Hand über die Augen und versucht normal zu klingen. Nicht normal, gelassen und selbstbewusst, so wie er sich normalerweise fühlt. »Was gibt's?«

Er hört sie tief Luft holen, als bereitete sie sich auf den Sprung in ein Wasserbecken vor. »Du schuldest mir noch einen Gefallen«, platzt sie dann heraus.

Er zieht die Augenbrauen hoch, stellt sich ans Fenster, öffnet es und schaut über die Lichter der Stadt. Unter ihm liegen Straßen und Häuser, über seinem Kopf befindet sich das Schlafzimmerfenster und damit auch der Vorsprung, auf dem er mit Mila gesessen hat.

Es tut gut, ihre Stimme zu hören, auch wenn er ihren Anruf noch nicht so recht einzuordnen weiß. »Stimmt«, antwortet er gedehnt. »Das habe ich nicht vergessen. Und jetzt willst du den einfordern? Worum geht es, Mila?«

»Also ich weiß, das mit uns ist nicht gerade schön zu

Ende gegangen, und wir sind nicht die besten Freunde.« Sie spricht hastig, verhaspelt sich sogar mehrmals. »Aber Schulden sind Schulden, nicht wahr? Und rein zufällig bin ich eine Idiotin, die sich in die dümmste aller Situationen gebracht hat. Eine wirklich dämliche Sache. Ich mache es kurz. Wobei – die Chance aufs Kurz-Halten habe ich schon verpasst, oder? Sorry, ich, äh, labere gerade ein bisschen viel. Vielleicht.«

Er wünschte, er könnte die Zärtlichkeit abschütteln, die in ihm hochsteigt, als er ihr zuhört. Sie ist nervös, und er bringt es nicht übers Herz, sie zappeln zu lassen. Zum Teufel mit all den Spielchen, die man spielen könnte. »Ein bisschen vielleicht. Was ist passiert? Wie kann ich dir helfen?«

»Wie fändest du es, am Samstag auf eine Hochzeit zu gehen?«

»Was?«

»Ich bin auf Toms und Nataschas Hochzeit eingeladen. Lange Geschichte. Nein, eigentlich gar nicht so lang, aber ... egal. Es ist einfach passiert. Und ich habe zugesagt, das ist mir auch einfach so passiert.«

»Und jetzt willst du nicht alleine dorthin?«

Sie schnaubt. »Nicht, wenn es sich vermeiden lässt. Ich gebe mir bestimmt nicht freiwillig die Blöße, allein auf der Hochzeit meines Ex aufzukreuzen. Noch dazu, wenn ich die Hälfte der Gäste kenne und mich alle mitleidig anschauen.«

»Nachvollziehbar.«

»Also?« Wieder atmet sie hörbar durch. »Was sagst du?«

»Und du hast an mich gedacht, weil du wusstest, dass ich einen Anzug besitze? Sogar mehrere?«

»Yes. Einen Anzug und ein halbwegs vorzeigbares Gesicht. Das qualifiziert dich für die Rolle als Hochzeitsbegleiter. Also?«

»Gefallen ist Gefallen. Ich schulde dir was, dann kann ich mich ja jetzt schlecht aus der Affäre ziehen.« Tatsache ist, er freut sich über die Aussicht, mit ihr auf die Hochzeit zu gehen, trotz allem. Und er freut sich darüber, dass sie an ihn gedacht und ihn angerufen hat.

Jetzt hört er in ihrer Stimme, dass sie lächelt. »Deine Opferbereitschaft weiß ich zu schätzen.«

Noch während er lacht, fragt er sich kopfschüttelnd, ob das eine gute Idee ist. Alles zwischen ihnen war so verkorkst und kompliziert. Kein einziges Mal haben sie sich seitdem gesehen, sie sind sich aus dem Weg gegangen, und er war wirklich genervt von ihren ständigen Vorwürfen und der unbegründeten Eifersucht. Aber als er jetzt ihre Stimme und ihr Lachen hört, will er sich darüber nicht den Kopf zerbrechen. Als er das hört, ist alles andere unwichtig. Für den Moment? Für immer? Er weiß es nicht. Aber im Augenblick ist alles, was er will, Mila wiederzusehen.

Kapitel 37

Mila

Ein Lächeln liegt auf meinem Gesicht, nachdem ich aufgelegt habe und auf das Handy in meiner Hand gucke. Ich weiß selbst nicht genau, ob ich damit gerechnet habe, dass Robin zusagt, und auch nicht, ob das meine allerbeste Idee war. Aber es war schön, seine Stimme zu hören.

Ein Klingeln hallt durch die Wohnung, und obwohl ich genau weiß, dass das nicht der Klingelton meines Handys ist, sondern dass da jemand an der Tür ist, krampft sich mein Herz zusammen. Ich schaue aufs Smartphone-Display, halb in der Erwartung, Robins Namen darauf zu lesen, und gleich zu hören, dass er doch nicht auf die Hochzeit mitkommt. Dass er einen Moment nachdenken musste, um zu realisieren, dass ihm das alles doch zu kompliziert ist und er keinen Bock auf mich hat.

Mein armes Herz macht eine Menge mit, denn nachdem es realisiert hat, dass es kein Anruf von Robin ist, ich an der Gegensprechanlage stehe und die Stimme meines Besuchers höre, rutscht es gefühlt drei Etagen tiefer.

Es ist eine Stimme, die mir vertraut ist wie kaum eine andere und die mir mittlerweile trotzdem seltsam fremd geworden ist. Der Mann, der kaum eine Minute später die Treppe hoch zu meiner Wohnungstür kommt, ist der, in dessen Gesicht ich unzählige Male geblickt habe. Ich schaue ihm nicht in die Augen, sondern auf seine Arme, in die ich mich so viele Male habe fallen lassen. Jetzt finden wir uns in der unbehaglichen Situation wieder, in der beide nicht so recht wissen, ob sie einander die Hand schütteln oder auf die Wangen küssen oder sich doch kurz umarmen sollen. Oder nichts davon? Wie begrüßt man sich, wenn es früher bei jedem Wiedersehen einen Kuss gab, mittlerweile aus Liebespartnern aber fast schon Fremde geworden sind?

Ich entscheide mich für ein »Hey« und lehne mich an den Türrahmen.

Es ist immer noch seltsam, Tom zu sehen. Sein Anblick ist mir so vertraut. Irgendwie ist es für mich schwer vorstellbar, dass er immer noch genau derselbe wie damals ist, aber zugleich nicht mehr der Mann an meiner Seite. Dabei will ich ihn nicht einmal mehr zurück. Es ist einfach nur ein seltsames Gefühl, als sei die Realität um eine Winzigkeit verschoben, als hätte die Welt einen haarfeinen Riss.

Er hat eines von den karierten Hemden an, die er so gerne mag und die seine breitschultrige Statur betonen. Den Bart trägt er jetzt etwas länger und die lockigen Haare kürzer, was ihm gut steht und ihn markanter wirken lässt, weniger kuschelig. Aber seine braunen Augen blicken so sanft und freundlich wie eh und je.

Trappelnde Pfoten nähern sich von hinten, Balou stürmt so wild an mir vorbei, dass er mich fast von den Füßen reißt und ich mich am Türrahmen festhalten muss, um nicht zu fallen. Er gibt japsende Laute von sich, während er um Toms Beine wuselt und immer wieder an ihm hochspringt. Lachend geht Tom auf die Knie, knuddelt Balou und versucht gar nicht erst, die vielen nassen Hundeküsse abzuwehren.

»Verräter«, schnaufe ich gerade so laut, dass Tom es hören kann.

Mit einem zerknirschten Grinsen schaut er zu mir hoch. »Ach komm, sei nicht so hart zu ihm. So ein Leben als Scheidungskind ist sicher auch nicht leicht.«

Scheidung. Ein Stichwort, das in meinem Kopf Assoziationen an Robin wachruft und in meinem Magen rumort. Dieser Scheidungsanwalt, der aller Vernunft zum Trotz an die Liebe glaubt, noch viel mehr als ich.

Tom deutet meinen Gesichtsausdruck falsch. Er steht auf, tätschelt Balous Rücken noch einmal kurz. »Hey. Es tut mir leid, Mila. Wirklich sehr leid. Ich weiß, was du denkst. Dass Balou ein Scheidungskind ist, ist meine Schuld. Weil ich ...« Er bricht mitten im Satz ab.

Ich atme durch. Dass ich ihn nicht mehr wiederhaben will und ihn nicht mehr liebe, macht dieses Gespräch nicht automatisch leichter. Meine Stimme zittert ein bisschen, als ich den Satz vervollständige, »weil du mich verlassen hast? Balou wird es überleben. Warum bist du hier?«

»Eigentlich vor allem, um dir das zu sagen, was ich gerade schon gesagt habe. Dass es mir leidtut, Mila. Ich glaube, ich hab dir das nie wirklich gesagt. Glaub mir, ich kann mir vorstellen, dass das alles andere als schön für dich war, wie das alles abgelaufen ist. Aber ich wollte wirklich nie ...« Er sucht vergeblich nach Worten und verstummt.

Zwischen Tür und Angel stehen wir uns gegenüber, kaum eine Armeslänge voneinander entfernt und doch ist die Distanz viel größer, als sie in all den Jahren war, in denen wir ein Paar gewesen sind. Schwanzwedelnd schaut Balou zwischen uns hin und her.

Ich gebe mir einen Ruck. »Komm rein, wenn du magst.«

Ich mache uns zwei Flaschen Bananenbier auf und fülle eine Schüssel mit Erdnussflips – fast wie damals. Grinsend schaut er sich in meiner Wohnung um, betrachtet die leeren Weinflaschen, die als Kerzenständer dienen, und lässt den Blick über den wilden Mix aus rosa gestrichenen Wänden, wildwuchernden Zimmerpflanzen, goldverschnörkelten Bilderrahmen und Punkrock-Postern schweifen.

»Dezent«, lautet sein Kommentar. Während ich mich auf die Couch fläze, lässt er sich in den smaragdgrünen Ikea-Sessel fallen. Ich muss lachen. »Ja, seit ich alleine wohne, kann ich mich austoben. Balou ist da zum Glück ein unkomplizierter Mitbewohner.«

»Der liebe Bär.« Liebevoll krault Tom den Labrador zwischen den Ohren. »Ich muss sagen, es fehlt mir schon, einen Hund zu haben.«

»Und? Wird einer bei euch einziehen? Passend zur Bilderbuch-Idylle mit Ehering, Haus und Vorgarten?«

»Mal sehen.« Sehnsüchtig seufzt er. »Ich muss gucken, ob ich Natascha dazu überreden kann. Sie ist nicht so der Hundetyp, wie du vielleicht gemerkt hast.« Verlegen lachend, fährt er sich durchs Haar. »Ehrlich gesagt, als ich das begriffen habe, dachte ich für einen kurzen Moment daran, die Flucht zu ergreifen. Ich meine, was läuft denn bei Menschen falsch, die keine Hunde mögen?«

»Gut, dass du es nicht getan hast«, sage ich mit Nachdruck.

Wärme liegt in seinem Blick. »Das ist wahr. Mila, ich bin hier, um dir zu sagen, wie leid mir alles tut. Aber auch, um mich bei dir zu bedanken. Es war echt nett von dir, Natascha zu dir ins Geschäft einzuladen. Sie war erst sehr unsicher, ob sie das Angebot annehmen soll, aber jetzt ist sie so froh, es getan zu haben. Sie hat es mir erzählt. Sie hat mir erzählt, nachdem sie wieder nach Hause gekommen ist, dass sie sich bei dir ausgeheult hat. Und auch, dass du ihr ein bisschen den Kopf zurechtgerückt und die richtigen Worte gefunden hast.«

»Sie liebt dich sehr.« Ich fahre mit den Fingerspitzen Balous Stirnfalten nach. Er hat sich zu mir auf die Couch gekuschelt und den Kopf auf meinen Oberschenkel gelegt. »Es freut mich wirklich für euch, dass ihr einander gefunden habt. Anfangs nicht, da bin ich ehrlich. Da fand ich das alles ziemlich scheiße. Dass du mir immer erzählt hast, du wolltest nichts Festes, und dann kann es dir mit der nächsten Frau gar nicht fest genug sein …«

Er senkt den Kopf. »Ich weiß. Ich kann dir nur sagen, ich habe dir nie etwas vorgemacht. Ich habe das echt so empfunden. Nicht nur bei dir, sondern auch bei allen vor dir. Ich hatte wirklich nicht vor, nach etwas Dauerhaftem zu suchen, ganz im Gegenteil. Vor allem, nachdem es mit dir vorbei war und ich gedacht habe, wenn ich es sogar mit dir verkacke, brauche ich es gar nicht noch mal zu versuchen. Nicht in den nächsten Jahren zumindest.«

»Und dann kam Natascha.«

Wenn ich bisher noch nicht gewusst hätte, dass mein Ex

bis über beide Ohren verliebt ist, wäre es mir allerspätestens jetzt bei seinem Lächeln klar geworden. »Ja. Dann war Natascha auf einmal da. Es sollte etwas für eine Nacht werden, aber dann kam alles anders.«

»Darauf, dass alles anders kommt, als man denkt.« Ich proste ihm mit dem Bananenbier zu. »Das hätte ich vor gar nicht allzu langer Zeit auch nicht gedacht ... Dass ich mal auf deine Hochzeit mit einer anderen Frau eingeladen werden würde.«

Er lacht. »O Mann, ja. Ich weiß, Natascha hat dich damit ziemlich überrumpelt. Du musst dich nicht verpflichtet fühlen, wenn du meinst, das wäre zu merkwürdig.«

Ich bewerfe ihn mit ein paar Erdnussflips. In Lichtgeschwindigkeit springt Balou auf und hechtet hinterher, um die Leckerbissen wie ein Staubsauger zu inhalieren. »Hey, versuchst du mich gerade wieder auszuladen?«

»Würde mir nicht im Traum einfallen.« Er schnappt sich einen der Flips und wirft ihn sich in den Mund, bevor Balou ihn erwischen kann. »Nataschas Einladung war sehr spontan, aber wir würden uns beide echt freuen, wenn du kommst.«

Als wir uns wenig später wieder gegenüberstehen, um uns zu verabschieden, ist da wieder dieser verkrampfte Moment, in dem man nicht so recht weiß, wie man sich verhalten soll. Während ich die Hand ausstrecke, breitet Tom die Arme aus und drückt mich kurz, aber herzlich. Und als Balou und ich Tom dann aus dem Fenster hinterherschauen, ich winkend und Balou schwanzwedelnd, beschleicht mich das Gefühl, dass ich heute Nacht gut schlafen werde.

Kapitel 38

Clara

Ruhe ist eingekehrt. Die Tagesgäste sind abgeholt worden, die Übernachtungsgäste sind versorgt.

Doch in Clara selbst stellt sich keine Ruhe ein. Eine kribbelnde Nervosität erfüllt sie bis in die Fingerspitzen. Ein weiterer Tag ist vergangen, an dem sie kaum ein Wort mit Kilian gewechselt hat. Und allmählich kann sie diese verkrampfte Distanz nicht mehr ertragen.

Nachdem die Arbeit mit den Hunden erledigt war, hat sie versucht, es sich mit einem Buch auf dem Sofa gemütlich zu machen, aber das hat sich als aussichtslos herausgestellt. Nachdem sie dieselbe Seite zehnmal gelesen hat, ohne überhaupt wahrzunehmen, was da steht, hat sie den Roman in die Ecke gepfeffert und stattdessen begonnen, das Haus zu putzen.

Erst war die Küche dran, jetzt läuft sie mit dem Staubsauger durchs Haus.

Ein Klirren lässt sie innehalten. Sie schaltet den Staubsauger aus, dreht sich um. Hinter ihr liegt Andis Foto auf dem Boden. Sie ist beim Staubsaugen dagegen gestoßen und hat es runtergeworfen, mit der Glasseite nach unten liegt es auf dem Schlafzimmerboden.

Langsam kniet sie nieder, greift mit beiden Händen danach und hält den Atem an, während sie es aufhebt. Risse ziehen sich über Andis Gesicht, und plötzlich schießen ihr Tränen in die Augen.

»Alles wäre so viel einfacher, wenn du noch da wärst«, bringt sie erstickt hervor.

Sie weiß nicht, wie lange sie auf dem Boden kniet und Andis Gesicht anschaut – Minuten, vielleicht aber auch eine halbe Stunde oder mehr. Als sie mühsam wieder aufsteht, wobei sie sich am Bett festhält, fühlen sich ihre Beine steif an, und draußen ist die Sonne bereits untergegangen.

In fieberhafter Eile zieht sie alte Fotoalben hervor, klettert sogar auf den Dachboden, um Kartons mit Bildern zu holen. Bald sind überall im Schlafzimmer Fotos verteilt, und Clara sitzt mittendrin. Von unzähligen Fotos blickt Andi ihr entgegen, überall sieht sie seine klugen Augen und sein freundliches Lächeln. Unzählige Erinnerungen sind auf Fotopapier gebannt. Erinnerungen an große Momente, an tolle Urlaube, Situationen im Alltag.

Sie schwelgt in diesen Erinnerungen an all die schönen Zeiten, die sie gemeinsam erlebt haben. Doch sie kann nicht an Andi denken, ohne auch an das Ende zu denken. Und jedes Mal, wenn sie das tut, breitet sich ein brennender Schmerz in ihrer Brust aus, der ihr den Atem raubt.

Wie viel sie damals gereist sind, immer waren sie auf Achse. Es war ein ganz anderes Leben, eines, in dem Claras vager Plan von einer eigenen HuTa noch ein Zukunftstraum war, der warten musste, weil er sich nicht mit ihrem Leben vereinbaren ließ. Ein Leben, in dem sie und Andi den Moment und die Freiheit genießen wollten. Und jetzt ist sie unsagbar froh darüber, dass sie genau das getan haben. Denn jeder dieser gemeinsamen Momente, die sie voll ausgekostet haben, ist jetzt ein kostbarer Schatz in ihrem Herzen.

Damals hat es sich nicht so angefühlt, als würde dieses Leben jemals enden. Keinen Gedanken hat sie daran verschwendet, dass eines Tages alles anders sein könnte. Sie erinnert sich an jenen letzten Urlaub in Südfrankreich, an den Duft der Lavendelfelder und des frischen Fischs, den Andi auf dem Grill zubereitet hat, die gleißende Sonne auf ihrer Haut und das Rauschen des Ozeans. An lange Tage am Meer und lauschige Abende vor dem kleinen Wohnwagen, den sie gemietet hatten.

Am liebsten würde sie jetzt ganz in diese Erinnerungen eintauchen, doch wie könnte sie vergessen, wie dieser Urlaub geendet ist? Clara sitzt auf dem Schlafzimmerboden, die Augen geschlossen, auf dem Schoß ein Fotoalbum, und ein gequältes Stöhnen kommt über ihre Lippen.

An diesem Tag ist Andi alleine an den Strand gegangen, weil sie sich nicht gut gefühlt hat. Nichts Dramatisches, nur leichte Kopfschmerzen, aber sie hat sich nicht fit genug gefühlt für das neue, gemeinsame Hobby, mit dem sie in jenem Urlaub viel Zeit verbracht haben, dem Surfen.

Mit einem Buch hat sie im Schatten auf dem Campingplatz gesessen und auf Andis Rückkehr gewartet, ohne zu ahnen, dass er nie zu ihr zurückkommen würde.

Der irritierte Blick auf die Uhr, als ihr irgendwann auffiel, dass er noch immer nicht zurück war. Das Schulterzucken, aber auch das ziehende Gefühl in der Magengrube, als die Unruhe in ihr langsam wuchs. Die hohen Gräser, die ihre nackten Unterschenkel streiften, als sie dem Trampelpfad zum Strand folgte, und der Sand in ihren Sandalen.

Und dann die Einsatzkräfte, der Rettungswagen, die Polizei. Stimmen, die auf sie einreden. Ein lebloser Körper am Strand, den sie gar nicht als den von Andi erkennen will. Endlose Stunden des Wartens und Bangen. Und dann irgendwann die Erkenntnis, die ganz langsam wie Gift in ihr Bewusstsein tropft, dass von nun an alles anders sein würde.

Es ist jetzt viele Jahre her, dass der Surfunfall Andi das Leben gekostet hat. An vielen Tagen kommt Clara durch, ohne daran denken zu müssen, aber an manchen ist der Schmerz noch genauso frisch wie damals. Und dann vermisst sie Andi so sehr, dass ihr jede Bewegung schwerfällt und ihr alles weh tut.

»Wie soll ich weitermachen, wenn du nicht da bist?«, fragt sie leise in den stillen Raum hinein, als könnten die vielen Fotos ihr eine Antwort geben.

Sie weiß genau, wie Andis Antwort gelautet hätte. Ihr Glück war ihm immer das Wichtigste; er hätte gewollt, dass sie wieder glücklich wird. So einfach ist das. Auch, wenn das bedeutet, dass sie einen neuen Mann in ihr Leben lässt, einen neuen Partner.

Vielleicht jemanden wie Kilian.

Sie kann sich so gut vorstellen, wie Andi reagieren würde, wenn sie mit ihm sprechen könnte. Sie kennt ihn noch immer gut genug, um sich seinen Tonfall und den warmen Glanz seiner Augen ganz genau vorstellen zu können. Und sie weiß, dass er sie sanft tadeln würde, sagen würde, dass sie zu jung sei, um für immer allein zu bleiben.

»Zu jung«, schnauft sie, »schau dir doch diese alte Frau an, Andi. Es sind ja nun schon einige Jahre vergangen, seit du gegangen bist.« Sie zupft an ihren grauen Locken, die wild um ihre Schultern wallen.

Sie weiß, dass sie keine Erlaubnis benötigt, um ihr Leben fortzusetzen mit allem, was dazugehört. Im Grunde genommen braucht sie niemanden, der ihr all diese Dinge sagt. Was sie wirklich bräuchte, ist jemand, der ihr Herz für diese Wahrheit öffnet, damit sie auch fühlen kann, was sie schon längst weiß.

Plötzlich ist die Einsamkeit so drückend, als würde sie jeden Winkel des kleinen Hauses erfüllen, so dass Clara sogar aufsteht und alle Fenster aufreißt. Als könnte das die Einsamkeit vertreiben.

Gisela stößt ein leises Winseln aus. Die Dogge liegt hinter einem Stapel aus Fotoalben und hat Claras hektisches Herumgewusel verwirrt mitangesehen. Seufzend setzt Clara sich neben sie und streichelt ihr über das kurze, glatte Fell.

»Was meinst du, Gisela? Gehen wir noch mal raus? Ein kleiner Abendspaziergang?«

Sie weiß jetzt schon, wohin dieser Spaziergang führen wird, auch wenn sie es sich noch nicht eingestehen will – zu Kilians Waldhütte.

»Was sagen wir ihm denn, wenn wir da sind?«, fragt sie Gisela. »Was machen wir hier eigentlich?«

Gisela trottet schweigend neben ihr her.

Immer schneller werden Claras Schritte. Sie hat das Gefühl, ihr aufgewühltes Herz kann jetzt nur an einem einzigen Ort Frieden finden: bei Kilian. Sie denkt daran, wie er nach ihrer Hand gegriffen hat, und daran, wie sie sich losgerissen hat. Wie auch immer er reagieren wird, wenn sie jetzt plötzlich wieder unangemeldet vor seiner Tür steht, sie muss zumindest versuchen, mit ihm zu reden, auch wenn sie nicht weiß, wohin es führen wird.

Doch als sie den weichen Waldweg einschlägt, macht sich ein seltsames Gefühl in ihr breit. Spinnt sie jetzt, oder sind das auf dem Boden unbekannte Reifenspuren? Sie kennt die Gegend um die HuTa wie ihre eigene Westentasche, ihr fällt es auf, wenn etwas anders ist als sonst. Das ist kein Weg, der von irgendjemandem befahren wird, hier geht es nur zu Kilians Haus. Und zu seinem Geländewagen gehören diese Spuren ganz eindeutig nicht.

»Lass uns mal sehen, was da los ist, Mäuschen«, murmelt sie und greift Giselas Leine unwillkürlich kürzer.

Und tatsächlich – als Kilians Hütte vor ihr auftaucht, steht da nicht nur sein großer, alter Wagen. Ein weiteres Auto, das für dieses unwegsame Gelände nicht geschaffen ist, parkt daneben. Noch dazu mit einem Berliner Kennzeichen, das ist nun wahrlich nicht gerade um die Ecke.

Unschlüssig bleibt Clara stehen. Er hat Besuch? Soweit sie weiß, ist das das erste Mal seit er hier lebt. Er bekommt *nie* Besuch.

Langsam geht sie näher. Vor der Tür bleibt sie wieder stehen, streckt die Hand nach dem Türklopfer aus, lässt sie wieder sinken. Ihr Blick fällt durch das Fenster in die hellerleuchtete Hütte. Sie presst sich eine Hand auf den Mund, vergräbt die andere in Giselas weiche Nackenfalten.

Einen Moment steht sie einfach nur da, verharrt reglos und lässt den Anblick auf sich wirken. Dann wendet sie sich ganz leise ab, zieht Gisela an der Leine mit und macht sich auf den Rückweg.

Schlaflos liegt sie später im Bett und starrt im Halbdunkel an die Decke. Die Vorhänge sind nicht zugezogen, und im schwachen Mondlicht, das zum Fenster hereinfällt, lassen sich grob die Umrisse der Möbel erkennen.

Ein großer, dunkler Schemen nähert sich: Gisela, die mit einem Ächzen aufs Bett springt und sich darin breitmacht, so dass für Clara kaum Platz bleibt, aber sie ist froh über die tröstliche Gesellschaft.

Das Bild in ihrem Kopf lässt ihr keine Ruhe. Kilian, der mit einer Frau im kleinen Wohnzimmer steht, direkt neben der Kochzeile mit dem altmodischen Teekessel auf dem Herd. Nicht mit irgendeiner Frau; Clara hat sie bisher nur auf einem Foto gesehen, das Kilian ihr vor einer Weile widerstrebend gezeigt hat, aber Clara hat die elegante Frau sofort wiedererkannt: Elisabeth, seine Exfrau. Sie kann nicht aufhören, daran zu denken, wie Kilian Elisabeth umarmt. Und noch ein Detail hat sich in ihren Kopf gebrannt: Der Koffer neben den beiden.

Als Clara tief durchatmet, schmerzt es in ihrer Brust. Sie sind beide nicht wirklich frei, das sollte sie nicht vergessen. Sie hat ihren Andi, der immer noch irgendwie da ist, auch wenn er seit Jahren nicht mehr lebt. Und auch Kilian hat eine Vergangenheit, die ganz offensichtlich nicht abgeschlossen ist. Eine Exfrau, einen Sohn – die sind wichtiger als seine Chefin Clara.

Zieht Elisabeth bei ihm ein? Soweit Clara weiß, war der Kontakt zwischen den beiden eigentlich komplett abgerissen – aber was weiß sie schon wirklich über Kilian und sein Leben, wenn sie ehrlich ist?

Sie will sich zurückhalten, das nimmt sie sich vor. Es war ein Moment der Schwäche, der sie dazu verleitet hat, zu seinem Haus zu laufen. Aber besser ist es für sie beide, wenn sie das bleiben, was sie sind: Freunde, die einander stützen – aber mehr auch nicht.

Kapitel 39

Mila

Lichterketten funkeln wie Sterne von den massiven Holzbalken herab; Lampions schweben dazwischen wie schwerelose Monde und sorgen für ein märchenhaftes, schummriges Licht, das sich im Silber des Bestecks und der Kerzenständer spiegelt. Sträuße mit Wiesenblumen stehen auf allen Tischen und auch die Menükarten sind mit zierlichen Blumen bedruckt. Auf Stoffhussen wurde verzichtet, was eine gute Idee ist, weil das dunkle Naturbraun der Stühle den rustikal-romantischen Look der alten Scheune perfekt aufgreift.

Meine Finger gleiten über die Serviettenringe, die aus Blumen geflochten sind, während ich den Tönen lausche: Die Band spielt sich auf einem hölzernen Podest hinter der Tanzfläche ein. Alles ist bereit für das Fest, alles wartet darauf, das Brautpaar und die Hochzeitsgesellschaft zu empfangen.

Einen letzten, tiefen Atemzug gönne ich mir hier im Schatten, lasse den Anblick der festlich dekorierten Scheune auf mich wirken und genieße die Ruhe, ehe ich mich wieder nach draußen begebe, um zuzusehen, wie mein Ex seine neue Partnerin heiratet.

Schon am Vormittag waren die beiden im Standesamt, nur zu zweit. Erst jetzt am Nachmittag sind all die Gäste dabei, um die hundertfünfzig Leute, die sich jetzt vor dem alten Kastanienbaum versammelt haben, unter dem Tom und Natascha mit dem freien Redner stehen. Warm und golden scheint die Sonne auf uns alle herab. Lachend spielen Kinder in ihren Festtagsklamotten Fußball, während die Erwachsenen sich verstohlen Tränen aus den Augenwinkeln tupfen.

Robin, der neben mir auf einem der Holzstühle sitzt, beugt sich zu mir. »Alles okay?«, raunt er, und als sein Atem meine Haare und mein Ohr streift, zieht sich eine prickelnde Gänsehaut über meinen Nacken.

Nur ein paar Zentimeter Abstand ist zwischen unseren Oberschenkeln. Sein Arm streift meinen, als er sich bewegt. Es wäre so leicht, seine Hand zu ergreifen, und gerade will ich nichts lieber tun als genau das. Aber wozu? Unsere Probleme sind nicht verschwunden, sie haben sich nicht einfach in Luft aufgelöst. Er ist immer noch der charismatische Frauenschwarm, der mit der Hälfte der Frauen in dieser Stadt schon etwas hatte. Und ich bin immer noch die eifersüchtige Furie mit dem angeknacksten Vertrauen. Ganz abgesehen davon, dass er mittlerweile auch keinen Bock mehr auf das Drama mit mir hat, bin ich fest entschlossen, es nicht erneut aufflammen zu lassen.

Klügere Menschen hätten darum vielleicht darauf verzichtet, Robin zur Hochzeit mitzunehmen. Aber ich bin ein bisschen froh, nicht zu diesen klügeren Menschen zu zählen, denn dann wäre er jetzt nicht hier neben mir.

Ich nicke. »Mehr als okay.«

Und das ist wahr. Ich hätte gedacht, dass es trotz allem weh tut, zumindest ein wenig sticht, auf Toms Hochzeit zu sein, aber das ist nicht der Fall. Es geht mir bestens.

Die Trauung ist so ergreifend und zugleich so lustig, dass ich mir vornehme, mir den Redner zu merken, um ihn später vielleicht mal der ein oder anderen Kundin empfehlen zu können. Aber richtig emotional wird es für mich, als Tom sein selbstverfasstes Ehegelübde vorliest, stockend und mit brüchiger Stimme.

»Mit dir, Natascha, habe ich zum ersten Mal in meinem Leben den Wunsch, nicht nur zu sein, sondern zu bleiben, und das für immer.« Er schaut sie so ernst und so zärtlich an, als gäbe es tatsächlich nur sie allein auf der Welt und wir alle ringsumher existierten gar nicht.

Es könnte weh tun, das zu hören. Aber aus irgendeinem Grund tut es das nicht. Es ist sogar irgendwie schön, zu sehen, dass Tom – mein Knuddelbär Tom – sein Glück gefunden hat. Und dass ich nicht diejenige bin, mit der er das getan hat, ist mittlerweile zu meinem eigenen Erstaunen völlig okay. Mehr als okay.

»Willst du, Tom, Natascha zu deiner Frau nehmen, sie lieben, achten und ehren, in guten und schlechten Zeiten, bis dass der Tod euch scheidet?«, endet der Trauredner ganz klassisch.

Jetzt ist Tom doch blass und seine Nase fast grünlich. Das ist der Moment, der ihm immer eine Heidenangst eingejagt haben muss und der bis vor gar nicht allzu langer Zeit sein schlimmster Albtraum gewesen ist, der Moment, in dem er sich fest an einen anderen Menschen bindet. Dass er nach dem Standesamtstermin genau genommen bereits verheiratet ist, sei dahingestellt; dieses Versprechen jetzt vor allen Gästen auszusprechen, ist für ihn sichtlich eine riesige Sache.

Tu es, denke ich inbrünstig und starre ihn an, als könnte ich den Gedanken dadurch in seinen Kopf pflanzen. Sei nicht dumm.

Für den Bruchteil einer Sekunde schaut er mich tatsächlich an, als hätte er meine Gedanken gehört, und einer seiner Mundwinkel zuckt hoch. Dann streift er behutsam den Ehering über Nataschas Finger. »Ja, ich will.«

Es ist eine wunderbare Hochzeit. Die alte, zur Feierlocation umfunktionierte Scheune nahe der Stadt ist der perfekte Ort, es ist wie im Märchen. Gutgelaunt wird nach der Trauung mit Sekt und Fruchtbowle angestoßen. Auf der Wiese vor der Scheune sind Stehtische mit blütenweißen Tischdecken aufgebaut, an denen bunte Bänder im lauen Wind flattern.

Während ich besoffene Früchte aus meiner Bowle fische und genussvoll verzehre, habe ich immer ein Auge auf Balou, der fröhlich herumstromert und seinen Charme einsetzt, um Leckereien abzustauben. Immer wieder ziehe ich mahnend eine Augenbraue hoch, um ihn daran zu erinnern, wie schlimm es in die Hose gegangen ist, als er das letzte Mal auf einer Feier das Häppchen-Buffet geplündert hat, aber mein Hund lässt sich von meiner pseudoautoritären Augenbraue nicht einschüchtern. Tom war sofort Feuer und Flamme für die Idee, das Dickerchen mitzubringen.

»Klar, die Scheune ist doch optimal dafür, und die Feier soll ganz locker werden, da stört der Kleine doch überhaupt nicht«, hat er gesagt, als ich ihn angerufen und gefragt habe. »Rundherum ist nur Wiese, traumhaft schön, gerade für einen Hund. Bring ihn gerne mit.«

Tatsächlich stört er hier kein bisschen. Die Feier ist, ganz wie von Tom geplant und angekündigt, locker und ungezwungen. Wie erwartet kenne ich mindestens die Hälfte der Gäste – klar, schließlich hatten wir früher auch viele gemeinsame Freunde, und natürlich kenne ich noch Toms ganze Familie.

Sogar Leo und Sven sind eingeladen, immerhin kennt Tom sie als meine beste Freundin fast genauso lange wie mich, auch wenn sie seit der Trennung rein gar nichts mehr miteinander zu tun haben. Als Tom mich verlassen hat, hat sich der Freundeskreis innerhalb kürzester Zeit ganz rasant aufgespalten. Zack – geteilt wie das Rote Meer. Die einen auf Toms Seite, die anderen auf meiner, und mit einem von der anderen Seite zu kommunizieren, wäre als Hochverrat verstanden worden. Zumindest scheint das der allgemeine Konsens gewesen zu sein.

»Die haben jetzt wohl alle eingeladen, die sie irgendwie kennen«, hat Leo etwas spitz angemerkt, sich aber dennoch über die Einladung gefreut, die Natascha ausgesprochen hat, als sie zur letzten Anprobe bei uns im Laden gewesen ist. Seit der Geburt der Mädchen gehen sie und Sven so selten als Paar aus, dass Leo bei der Aussicht darauf, die Mädchen zu Oma und Opa zu bringen, sich mal wieder richtig schick zu machen und sich die Nacht mit Tanz und Wein um die Ohren zu schlagen, ganz aus dem Häuschen geraten ist.

In ihrem rubinroten Satinkleid sieht Leo atemberaubend

aus, gemeinsam mit den dunkelglänzenden Locken versprüht sie damit Schneewittchen-Vibes. Und auch Sven ist in seinem Leinenanzug mit Hosenträgern und Fliege ein echter Hingucker. Da fallen die paar raspelkurz geschnittenen Stellen im blonden Haar, die Mimi und der Bastelschere zum Opfer gefallen sind, kaum auf. »Wächst ja nach«, hat er mit Leidensmiene gesagt und dann leise irgendwas von einem Hut gemurmelt, den er eigentlich hätte tragen wollen, den Leo ihm aber ausgeredet habe.

Leos Augen glitzern amüsiert. »Wie süß, dass der Sven und der Balou im Partnerlook gehen. Einer so fesch wieder der andere, oder net?«, stellt sie fest.

Recht hat sie. Zur Feier des Tages habe ich Balou schick gemacht. Die elegante Fliege, die er um den Hals trägt, stört ihn nicht, beschert ihm aber ein paar Extra-Leckerlis der begeisterten Hochzeitsgäste und macht ihn zu einem begehrten Fotomotiv.

»Der Kerl sonnt sich richtig in der Aufmerksamkeit«, stellt Robin grinsend fest. »Eine richtige Rampensau.«

»Und du aber nicht, oder was?«, versetze ich grinsend. »Ich wette, als du mit deinem Batmobil hier vorgefahren bist, haben sich alle nach dir umgedreht. Oder zumindest nach der Quelle dieses dröhnenden Lärms.«

»Lärm«, murrt er. »Das ist Musik, Mila, die reinste Musik! Aber du wirst staunen, ich bin sogar zu Fuß hier. Sind ja grade mal zwanzig Minuten oder so bis in die Stadt.«

Ich merke, wie Leo ihn anschaut. Bisher kannte sie ihn nur aus meinen Erzählungen, heute trifft sie ihn zum ersten Mal. Kritisch wird er von Kopf bis Fuß gemustert, so unverhohlen, dass ich ihr schon strenge Blicke zuwerfe und hoffe, dass er sich nicht unbehaglich fühlt. Aber Leo reagiert genauso wenig auf meine Blicke wie Balou, und Robin scheint sich hier pudelwohl zu fühlen. Obwohl es darauf ja gar nicht ankommt, weil zwischen Robin und mir ohnehin nichts mehr ist, brenne ich trotzdem darauf, zu erfahren, was meine beste Freundin über ihn denkt.

Hinter seinem Rücken grinst sie mir breit zu. Sieht so aus, als hätte er Leos Zustimmung gefunden. Nicht, dass das irgendetwas ändern würde, aber trotzdem zaubert es ein warmes Gefühl in meinen Bauch.

Natascha kann gar nicht aufhören zu lächeln, sie ist eine strahlend schöne Braut. Die Zweifel, die bei der Anprobe an ihr genagt haben, sind verschwunden. Man sieht ihr einfach an, dass sie mit ihrer Entscheidung im Reinen und überglücklich ist. In ihrem cremeweißen, spitzenbesetzten Jumpsuit und in den hochhackigen goldglänzenden Sandaletten kommt sie auf uns zu und küsst mich auf beide Wangen. »Wie wundervoll, dass du da bist. Dass ihr alle da seid! Kommt, wir versammeln uns gleich alle bei den Alpakas hinter der Scheune für das Gruppenfoto.«

»Alpakas! Warum hat mir bisher niemand gesagt, dass es hier Alpakas gibt?«, fragt Robin mit glänzenden Augen und überrascht mich damit.

»Ich wusste nicht, dass du so ein Alpaka-Fan bist.«

»Es gibt so einiges, was du noch nicht von mir weißt.« Er schenkt mir sein umwerfendes Grinsen. »Aber mal ehrlich, gibt es Menschen, die Alpakas nicht lieben?«

»Und, Mila, wie lange?«, wispert Leo mir zu, während wir dem Brautpaar zur Alpaka-Weide folgen, um Aufstellung für das Gruppenbild zu nehmen. »Wie lange gibst du ihnen?«

Aber diesmal will ich nicht zynisch sein. »So lange, wie sie gut zueinander sind«, sagte ich nur und will glauben, dass das für immer sein wird.

Kapitel 40

Mila

Das Kerzenlicht zaubert warme Reflexe auf Robins Gesicht und lässt Funken im glasklaren Grün seiner Augen tanzen. Wieder ist da dieser Impuls, ihm nah sein zu wollen, seine Hand zu ergreifen, die Finger in sein dunkles Haar zu wühlen und seine Lippen zu küssen, deren Geschmack ich allzu genau kenne.

Schon seit wir hier angekommen sind, fällt es mir schwer, diesen irritierenden Impulsen nicht nachzugeben. Es ist halbwegs gegangen, solange wir mitten im Trubel gesteckt haben, solange wir mit vielen anderen Smalltalk gemacht, die Trauung verfolgt und über die albernen Hochzeitsspiele gekichert haben. Aber jetzt gibt es nichts mehr, was mich von ihm ablenkt. Leo und Sven wirbeln auf der Tanzfläche herum, genauso wie die anderen Paare, die eigentlich an unserem Tisch sitzen. Balou liegt vollgefressen und zufrieden darunter und schnarcht leise vor sich hin. Wir sind jetzt nur zu zweit, und ich bin mir Robins Nähe überdeutlich bewusst.

Nachdenklich sieht er mich an, und ich wünschte, ich würde wissen, was er denkt. »Wie war es denn für dich, bei der Trauung deines Exfreundes dabei zu sein?«, fragt er mich. »Schon schwierig?«

»Nein, gar nicht.« Die Frage ist einfach zu beantworten.

»Ich bin selbst ein bisschen überrascht, dass es so gar nicht schlimm war und ist, aber ich schätze, ich bin endgültig über ihn hinweg. Vielleicht war das hier der letzte wichtige Schritt, um mit alldem meinen Frieden zu schließen. Ich freue mich für die beiden. Die sind wirklich füreinander gemacht.«

»Und das aus deinem unromantischen Mund.« Einer seiner Mundwinkel zuckt hoch.

Ich verdrehe die Augen. »Na und? Ich habe eben auch meine soften Momente.«

Er stellt das Weinglas ab und legt seine Hand auf die Tischplatte, keine zehn Zentimeter von meiner entfernt. Es wäre so unglaublich leicht, diese kleine Distanz zu überbrücken und ihn zu berühren. Hat er das mit Absicht gemacht? Zieht es ihn auch noch immer zu mir hin, so wie es mich zu ihm? Sein Blick ist schwer zu deuten. In meinem Bauch kribbelt es wie verrückt, als ich ihm in die Augen sehe.

Ich hätte es wissen müssen. Ich hätte wissen müssen, dass es mich ganz durcheinanderbringen würde, ihn auf die Hochzeit mitzunehmen. Ja, es war mir eigentlich im Vorfeld schon bewusst. Warum habe ich es dann trotzdem gemacht? Dummheit, Unvernunft, Selbstsabotage?

»Warum, Mila?« Seine Stimme ist weich.

Mein Mund ist trocken. »Warum was? Warum ich meine soften Momente habe und mir für Tom wünsche, dass seine Ehe hält?« Das meint er nicht, und das weiß ich.

»Warum hast du mich gefragt, ob ich dich begleite.«

»Weißt du doch. Weil ich mir die mitleidigen Blicke ersparen wollte, wenn ich als verlassene Expartnerin und als Single hier antanze.«

Jetzt ist er es, der die Augen verdreht. »Ja, aber warum ich? Du kennst bestimmt andere Typen, die du hättest fragen können. Und sei es irgendein unbekanntes Tinder-Date.«

»Weil ich dich wiedersehen wollte.« Meine Stimme ist nicht mehr als ein Flüstern.

Er überbrückt die Distanz, schiebt seine Hand näher zu meiner, so dass unsere Finger sich berühren. Ein Prickeln schießt durch meinen Körper und raubt mir den Atem. Ehe ich einen klaren Gedanken fassen kann, bin ich auch schon aufgesprungen. Auf einmal bin ich so nervös, als krabbelten unzählige Ameisen durch meinen Körper.

»Muss mal kurz weg, äh, Pipi«, bringe ich stammelnd hervor und beantworte damit seinen fragenden Blick.

Fluchtartig schiebe ich mich an der Tanzfläche vorbei in Richtung Toiletten und spüre seinen Blick wie eine sanfte Berührung in meinem Rücken.

In was für eine Lage habe ich mich mit dieser Einladung gebracht? Er hat ganz recht mit seiner Frage – warum musste ich ausgerechnet ihn fragen? Die Sache zwischen uns war vorbei, wir hatten doch beide eingesehen, dass das nicht funktioniert. Und trotzdem sind wir jetzt heute beide hier. Trotzdem habe ich ihn gefragt, und trotzdem hat er ja gesagt.

So ein Mist.

Ich lasse kaltes Wasser über meine Handgelenke laufen, in der Hoffnung, mich damit zu beruhigen. Aus dem Spiegel schauen mich meine geweiteten, beinahe fiebrig glänzenden Augen an. Meine Wangen sind so gerötet, wie sie sich anfühlen. Zum Glück ist gerade sonst niemand hier bei den Waschbecken, denn es könnte seltsam wirken, wie ich die Stirn gegen das kühle Spiegelglas presse, beide Hände unter dem Wasserhahn im kalten Wasserstrahl.

»O Mann. Was mache ich hier eigentlich?«

Leos Antwort auf diese Frage kenne ich.

»Jetzt sei net deppert«, hat sie mir vorhin zugeflüstert, »der Robin ist net nur verdammt fesch, sondern der mag dich auch wirklich gern. Das merkt man ihm auf den ersten Blick an, der kann ja kaum die Augen von dir abwenden. Und du magst ihn auch, das kannst du ebenso wenig verbergen. Also stell dich net so an, steh dir net selber im Weg. Sei kein Feigscheißerle.«

»Feigscheißerle«, murmle ich und frage mich, ob man das in Österreich wirklich so sagt oder ob Leo, die selbst seit ihrer Kindheit nicht mehr dort lebt und nur sporadisch ihre Familie besucht, sich all diese Wörter einfach nur ausdenkt. Unabhängig davon nehme ich mir vor, den Begriff in meinen Wortschatz aufzunehmen.

Um Zeit zu schinden, ziehe ich meinen nudefarbenen Lippenstift nach und gehe mit den Fingern durch meine Haare, die ich heute in sanfte Wellen gelegt habe. Kurz habe ich erwogen, einen meiner Tüllröcke anzuziehen, doch weil die Teil meiner Arbeitsuniform sind, waren sie mir heute für den Anlass nicht besonders genug. Stattdessen habe ich mich für ein raffiniert geschnittenes Kleid aus silberblauer Seide entschieden, das asymmetrisch über eine Schulter verläuft.

»Wie eine griechische Göttin«, hat Leo kommentiert.

Nur göttlich fühle ich mich nicht gerade. Eher ziemlich nervös und verwirrt.

Aber ich kann mich nicht ewig hier verstecken, sondern muss zurückgehen. Also gebe ich mir einen Ruck und mache mich auf.

Romantische Walzerklänge empfangen mich, als ich die Toiletten verlasse. Schummrige Lichter flirren über Wände, Dachbalken und Boden und untermalen die märchenhafte Atmosphäre in der alten Scheune. Die üppige Wiesenblumendeko verströmt einen dezent süßen Duft, und ich fühle mich, als hätte ich einen Schritt in eine andere Welt gemacht. Eine Welt, in der alle Alltagsprobleme unendlich fern scheinen.

Erstaunt runzle ich die Stirn, als mein Blick unseren Tisch findet, der gerade ganz verlassen ist, bis auf Balou, der nach wie vor tiefenentspannt darunter liegt, das flauschige Bäuchlein nach oben. Niemand sitzt mehr da, auch Robin ist jetzt verschwunden.

Und plötzlich steht er neben mir, ergreift einfach meine Hand. Wieder reicht diese eine Berührung aus, um dieses verrückte Kribbeln in meinen ganzen Körper zu zaubern und meine Knie weich zu machen.

Ich habe vor dem Spiegel versucht, mir eine Antwort auf seine Frage zurechtzulegen: Warum habe ich ihn gefragt, ob er mitkommt? Was habe ich mir davon versprochen? Aber abgesehen davon, dass mir keine schlüssige Antwort eingefallen ist, sind jetzt ohnehin alle Worte in meinem Kopf wie weggeblasen.

»Lass uns nicht reden. Lass uns tanzen«, sagt er, als hätte er meine Gedanken gelesen.

»Ich kann nicht tanzen, nicht zu so etwas«, protestiere ich schwach. »Der Abi-Tanzkurs ist schon ein paar Jahre her.«

Aber natürlich ist das jetzt egal, und das ist uns beiden bewusst. Als Robin mich an sich zieht, seine Hand auf meiner Hüfte und meine Hand auf seiner Schulter liegen, fällt mein Blick in den großen, goldgerahmten Spiegel neben dem Buffet. Die beiden Menschen, die ich darin sehe, wirken wie ein Paar, nicht bloß wie Bekannte. Ein schönes, harmonisches Paar; er in seinem Anzug, über den ich gerne ablästern würde, in dem ich ihn aber tatsächlich wahnsinnig heiß finde. Irgendetwas ist wohl doch daran an der Theorie, dass Männer in eleganten Anzügen attraktiv wirken. Dabei habe ich immer gedacht, ich wäre für diese Art von gutem Aussehen völlig unempfänglich. Und neben *ihm* sehe ich *sie*, im Griechische-Göttin-Kleid und mit rosa Haaren, und finde sie schön – nicht etwa wegen ihres Aussehens, sondern wegen des Ausdrucks auf ihrem Gesicht. Wegen ihres glücklichen Lächelns, das ihre Unsicherheit vertrieben hat, und wegen des strahlenden Blicks.

Er und ich.

Nur für einen Moment schaue ich in den Spiegel, dann schaue ich mich gar nicht mehr um, als wir zu tanzen beginnen. Die wenigen Walzerschritte aus dem Abi-Tanzkurs habe ich vergessen, aber das macht nichts, denn Robin führt mich, und ich lasse mich leiten. Es geht wie von selbst, langsam drehen wir uns über die Tanzfläche, im langsamen Walzertakt der Musik. Alles ringsherum verschwimmt, ich nehme es kaum mehr wahr: die schön geschmückte Scheune und die Liveband, die Tische und das Buffet, die anderen

Tanzpaare um uns herum. All das scheint es für diesen Augenblick gar nicht mehr zu geben, es gibt nur ihn und mich.

Warm und sicher liegt seine Hand auf meiner Hüfte. Die andere hält meine Hand fest. Sanft streicht sein Daumen über meinen Handrücken. Ich rücke noch ein Stück näher zu ihm, lehne den Kopf kurz gegen seine Brust. Während wir uns langsam drehen, scheint das Sternenfunkeln der Lichterketten und Lampions um uns herum immer schneller zu rotieren und stärker zu verschwimmen, und als mir schwindelig wird, schließe ich die Augen. Ich rieche Robins Aftershave und darunter den dezenten Duft seiner Haut, ein Geruch, der mich daran erinnert, wie nah mein Körper seinem schon gewesen ist. Sachte wiegen wir uns zu den Walzerklängen.

»Mila.« Sein Atem streift mein Haar. Er legt nun auch die zweite Hand auf meine Hüften, meine beiden Hände liegen auf seinen Schultern. Tief in meinem Bauch flattert etwas beim Klang seiner Stimme. Und dann sagt er es, ganz leise, so leise, dass ich es über der Musik kaum hören kann, obwohl er mir so nah ist. »Mila, ich liebe dich.«

Er liebt mich. Er liebt mich. Er liebt mich.

Die Worte schwirren wie ein Mückenschwarm durch meinen Kopf.

Er liebt mich.

Und mir fehlt plötzlich der Atem, als wäre der Luft in der Scheune mit einem Mal jeglicher Sauerstoff entzogen worden. Mein Herz hämmert so wild, dass mir schwindelig wird und ich den Halt verloren hätte, wenn Robin mich nicht immer noch in seinen Armen halten würde.

Heilige Scheiße. Ich liebe ihn auch. Einem Teil von mir war das die ganze Zeit schon bewusst. Aber ich habe mich redlich bemüht zu verdrängen, wie wichtig er mir geworden ist.

»Robin, ich ...« Ich bringe nur ein klägliches Krächzen zustande.

Ich will ihm sagen, dass ich dasselbe auch für ihn empfinde. Aber die Worte bleiben mir im Hals stecken und kommen mir nicht über die Lippen.

Da ist sie wieder, die Angst, die mir im Weg steht und mit der ich mich selbst einsperre. Die Angst, zu viel zu wagen und dann alles zu verlieren. Ein Risiko einzugehen und abzustürzen, wie ich mit Tom gestürzt bin.

Ich reiße mich los, obwohl mein Körper Robin weiterhin festhalten möchte. Zwinge ein Lächeln auf mein Gesicht, von dem ich bereits ahne, wie geisterhaft es wirkt.

»Ich ... Robin! Lass uns nichts überstürzen, ja? Lass uns alles ganz locker halten. Freundschaftlich.«

Sein Gesicht ist wie versteinert. »War das gerade ernsthaft ein Lass-uns-Freunde-Bleiben?«

Ich spreche immer schneller, die Worte purzeln rascher aus meinem Mund, als mein Kopf sie formen kann. »Ja, warum denn nicht? Ich meine, du magst mich, ich mag dich, aber wir waren uns doch einig, dass das mit uns nicht so richtig klappt ... Und überhaupt, wozu es exklusiv machen? Lassen wir es doch ganz locker angehen. Dann kannst du weiterhin Kontakt zu all deinen, äh, zu den Monas und Anettes und Nathalias auf der Welt halten, ganz ohne dich für mich einschränken zu müssen, und ich muss mich nicht fragen, ob du andere datest, weil ich ja *weiß*, dass du es tust. Win win. Oder so. Und überhaupt, das hier ist alles so übermäßig kitschig, geradezu widerlich romantisch, die Scheune, die Feenlichter, das Hochzeitsambiente ... davon sollten wir uns jetzt nicht mitreißen lassen, findest du nicht auch? Also, ich meine, wir sollten uns durch den ganzen Liebeskram ringsumher nicht unter Druck gesetzt fühlen, Dinge zu sagen, die ... die wir ... vielleicht besser nicht sagen sollten. Also, alles locker, ja?«

Ein Wasserfall aus dämlichen Worten, der aus mir heraussprudelt und sich nicht aufhalten lässt. Ich weiß selbst gar nicht, was ich da sage. Nur, dass die Panik mir den Blick vernebelt und mir die Kehle zuschnürt, so fest, dass es weh tut.

Wir sind mitten auf der Tanzfläche stehen geblieben. Andere Paare wirbeln um uns herum. Jemand rempelt mich hart an, so dass ich einen Schritt weiter stolpere und mich gerade noch fangen kann; ich höre ein »Sorry«, drehe mich aber nicht um. Mein Blick bleibt auf Robin gerichtet.

Er sieht aus, als hätte ich ihn geohrfeigt. Sein Mund öffnet sich, um etwas zu sagen, schließt sich dann aber wieder, und er braucht einen Moment, um seine Sprache wiederzufinden.

»Du hast begriffen, was ich dir gesagt habe, oder?«, presst er hervor. Er ist blass geworden. »Ich mag dich nicht einfach nur. Ich liebe dich, verdammt nochmal.«

Die Musik ändert sich, der Walzer ist zu Ende, der nächste Song hat begonnen. Irgendetwas Fröhliches. Die anderen Tanzpaare hüpfen enthusiastisch herum und grölen mit, aber ich höre mein Blut so laut in meinen Ohren rauschen, dass ich das Lied gar nicht erkenne.

Sag es ihm, Mila. Sag ihm, dass du ihn auch liebst.

Aber ich schaffe es nicht.

»Sei doch vernünftig«, höre ich mich sagen und sehe gleichzeitig, dass etwas in Robins Blick zerbricht. »Noch ist es nicht zu spät. Noch können wir darauf achten, nicht so tief da rein zu geraten, dass es weh tut, wenn …«

»Wenn ich mit irgendeiner anderen Frau rummache, meinst du?«, schmettert er mir bitter entgegen. »Warum geht es eigentlich immer nur darum, dass ich der Böse sein und dir das Herz brechen könnte? Hast du mal eine Sekunde darüber nachgedacht, dass jeder, der sich auf eine Beziehung einlässt, damit ein Risiko eingeht? Und dass du mir genauso weh tun kannst, wie ich dir?«

Und dass ich ihm bereits weh getan habe? Jetzt gerade wieder. Jetzt gerade habe ich ihn zutiefst verletzt. Er atmet schwer.

Und trotzdem schieße ich noch einmal hinterher. »Aber im Gegensatz zu dir, habe ich keine solche Dating-Historie. Mit mir kann man das Haus verlassen, ohne ständig auf Typen zu treffen, mit denen ich was hatte.«

Ich presse mir die Hand auf den Mund. Shit, wann werde ich lernen, die Klappe zu halten? Zu viel, viel zu viel. Und nicht im Geringsten das, was ich wirklich denke oder fühle.

Aber es ist zu spät, die Worte sind raus und lassen sich nicht zurücknehmen, so sehr ich das auch will.

»Okay. Ich kann das nicht mehr, Mila.« Er klingt so erschöpft, wie ich mich auf einmal fühle. Unendlich ausgelaugt. »Ich kann das nicht wieder und wieder mit dir durchmachen. Ich habe mich in dich verliebt, will das nicht in deinen Kopf? Aber du musst dieses Thema irgendwie … irgendwie für dich lösen. Du musst mit dir klarkommen, und irgendwann, wenn du das kannst, dann lass dich wieder auf eine Beziehung ein. Oder nicht, deine Sache, mich geht das nichts mehr an. Ich bin nicht dein Fußabtreter.«

Als er sich abwendet, weiß ich, was für einen riesigen Fehler ich gemacht habe.

Kapitel 41

Mila

Es ist alles nur in meinem Kopf.

Er ist nicht der, den meine Angst in ihm sehen will. Der war er von Anfang an nicht. Und er ist es nicht, als er jetzt geht.

Ich bleibe zurück, schaue ihm hinterher. Weiß, dass er nicht zurückkommen wird.

Es sollte mir egal sein. Ich will keine Romantik in meinem Leben, keine Liebe, keinen Robin, also wen kümmert es, was er über mich denkt? Ich bin mir selbst genug, wie oft muss ich mir das selbst noch gedanklich vorsagen, bis ich endlich daran glaube?

Aber es kümmert mich sehr wohl. Mit jedem Schritt, den sich Robin von mir entfernt, fühle ich mich elender, weil mir mit grausamer Härte bewusst wird, dass ich da gerade etwas Kostbares verliere. Etwas, das die Macht gehabt hätte, mich sehr glücklich zu machen, wenn ich nicht der größte Feigling auf diesem Planeten wäre. Und wenn ich nicht unter diesem Wortdurchfall leiden würde, der mich immer in den unpassendsten Momenten dazu bringt, Dinge zu sagen, die ich noch im selben Atemzug bereue.

Oma Fritzi kommt mir in den Sinn, die immer ein Vorbild für mich war. Eine unabhängige, unkonventionelle Frau, die sich nie großartig darum scherte, was andere von ihr dachten. Die keinen Mann an ihrer Seite brauchte, um glücklich zu sein, aber immer ganz klar der Meinung war, man sollte sich das nehmen, was einem am Herzen liegt und was man wirklich will.

Und ich will Robin.

Als mir das bewusst wird, erscheint es plötzlich ganz einfach und klar. Na ja, einfach – abgesehen davon, dass ich es gerade ultimativ vermasselt habe. Ich habe all das, was wir hatten, mit beiden Händen gepackt und ihm vor die Füße geschmettert, so heftig, dass es auf dem Boden in tausend scharfkantige Scherben zersprungen ist, an denen man sich schmerzhaft schneiden kann.

Ein leiser Klagelaut kommt mir über die Lippen. Starr, wie betäubt, stehe ich immer noch mitten auf der Tanzfläche. Discofox, glaube ich – um mich herum wirbeln Paare in halsbrecherischen Verrenkungen umher.

Eine Hand legt sich auf meine Schulter. »Hey, Mila, alles okay?« Leo klingt besorgt. »Du bist ganz blass. Und Robin ist gerade an mir vorbei aus der Scheune gestapft, mit einem Gesichtsausdruck als wollte er jemanden umbringen. Hattet ihr Streit?«

Die Starre fällt von mir ab. »Oh ja, und ob wir Streit hatten. Muss los. Ich muss da etwas in Ordnung bringen oder es zumindest versuchen.«

»Ein Ausdruck von Entschlossenheit lag auf dem Gesicht der Heldin. Endlich hatte sie kapiert, dass ihre allerbeste Freundin seit jeher recht gehabt hatte und dass der Mann mit den grünen Augen ihr Schicksal war«, ruft Leo mir hinterher, als sich mein Körper wie von selbst in Bewegung setzt.

»Balou«, rufe ich, während ich am Tisch vorbei in Richtung Scheunentor stürme.

Er ist schon an meiner Seite, ich spüre warmes Fell an meinem Bein, als er sich gleichzeitig mit mir durchs Tor nach draußen in die frische Abendluft drängt. So verschlafen und gemütlich er auch manchmal ist, diesmal hat er sofort geschnallt und reagiert.

Jetzt dürfen wir keine Sekunde verlieren. Am liebsten hätte ich Robin auf der Stelle zu mir zurückgebeamt, um mit ihm zu reden. Die Worte müssen raus, diesmal die richtigen, und zwar so schnell wie möglich – in der Hoffnung, dass noch etwas zu retten ist, und die Zerstörung, die ich angerichtet habe, nicht unwiderruflich ist.

Kapitel 42

Mila

Er ist zu Fuß hergekommen, hat er gesagt. Suchend schaue ich mich um, doch er ist nirgends zu sehen. Vor lauter Aufregung wird mir heiß und kalt gleichzeitig.

Die Festscheune steht auf einer Anhöhe ganz nahe der Stadt. Von hier aus sieht man jetzt, wo es dunkel ist, sogar die Lichter der Stadt zwischen den Bäumen hindurchblitzen. Diesen Weg muss er genommen haben, die schmale Straße den Hügel hinab, und wenn ich Glück habe, hole ich ihn da noch ein. Er hat keinen gigantischen Vorsprung, allerdings ist er sicher nicht gemächlich geschlendert, so aufgebracht, wie er war. Wäre ich doch nicht so lange tatenlos auf der Tanzfläche stehen geblieben und hätte nicht kostbare Zeit verstreichen lassen!

»Los, Balou.« Wir laufen los. Kies knirscht unter unseren Schritten. Balou genießt hechelnd den Abendwind in seinem Fell, während ich schon bald mit Seitenstechen zu kämpfen habe. Ich hetze immer weiter, rechne hinter jeder Kurve mit Robin, bin immer wieder enttäuscht.

Die schmale, von Bäumen begrenzte Straße wird breiter, als wir den Stadtrand erreichen, zu den Seiten parken jetzt Autos. Und als ich die erste Kreuzung erreiche, bleibe ich keuchend stehen, stütze die Hände auf meine Oberschenkel und frage mich, wohin um Himmels willen er gegangen sein mag. Hinter meiner Stirn pocht es. Ich brauche mehrere Anläufe, um mein Handy zu entsperren und ihn anzurufen, lande aber nur auf der Mailbox.

»Balou, such!« Flehend sehe ich ihn an.

Ich habe kein Suchgeschirr und keine entsprechende Leine dabei, nichts, was an unseren üblichen Übungsaufbau aus dem Kurs erinnert. Es ist so unwahrscheinlich, dass es klappt, und doch ist es meine einzige Hoffnung. Ich will nicht auf gut Glück zu Robins Wohnung laufen, um festzustellen, dass er gar nicht da ist, und dann tagelang versuchen, ihn ans Telefon zu kriegen. Was ich ihm entgegengeschleudert habe, war so schlimm, dass es sofort geklärt werden muss. Auf der Stelle.

Balou schaut mich an, legt den Kopf schief und die Stirn in gedankenvolle Falten. Seine seelenvollen, dunklen Augen mustern mich, als würde er versuchen zu verstehen, was ich von ihm will. Und dann fährt er plötzlich herum und stürmt los.

Ich schnappe nach Luft. »Balou!« Hat er tatsächlich begriffen, was ich von ihm will, und hat er Robins Fährte aufgenommen? Oder rennt er einfach nur blindlings drauflos, weil er eine läufige Hündin oder irgendetwas anderes wahrgenommen hat?

Egal, das ist meine einzige Chance.

Ich renne, was das Zeug hält. Normalerweise trägt Balou beim Suchen sein Geschirr, zerrt mich förmlich mit sich, und ich kann ihn bremsen, wenn er so schnell wird, dass ich nicht mehr mithalten kann; jetzt muss ich aus eigener Kraft versuchen, mit dem Hund Schritt zu halten. Schnell und japsend geht mein Atem. Mein Blick ist starr auf Balou gerichtet, um ihn nicht zu verlieren, als er durch die Straßen der Stadt jagt. Heftige Stiche durchzucken meinen Rippenbogen, meine Lunge brennt.

Asphalt weicht Kopfsteinpflaster. Ehrwürdig ragt das gotische Rathaus vor dem Abendhimmel auf, die spitzen Türme scheinen fast an den Sternen zu kratzen. Vor den Studentenkneipen und Restaurants, die den Rathausplatz umgeben, sitzen plaudernde und lachende Leute. Es ist Abend, aber die Stadt schläft noch lange nicht.

Hier haben wir uns zum ersten Mal geküsst. Hier hat uns der Regen beim Mantrailing überrascht, hat unsere selbstauferlegten Barrieren weggespült, und wir haben der Anziehungskraft nachgegeben. Hat Balou mich etwa tatsächlich hierhergeführt, weil Robin hier ist? Ich kann es kaum glauben, trotzdem wallt Hoffnung in mir auf, und ich drehe mich suchend im Kreis. Aber nichts. Gerade war ich noch aufgekratzt, mein Puls hat gerast, aber jetzt verpufft die Energie, und ich lasse die Schultern hängen.

Das ist der Moment, in dem ich ihn sehe.

Er steht mit dem Rücken zu mir vor dem Rathaus, schaut an der Fassade mit all ihren aufstrebenden, filigranen Spitzbögen und Wasserspeiern hoch, die in der Abendbeleuchtung dramatisch zur Geltung kommen. Er ist so tief in seine Gedanken versunken, dass er mich nicht bemerkt, als ich mich von hinten nähere.

»Robin.«

Er dreht sich zu mir um. Balou ist mal wieder außer sich vor Stolz und Freude, stürmt auf Robin zu und springt an ihm hoch. Gedankenverloren tätschelt Robin ihn, ohne aber den Blick von mir abzuwenden. Seine Augen sind gerötet, das sehe ich sogar im schwachen Licht. Der Anblick schneidet in mein Herz.

Und ich weiß, jetzt kommt es drauf an. Ich kann nicht noch zehnmal vor und zurück, kann Robin nicht wieder und wieder an mich heranlassen und dann wegstoßen, wenn ich mal wieder kalte Füße bekomme. Wenn ich eine echte Chance für uns beide will, muss alles anders werden. Dann kann ich nicht mehr beim kleinsten Anzeichen einer anderen Frau in seinem Leben in Panik geraten und verbal um mich schlagen wie eine Irre.

Ganz tief atme ich ein. Alles oder nichts. Und ich will alles, ich will Robin. Ich will mutig sein.

Also öffne ich den Mund, um mich zu entschuldigen und um ihm zu sagen, was ich fühle. Wie oft in meinem Leben ist mein Mundwerk schon mit mir durchgegangen? Aber jetzt, wo es darauf ankommt, bringe ich kein Wort hervor. Stumm stehe ich Robin gegenüber, blass und zitternd, und finde die Worte nicht, die ich so dringend aussprechen will.

»Ja?«, fragt er leise, verschränkt die Arme vor der Brust und sieht mich abwartend an.

Verdammte Sprachsperre, die ich so noch nie erlebt habe. Nicht einmal bewegen kann ich mich. Nicht, bis Balou aufgeregt um mich herumläuft und seine Schnauze von hinten gegen meine Beine stupst, als wollte er mich auf Robin zuschubsen. Dann erst fällt die Starre von mir ab.

Ich halte es nicht aus, so weit von Robin entfernt zu sein, und laufe los, um die letzten paar Schritte Abstand zwischen uns zu überwinden. Sein Gesichtsausdruck wird weich, er breitet die Arme aus. Ich lasse mich einfach gegen ihn fallen, presse mein Gesicht gegen sein Hemd, ohne mich um die Make-up-Spuren zu kümmern, die ich damit bestimmt auf dem weißen Stoff hinterlasse, und schlinge die Arme um ihn. Ganz fest halte ich ihn, meine Finger klammern sich an sein Sakko. Federleicht streichen seine Hände über meine Haare.

»Es tut mir so leid.« Jetzt platzen die Worte aus mir heraus, aber diesmal versuche ich nicht, sie zurückzuhalten, diesmal sind es die Worte, die ich auch tatsächlich aussprechen will. »Ich war so feige, Robin. Du hast nicht das Geringste getan, um zu verdienen, wie ich dich behandelt habe. Mir ist das klar. Also, meinem Verstand ist das klar. Aber da ist diese dämliche Panik, die wie ein Ungeheuer in mir sitzt und jedes Mal rauskommt, wenn ... na ja, wenn ich den Eindruck habe, dass sich die Tom-Natascha-Sache wiederholen könnte. Und dann sehe ich nicht mehr klar. Aber ich kann mich ändern. Ich will doch selbst nicht so sein. Ich kann daran arbeiten. Ich ... ich weiß nicht, ob du es weißt. Aber ich habe mich auch in dich verliebt.«

Er atmet scharf ein, drückt mich für einen Moment fester an sich. Und dann küsst er mich mit einer Zärtlichkeit, die mich überwältigt. Seine Nähe, seine Lippen auf meinen, sind alles, was ich jetzt brauche. Mein Herz will explodieren, es hat nicht genug Platz in meiner Brust. Ich schließe die Augen, stelle mich auf die Zehenspitzen und erwidere den Kuss, als gäbe es in mir keine Ängste und keine Bedenken. Und auf einmal kann ich daran glauben, dass ich mich irgendwann tatsächlich nicht mehr fürchten werde. Jetzt schon schmilzt die Unsicherheit dahin, einfach, weil ich den Entschluss gefasst habe, den Sprung zu wagen und zu vertrauen.

»Es tut mir so leid«, stammle ich erneut, als sich unsere Münder für einen Moment voneinander lösen, nicht weit, gerade so, dass wir durchatmen können. Unsere Nasenspitzen berühren sich. Ich spüre Robins warmen Atem, und das Kribbeln in meinem Bauch macht mich verrückt. Das bisschen Distanz ist schon viel zu viel.

Sanft legt er einen Finger auf meinen Lippen. Unendlich zärtlich sieht er mich an. »Ich will keine Entschuldigungen, Mila. Ich will nur, dass du dich traust, mit mir zusammen zu sein.«

Und das ist es, was ich auch will. Es tut so gut, sich fallenzulassen und blind darauf zu vertrauen, dass Robin mich fangen wird. Weich und warm spüre ich seinen Mund und glaube, nie etwas Wundervolleres gespürt zu haben.

Energisch verdränge ich Leos Stimme aus meinem Kopf, die jubilierend vom Happy End der Heldin schwadroniert. Das wird sie sicherlich tun, wenn wir uns das nächste Mal sehen und ich ihr gestehe, dass sie von Anfang an recht gehabt hat. Vielleicht morgen, übermorgen, aber nicht jetzt. Dieser Moment gehört nur Robin und mir. Und Balou, der hechelnd neben uns steht und so selbstzufrieden wirkt, als hätte er all das von Anfang an im Sinn gehabt.

Epilog

Gemeinsam wuchten sie die schwere Kiste mit der neuen Futterlieferung vom Anhänger. Clara packt an dem einen Ende an, Kilian an dem anderen. Sie arbeiten so gut zusammen, dass kaum Worte nötig sind. Wie ein Uhrwerk greifen sie ineinander und können sich aufeinander verlassen.

Am Rande des HuTa-Geländes sieht Clara Mila und Robin, die gerade ankommen, um ihre Hunde vorbeizubringen. Sie halten sich an den Händen. Der Wind trägt Milas helles, unbeschwertes Lachen herüber. Sie winken Clara und Kilian zu. Als sie durch das Tor kommen und die Hunde ableinen, sprinten Balou und Alice los und jagen sich gegenseitig über die Wiese.

Clara muss lächeln. Nicht nur die Hunde geben ein tolles Paar ab. Auch Mila und Robin sind unzertrennlich. Seit sie sich füreinander entschieden haben, strahlen beide richtiggehend vor Glück. Es freut die HuTa-Chefin, die beiden so zu sehen.

Sie spürt Kilians Blick und ist überrascht, als er sagt: »Clara, es ist … es ist etwas nicht richtig zwischen uns, oder? Müssen wir reden?«

Unbehaglich streicht er sich übers stoppelige Kinn. Über Gefühle zu reden, ist nicht seine Stärke.

Sie strafft die Schultern und lächelt ihn an. »Aus meiner Sicht ist alles gut«, behauptet sie tapfer. Vielleicht muss nicht alles ausdiskutiert werden. Sie weiß nicht, was gerade in seinem Leben vor sich geht; er hat ihr nichts von Elisabeths Ankunft erzählt, aber soweit Clara weiß, steht das Auto seiner Exfrau immer noch vor seinem Haus. Vielleicht wird er es ihr irgendwann erzählen, vielleicht auch nicht, aber falls er sich dazu entscheidet, ihr sein Herz zu öffnen, wird sie ihm mit Rat und Tat zur Seite stehen – als gute Freundin.

Mehr denn je ist Clara überzeugt, die richtige Entscheidung getroffen zu haben: Es ist besser, die Freundschaft nicht zu gefährden, die für sie beide so wichtig ist. Und vielleicht ist es besser, manche Themen nicht anzusprechen.

»Alles gut«, wiederholt sie und geht mit großen Schritten über die Wiese, um Alice und Balou zu begrüßen und danach die erste Futterration des Tages zu verteilen. Hunde laufen schwanzwedelnd um sie herum, feuchte Schnauzen stupsen gegen ihre Hände und Beine. Die Sonne scheint warm und vertreibt alle Schatten, zumindest für den Moment. Clara weiß genau, dass auch wieder schwierige Tage und düstere Nächte kommen werden, doch solange sie die Hunde und Kilian um sich hat, weiß sie auch, dass sie weitermachen kann.

Erfahren Sie mehr über die Autorin auf
www.instagram.com/isabellmay.autorin/
www.isabellsommer.de

Isabell May
Wir zwei in diesem Augenblick
Roman

Die Studentin Anna und der Fotograf Max haben sich auf einer Party in Bamberg kennengelernt. Bald darauf sind sie scheinbar unzertrennlich. Die stets kontrollierte Anna und der eher spontane Max werden mitgerissen von der Flut ihrer Gefühle. Sind viel zusammen unterwegs. Max meist mit der Kamera. Tausend Bilder der Liebe. Doch plötzlich liegen die Träume von ihrer gemeinsamen Zukunft in Scherben. Weil ausgerechnet ein Foto alles zerstört hat.
Wenn die Schatten der Vergangenheit sich über deine Gegenwart legen – ein hochdramatischer, herzzerreißender Liebesroman.

448 Seiten, Klappenbroschur

Lisa Kirsch
Querbeet ins Glück
Roman

Maddie hat es fast geschafft: Ihr Traumjob als Musicaldarstellerin ist zum Greifen nah. Um Fuß zu fassen, darf sie sich auf keinen Fall ablenken lassen. Doch dann stolpert Maddie durch Zufall in den Gemeinschaftsgarten »Grüne Freiheit«. Auf einmal merkt sie, was ihr gefehlt hat: Sie genießt das Gefühl von frischer Erde zwischen den Fingern, freundet sich mit der wilden Lila an und bekommt Herzklopfen, wenn der unverschämt gutaussehende Mo ihr beim Johannisbeeren-Ernten hilft. Aber Maddie kann sich nicht zweiteilen und ihr wird klar: Früher oder später muss sie sich zwischen ihren Gartengefühlen und ihrem Karrieretraum entscheiden.

416 Seiten, broschiert

Lisa Keil
Auf und mehr davon
Roman

Wir haben uns gerade noch gefehlt

Milli hat die Zwischenprüfung in Tiermedizin bestanden und darf an der Rinderklinik der Uni mitarbeiten. Leider muss sie dort mit dem Austauschstudenten Noé zusammenwohnen, dem Geld und gutes Aussehen zu Kopf gestiegen sind. In ihre alte WG zieht ausgerechnet ihre Mutter! Karrierefrau Cordula ist in einer Krise und wünscht sich mehr Nähe. Das passt Milli gerade gar nicht. Und dann funkt beiden Frauen auch noch die Liebe dazwischen.

432 Seiten, Klappenbroschur

Weitere Informationen finden Sie auf
www.fischerverlage.de